Spring

Ali Smith

春

アリ・スミス

木原善彦 訳

春

SPRING

by

Ali Smith

Illustration by Sora Mizusawa

Design by Shinchosha Book Design Division

兄
ゴードン・スミスを
忘れないために

そして
兄
アンドルー・スミスのために

わが友
セーラ・ダニエルを
忘れないために

そして
花盛りの!
セーラ・ウッドに

見かけたこともないかたです、渡されたのは
先のほうにだけ緑の葉をつけた一本の枯れ枝、
記された銘は、「この望みに生きる」

ウィリアム・シェイクスピア（『ペリクリーズ』第二幕第二場）

しかしもしも果てしなき死者が私たちの心に一つの比喩を呼び起そうとするなら、
彼らはおそらく、すっかり葉の落ちたはしばみの枝に芽生えた
垂れさがる花序(かじょ)を指差すだろう、あるいは
春の黒い土に降り注ぐ雨を思い出させるだろう

ライナー・マリア・リルケ（『ドゥイノ悲歌』第十の悲歌）

私たちは始めなければならない。それが大事なことだ。
トランプの後、私たちは始めなければならない。

アラン・バディウ

一年が子供のように伸びをして、
まばゆい光に目をこする

ジョージ・マッカイ・ブラウン

私はもう春の兆候を探し始めた。

キャサリン・マンスフィールド

1

さて、私たちは事実なんて欲しくない。私たちが欲しいのは混乱。欲しいのは反復。欲しいのは反復。私たちが欲しているのは、権力の座にいる人々が真実は真実ではないと言うこと。私たちが欲しているのは、選ばれた国会議員が熱くなったナイフが彼女の胸を刺し、えぐるとか首を吊る紐は自分で持ってこい（ともに英国のＥＵ離脱問題をめぐってテリーザ・メイ首相に対してなされた保守党の国会議員による二〇一八年十月の問題発言）と言うこと　私たちが欲しているのは、下院の与党議員が野党議員に対して死ねと言うこと　他の権力者に対してうちの冷蔵庫の冷凍室にばらばらにして入れてやる（元財務大臣による二〇一七年九月の発言）と言う権力者を私たちは欲している　ムスリムの女性が新聞のコラムで馬鹿にされる（二〇一八年八月にボリス・ジョンソン下院議員がブルカ姿の女性のことを「郵便ポストみたい」とコラムに書いた）ことを私たちは欲している　私たちはそれで笑いたい　連中がどこに行っても後ろからそんな笑い声が聞こえてくるのが私たちの欲望だ。私たちが〝外国人〟と呼ぶ人々には〝外国人〟であることを自覚してもらいたい。私たちの許しがない限り外国人には権利がないということを私たちははっきりさせる必要がある。私たちが欲しているのは無法、無礼、娯楽。ものを考えるのはエリート、知識はエリートだと私たちは言う必要がある。自分は置いていかれている、権利を奪われている、と人々に感じさせる必要がある。必要なのは人々に感じさせることだ。必要なのはパニック。無意識のパニックと意識的なパニックの両方が必要だ。感情が必要だ。正義感が必要だ。怒りが必要だ。私たちに必要なのは愛国主義だ。私たちに必要なのはいつもの酒浸りの母親というスキャンダル、アスピリン常用の危険性だが、事態は前よりも差し迫っている。ノー(ナイン)、ノー(ナイン)、ノー(ナイン)（原文ドイツ語）。私たちに必要なのは#もう限界というハッシュタグ。望みのものをくれないのなら、こっちはただ出て行くだけというのが私たちの欲望。私たちは怒りが欲しい。私たちは無法が欲しい。私たちは極力過激な言葉が欲しい。反ユダヤは問題ない。ナチは偉大。小児性愛者は小児性愛者。変態、外国人、不法移民も。私たちが望むのは感情的な反応だ。〝子供の移民〟については年齢検査が必要だ。九八パーセントの国民が新規移民の流入停止を要求　移民を阻む対地攻撃用武装ヘリ　われわれはあと何人受け入れられるのか　玄関には施錠　妻は隠せ　非寛容が私たちの欲望。私たちに必要なのは携帯電話サイズのニュースだ。主流マスコミを介した報道は避ける必要がある。インタビュアーはすっ飛ばしてカメラに直接話せ。とても明確かつ強力、そして誤解の余地のないメッセージを打ち出す必要がある。ニュース配信(フィード)はインパクトが大事だ。もっとインパクトのあるニュース配信(フィード)を、さっさと次のインパクトのあるニュース配信(フィード)を、ぐずぐずするな、拷問の画像が欲しい。私たちは人々に訴えかける必要がある。われわれには人々に訴えかける力があると思ってもらう必要がある。白人以外の人間には〝リンチ〟という言葉の意味を理解してもらわなければならない。私たちの望みは黒人や女性の国会議員にレイプの脅し、死の脅迫を四六時中突きつけてやること。いや、公的な仕事をしている女性ばかりではなく、私たちが気に入らない公的な仕事をしている人間なら誰でも。あの女／あの男／あの連中は一体どういうつもりだと私たちは言う必要がある。内なる敵がいることを訴える必要がある。私たちには国民の敵が必要だ。彼らに味方する判事のことは国民の敵と呼びたい。彼らに味方するジャーナリストのことは国民の敵と呼びたい。われわれが国民の敵と呼ぶことにした連中を皆が国民の敵と呼んでほしい。あらゆるテレビやラジオの番組は私たちの意見を黙殺している、と私たちは何度でも繰り返し大きな声で言いたい。私たちは昔ながらの話を新しいことのように言う必要がある。ニュースは私たちが言っている通りの意味である必要がある。言葉は私たちが言っている通りの意味である必要がある。私たちは何かをしゃべると同時に自分が言っていることを否定する必要がある。言葉の意味なんてどうでもよくなる必要がある。私たちには昔ながらの素敵な標語が必要だ。連合王国、いや、イングランド／アメリカ／イタリア／フランス／ドイツ／ハンガリー／ポーランド／ブラジル／〔ここに国名を挿入〕第一（ファースト）。私たちに必要なのはダークウェブ、お金、アルゴリズム、ソーシャルメディア。私たちがこういうことをするのは言論の自由のためだと言わなければならない。私たちに必要なのはボット。私たちに必要なのは常套句。私たちは希望を提供する必要がある。今は新しい時代だと言わなければならない。古い時代は死んだ、彼らの時代は終わった、今は私たちの時代だと言わなければならない。私たちは笑顔をたくさん見せる必要がある。そう言いながらカメラに向かってハハハと笑い、首がもげそうなほど笑い転げる必要がある。一日の終わりに工場からサイレンが聞こえる。あの工場は死んだ、私たちが新しい工場のサイレンだ、この国は前から私たちみたいな人間を必要としていた。あなた方が必要としているもの、あなた方が欲しているのは私たちなのだ。

私たちが欲しているのは必要性。

私たちが必要としているのは欲望。

もうまたそんな時期？（肩をすくめる。）

それは私に指一本触れない。それはただの水と土。あなたはただの骨粉と水。うん。最後には私の役に立ってくれるけど。

私は落ち葉に埋もれた子供。落ち葉は腐る。私はその下にいる。

あるいは雪に埋もれたクロッカスを思い浮かべて。球根の周囲でリング状に霜が解けているのが見える？　そこは大地への入り口。私は球根の中の緑であり、種が割れる瞬間、花びらが開く瞬間であり、まるで緑に火が点いているかのように木の枝の先で柔毛に覆われている新芽。

ごみやプラスチックが散らばっていても、そんなことには無頓着に、遅かれ早かれその隙間から生え出る植物。何があっても無頓着にあなたの足元でうごめく植物。搾取工場で働く人々、買い物に出かけた人々、モニター画面の光に照らされながら机に向かっている人々、手術待ちの部屋で携帯をスクロールさせている人々、どこの街や国であれ、大声で抗議している人々。死骸の山の隣、あなたが暮らす家の隣、あなたがへべれけになるまで、あるいは楽しくなるまで、あるいは悲しくなるまで酒を飲む店の隣、あなたが神に祈る場所の隣、巨大なスーパーの隣、制限速度を超えて車が走る高速道路の隣、何の変化もなさそうな雑木林の隣で、光は変化し、花はうなずいている。あらゆることが起きている。不法投棄ごみの上で頭状花が花開く。あなた方を分断する線を越えて、パスポートを持った人々、金を持った人々、何も持たない人々の間で、小屋や運河、寺院や空港を越えて、光が変化する。墓場に何を埋めようと、そこから何を掘り出して歴史と呼ぼうと、金のために使い果たすつもりで何を掘ろうと、そんなことには無頓着に光は変化する。

真実は一種の〝無頓着〟だ。

冬は私にとって何ものでもない。

私が力について何も知らないとでも思っているのか？　私が青二才だとでも？

たしかに〝青い〟けれど。

でも私の気分、いや、気候が乱されれば、こっちはあなた方の生活を邪魔してやる。あなた方の生活なんて私にとっては何ものでもない。私は十二月にラッパズイセンを地面から引っこ抜く。四月に玄関を雪で封じ込めて、風であの木を倒し、家の屋根を潰してやる。川をあふれさせて、家に水のカーペットを敷いてやろう。

でも、あなた方の体に活気をよみがえらせるのも私だ。あなた方の血管に光を供給するのも私。

さて、道路の下にあるのは何だ？

家の基礎の下にあるのは何？

玄関の扉を歪めているものは何？

世界に新鮮な色彩を与えているものは？　鳥にさえずるきっかけを与えているものは？　卵の中でくちばしを形作るのは何？

岩を割るためにその隙間から緑色のか細い芽が出るとき、植物にそうさせているのは何もの？

二〇一八年十月火曜日の朝十一時九分。テレビ映画監督のリチャード・リース——多くの人の記憶にあるのは彼が一九七〇年代に制作し、評価の高かった〝今日（こんにち）のドラマ〟シリーズで放映された数本、いや、はっきり言えば二本のドラマで、ある程度の年齢の人間なら彼が作った作品を観た覚えがあるはずだ——がスコットランド北部にあるどこかの駅のプラットホームに立っている。

彼はどうしてここにいるのか？

それは質問が間違っている。そんなふうに尋ねるとまるでそこに物語があるみたいに聞こえる。でも物語などない。彼は物語と縁を切っていた。物語からわが身を切り離そうとしていた——より具体的には、キャサリン・マンスフィールドとライナー・マリア・リルケの話、昨日の朝、大英図書館前の歩道で見かけたホームレスの女のこと、そして中でもとりわけある友人の死に関わる物語から。

あなたが耳にしたことがあろうとなかろうと、彼がテレビ映画監督だったという先ほどの話はすべて忘れてほしい。

今は単に駅に立っている一人の男にすぎない。

これまでのところ、駅に動きはない。運行が遅れていて、駅に入ってくる列車も出て行く列車もない――彼がプラットホームに立ってからずっと。でもある意味、それで用が足りている。

プラットホームには他に人影はない。向かい側のホームにも誰もいない。

どこかには人がいるのだろう。駅の事務所で働くか、駅の管理をしている人が。今でも金で雇われて、こういう場所を実地で管理している人がいるはずだ。どこか別の場所からモニター画面を見ている人がいるのだろう。でも、生身の人間はまだ見かけていない。ゲストハウスを出て、駅まで大通りを歩いてくるときに見かけたただ一人の人間は、駅の外に停めたコーヒートラックで店開きの準備をしている人物だけだった。車はよくあるシトロエンのバンで、客はいなかった。

彼は別に人を探しているわけではない。そんなことはないし、誰も彼を探しているわけではない――どうでもいい人を除いては。

一体リチャードはどこに行ったんだ？

彼の携帯はロンドンにある。ユーストン通りのプレタ・マンジェ（主にサンドイッチを売るファストフード店）で中身が半分残ったコーヒーカップに入れて蓋をし、ごみ箱に捨てた。

〝ある〟というより〝あった〟だ。今どこにあるのかは分からない。ごみ収集センターか。埋め立て地か。

どうでもいい。

やあ、リチャード、私だ、マーティン・タープがもうすぐここに来る、君が何時にここに来る

かおよその予定時間を教えてくれないか？　やあ、再び私だ、リチャード、ちなみにマーティンはさっき事務所に現れた。とりあえず電話をくれ、何時になるか教えてほしい。リチャード、私だ、電話をくれないか？　やあ、リチャード、また私だ、今朝やるはずだったミーティングは今予定を立て直そうとしている。マーティンは今晩までしかロンドンにいないし、戻ってくるのは来週になる。だから電話をくれ、午後の予定を教えてほしい。ありがとう、リチャード、協力に感謝する。やあ、リチャード、留守の間に会議の予定を午後四時ということに変更した、このメッセージが届いたら、確認のメッセージを送ってくれるか？

嫌だ。

彼は風の中、ジャケットを押さえるように腕を組んで立ち（風は冷たく、ジャケットのボタンは取れてなくなっている）、足元のホームのアスファルトのところどころにある小さな白い斑点を見ている。

そして深く息を吸う。

息を吸いきったところで肺が痛む。

街の背後にある山に目を向ける。すごい風景だ。本当に荒涼としていていかにも山らしい。それは山が意味しうる要素をすべて具えている。

彼はロンドンにある自分のアパートを思い浮かべる。今頃はもしもロンドンが晴れていれば、ブラインドの隙間から差す太陽の光が宙に舞う埃の粒子を照らしているはず。

自分がいない部屋を物語仕立てにするとは何のつもりだ。

自分の部屋の埃を物語にするとは。

やめろ。一人の男が駅で柱にもたれている。それがすべてだ。

それはビクトリア朝様式の柱だ。鉄製部分には白と青の塗料が塗られている。

プラットホームは一部に小さな透けた屋根がかかっていて、彼はその下に入り、風を避けるために建物に近い側に寄る。

遠くに見える山並みはところどころが雨雲らしきものに覆われて、まるで頭にベールをかぶっているかのようだ。反対方向——彼の見立てではおそらく南——の雲は壁みたい。背後から光に照らされた壁。山並みにかかる雲——北か北東——は霞に近い。

ここで列車を降りたのもそれがきっかけだった。列車がこの駅に入ってくるとき、山並みがどことなくきれいに見えた。掃除したばかりのような清潔さ。山には自らの存在を受け入れ、周囲には何も要求していないような雰囲気があった。山はただ存在していた。

感傷的な男。

自分を神話内の存在に仕立てる男。

現在この駅に列車は近づいてもおらず、この駅から出発する予定もないという事実を、機械音声が頭上で再び詫びる。

今はほとんど何も起きていない。わずかにあるのは機械音声によるアナウンス、空を横切る数羽の鳥、早秋の葉のざわめき、風に揺れる草の音だけだ。

遠くに見える周囲の山並みを駅から眺める一人の男。

山並みは今日、巨大な手で道具を使わずに線を描き、その下に陰影をつけたように見える。それはまるで眠りながら何かを待っているかのようだ。有史以前の眠れる架空の海獣の背中みたい。

山並みの物語。

物語を避けようとする私の物語。

クソ列車を降りた私の物語。

男は首を横に振る。

彼は列車駅のホームに立つ一人の男だった。**物語はなし。**

でも、ある。厄介なことに物語は必ず存在している。

どうして彼は駅のホームにいたのか？　列車を待っていたのか？

いいや。

どこかへ向かおうとしていた？　どんな理由で？　列車から降りてくる人を出迎える予定があった？

いいや。

では列車に乗るのでも列車を待っているのでもないのなら、なぜこの男はホームにいたのか？

ただそこにいたというだけ。何か問題でも？

なぜ？　それに、この負け犬（ルーザー）さん、自分のことを説明するのにどうしてそんなふうに過去形を使う？

喪失者（ルーザー）、そうだ。それは間違いではない。何かが失われた。たしかに何かが。

何が？　それは正確には何？

さあ、どう説明すればいいのか分からない。

やってみて。

（ため息）無理だ。

やってみて。あなたはミスター・ドラマと呼ばれた男。どういうものを失った？

オーケー。オーケー、じゃあ、じゃあ、誰か、あるいは何か、何かの力みたいなものが頭の上から全身にのしかかってきたと想像してみてくれ。それがリンゴの芯抜き器みたいな感じで頭から足まで突き抜ける。自分は何事もなかったみたいにまだそこに立っているんだけれども、実際には何かが起きた。何が起きたかというと、かつて芯があった場所に穴が開いて、中が空っぽになった。こんな説明でどう？


　わがまま人間。価値のない男。トムとジェリーみたいに漫画っぽい自己像。それって何？　空っぽになった自分に対する同情が欲しいわけ？　あなたの、何だろう。実り豊かだったあなたのくだらない才能が失われたって？

いいか、私は今感じているものを言葉にしようとしているだけだ。その感情は言葉にするのが難しいから――


　私はあなたの物語が聞きたいわけじゃない、あなたなんて――

　彼の人生には、愛することが可能だった時期があった。文字通り恋に落ちるとか、実際の魂のレベルにおいてレモンのようなシンプルさで楽しく何かに惚れ込むことが可能だった時期。どんなレモンでもいい。ボウルに盛ったレモン。あるいは市場の屋台に並ぶレモン。あるいはスーパーで客に買われるのを待っているネット入りのレモン。彼の人生にはそんなもので心に喜びがあふれた時期があった。

でも今はそんなシンプルな部分が気づかない間にとても小さくなり、遠くへ行ってしまい、彼は荒海に向かう古い大洋定期船の甲板から岸に向かって狂人のように手を振っているかのようだ。岸は今、レモンのようにシンプルな喜びが存在していた時代と同様に完全に消え去り、目に見えなくなっていた。

見えなくなっている。

喪失者（ルーザー）。

初めてパディーに会った日のことを思い出すとき頭に浮かぶのは、五十年近く前の白黒の画像だ。チョコレートのかけらに付いた歯形の画像。チョコレートはかなり古いものだったので彼が見たときには既に、小さな歯形が付いたあたりは特に変色して文字通り白くなっていた。歯形はベアトリクス・ポッターのものだった。ベアトリクス・ポッターはあるときチョコレートを一口かじった後、そのままそれを田舎家に置き忘れたのだった。彼女はその家で、エドワード朝の衣装を着た魅力的なイギリスの動物たちがいいことをしたり悪いことをしたり馬鹿なことをしたりする話、アヒルがキツネにおだてられたり、リスが木の実を食べすぎて幹の穴から出られなくなったりする本を書き、そこにイラストを添えていた。戦前のチョコレートに付いた歯形は、作家が亡くなった後もそのまま家に残された――彼女が亡くなった二十世紀の何年だかまで。

彼は当時、ある助監督の助手だった。最初の頃にやった仕事の一つ。パディーが脚本を担当した作品に彼が関わるのはそれが初めてだった。

映像は大部分がパッとしなかったが、作品は彼女の脚本のおかげで深い思索を喚起するものに仕上がった。それに加え、元々脚本にあった歯形付きのチョコレートの映像も結局、使うことになった。

彼は誰かからパディーの住所を聞いていたので、初めて一人で仕事ができるようになったときすぐに連絡を取った。そして彼女のためにパブ〝吊された男〟でウィスキーをごちそうした。彼はまだ二十一歳になったばかりで、それまでに、パブで人に酒をおごったことはなかった。ましてや女性には。ましてや彼女のように魅力的な年上の女性には。

――私がアイルランド人だから？

――あなたが優秀だからです。

――偶然にもそれは正解。あなたの判断は間違ってない。私は仕事がすごく、すごくできる。それであなたの方はどうなの、優秀？　私はとても優秀な人としか仕事はしないんだけど。

――それはまだよく分かりません。たぶんそこまで優秀じゃないと思います。どちらかというと利己的かも。でも、あなたには才能がある。歯形の付いたチョコレート。あれはあなたのアイデアです。

――ええ、あなたには見る目がある。それは認める。そしてとても若い。だからまだまだ可能性がたくさんある。それであなたが今私と仕事をしたがっているのは、あのとき最終的に使わざるを得ないような場面を書いたことが理由。そういうこと？

――正直に言っていいですか？　私がこの仕事を手に入れられたのはあなたの脚本のおかげなんです。（彼女は首を横に振り、パブの扉の方に目をやる。）

――でも同時に、あなたのおかげであのドラマもいいものになった。あなたの脚本によってドラマがリアルになった。

――リアル。その言葉で合ってる？

（間。彼女はたばこを吸って、煙を吐いた。）

――オーケー。

――オーケー？　本当に？　やってくれるんですか？

――オーケー、一緒に仕事をやりましょう。〝今日のドラマ〟だっけ？　オーケー。ただし条件がある。私たちはその枠でもっと何か、期待されているのと少し違うことをやる。

――期待されているのと違うって？

――今の時代を生き抜く方法はいろいろあるわ、ダブルディック（「ディック」はリチャードの愛称）、そしてその方法の一つは語り方の工夫だと思う。

葬儀（葬儀の前に親族だけで火葬は行われていたが、それがいつだったのか彼は知らない）からちょうど一か月になる昨日の朝、彼はユーストン通りを歩いている。大英図書館の前を通り過ぎるとき、三十代、あるいは二十代かもしれない女が壁にもたれて座っている姿を見かける。女は毛布にくるまり、箱から破り取った四角い段ボール紙にはお金を求める言葉が書かれている。

いや、お金ではない。そこには〝どうか〟〝助けて〟〝ください〟と書かれている。

彼は無数のホームレスの人の前を通り過ぎてきた。今朝もこの街の中で。今日、ホームレスは再びまさに〝無数〟に増えつつある。彼みたいな昔ながらの左翼なら誰でも知っている法則だ。保守党が政権を取れば、人々は路頭に迷う。

しかしなぜかその女の姿は彼の目に留まる。毛布は汚い。歩道に立つ足は裸足。彼は女の声も聞く。女は誰にともなく歌を歌っている——いや、〝誰にともなく〟ということではなく、自分に向かって。朝の七時四十五分という時刻に、その優しい歌声は際立っている。歌はこんなふうだ。

千の千倍の人々が
通りを走っている
ああ、何もない、何も、何も
ああ、何もない、何も、何も
ああ、何もない

リチャードは足を止めない。足を止めたときにはキングズクロス駅の前を通り過ぎている。そこで体の向きを変え、駅に入る。まるで最初からずっとそうするつもりだったかのように。

コンコースの中央、巨大な〝記念〟のケシの花（キングズクロス駅には英国のために死んだ人を記念するケシの花のモニュメントがある）の下に屋台店がある。屋台は家庭用品や工具の形をしたチョコレートを売っている。ハンマー、ドライバー、ペンチ、スプーン、カップなど。チョコレートのカップ、チョコレートの受け皿、チョコレートのティースプーンにチョコレートの直火式エスプレッソメーカー（直火式エスプレッソメーカーは高い）を買いそろえることもできる。チョコレートで作られた各種のものは法外に実物そっくりで、屋台には人が群がっている。スーツ姿の男は本物そっくりのキッチン用蛇口――チョコレートの上に銀色のスプレーでコーティングがしてある――らしきものを買っている。売っている女はまず箱の中に藁を敷いてから、それをそっと中に収める。

リチャードは券売機にカードを入れ、ここから乗り換えなしに列車で行けるいちばん遠くの地名を入力する。

そして列車に乗る。

彼は半日の間席に座る。

終点に着く一時間ほど前に窓の外で、空を背景に山並みが見え、最後まで行かずにそこで降りることにする。チケットに記されていない場所で気の向くままに列車を降りることを阻むものなど何があるだろう？

ああ、何もない、何も、何も。

ずっとこの地名はうるさい（ファシー）と韻を踏むようにキンガシーと発音するのだと思っていた。列車に乗る前、ロンドンのキングズクロス駅でも、機械音声が頭の上のスピーカーでそう発音していた。しかし彼が街に着いてノックしたゲストハウスの人はキンニューシーと発音する。人は彼を怪しむだろう。前もって携帯で宿を予約しないなんてどんな人物だ？　携帯を持っていないなんてどういう人だ？

彼はゲストハウスの慣れないベッドの端に腰を下ろすだろう。次にはベッドと壁の隙間で床に座り、膝を抱える。

翌日、彼の服には、一晩過ごした部屋と同じ消臭スプレーの匂いが染みついているだろう。

十一時二十九分。機械音声が駅のスピーカーで詫びる――エディンバラ・ウェイヴァリー駅発十一時八分着のスコットレールの列車は遅れている、原因はキンガシー駅南で起きた列車事故の影響、十一時九分発インヴァネス駅行きのスコットレールの列車は遅れている、原因はキンガシー駅南で起きた列車事故の影響、インヴァネス駅発で十一時三十五分着のスコットレールの列車は遅れている、原因は信号機のトラブル、十一時三十六分発エディンバラ・ウェイヴァリー駅行のスコットレールの列車は遅れている、原因は信号機のトラブル、と。

善人（いい）は信号機のトラブル、とリチャードは想像上の娘に話しかける。

そんな発言は公にはＮＧね、と幻の娘が言う。

（パディーはもういないけれども、幻の娘はまだ彼とともにいる。）

新しい流行語の意味がよく分からないとき、彼は幻の娘に尋ねる。たとえば #metoo（セクシャルハラスメントや性的暴行の被害体験を告白・共有する際にＳＮＳで用いられたハッシュタグ）。

それは自分もそうですよという意味、と幻の娘は言った。父さんも。

その後彼女は笑った。

ハッシュタグって何？と彼は娘に訊いた。

娘はこの二十数年間、彼の頭の中で十一歳のままだ。少なくともこれまで幻の娘に大人としての人生を与えていないのは家父長的で、間違ったことだと彼は自覚している（でもそんなふうに感じたり、できることならそうしたいと思ったりする父親はきっと、いや絶対に自分だけではないだろうと思う）。

ハッシュタグはハッシュブラウン（ハッシュポテト）とはかなり違う、と幻の娘は言った。食べない方がいい。吸うのも駄目（ハッシュブラウンは通常ハッシュポテトの意だが、マリファナ入りのチョコレートケーキを意味することもある）。

実在の娘——今も生きているとしてもどこにいるか分からないが——に敬意を表して彼は本当の意味を確かめるためにその単語をネットで調べてみる。

私も年貢の納め時かな、と彼は意味が分かったとき思った。

それから二週間は眠れなかった。一緒にいる女性に何をしても許されたあのとき、このときのことを思い返し、朝の四時に目を開けて横になったまま悩んだ。いろいろな女の脚に触れた。何度も強引に迫った。多くのケースでうまくいった。文句を言った相手はいなかった。

少なくとも面と向かっては。

二週間が経つとまた眠れるようになった。疲れすぎて寝ずにはいられなかった。

かつての私は時に、ちょっとした悪魔だったんだな、と彼は頭の中にいる幻の娘に言った。

でしょうね、と幻の娘は言った。

かつての私は時に、ちょっとした悪魔だったんだな、と彼は頭の中にいる現実の娘に言った。

返事はなかった。

この前の三月。パディーが亡くなる五か月前。彼は半解けになった雪の道路を車で走り、彼女の家まで行く。そしてチャイムを鳴らす。双子の息子の片方が彼を中に通してくれる。パディーは奥の部屋にいる。そして家に入ってきたリチャードの声を聞きつけて大きな声で叫び始める。

今来たのは私の愛する芸術の王様？

彼女は紅茶の入ったマグカップを持ち上げるだけで腕が折れそうなほどにやせている。しかし彼が部屋に入ると、そこに秘められた魂が突風のように吹き付ける——あなた髪の毛を伸ばしすぎね、シャツに染みが付いてるわ、何をどうやって食べたらそんなことになるわけ？　ズボンも見て、ブーツを持ってないの？　おしゃれなドレスシャツなのに胸のところが悲惨、ディック、どういう格好なの、タイアのペリクリーズ（シェイクスピア『ペリクリーズ』の主人公）にでもなったつもり？と。

疲れ果てた（タイアド）ペリクリーズさ、と彼は言う。あなたの知恵を借りるために猛吹雪（ブリザード）の中を車で十キロ走ってきた。

へえ、疲れているのは自分だと言いたいわけね、いつも自分中心のペテン師さん。死にかけているのは私のはずよ、と彼女は言う。その濡れた靴はさっさと脱ぎなさい。

パディー、あなたは死なない、と彼は言う。

いいえ、死ぬ、と彼女は言う。

いいえ、死なない、と彼は言う。

大人になりなさい、と彼女は言う。これはおとぎ芝居とはわけが違う。私たちはみんな死ぬ。死なない人間の話なんて現代の空想物語だし病気みたいなもの。そんな話にだまされては駄目。穴の開いたボートに今乗っているのは私。あなたじゃない。だから今は口出ししないで。

私たちは同じボートに乗ってるんだ、パディー、とリチャードは言う。

私の悲劇を勝手に自分のものにしないで、と彼女は言う。靴はそこの放熱暖房機(ラジエーター)の上に載せておいたらいい。靴下も脱いで一緒に放熱暖房機(ラジエーター)の上に。ダーモット、この人にタオルを持ってきてあげて。そしてやかんを火にかけて。

リベラルな世界の船、と彼は言う。一緒にその船に乗って永遠に夕日の水平線に向かっていくのだと思ってた。

すべては変わった、完全に変わってしまった、と彼女は言う。それで今、新世界秩序の船はどんなふうになってるのかしら？

彼は笑う。

今、船があるのはコンピュータゲームの中だ、と彼は言う。デジタル情報で組み立てられた船をみんなが魚雷で爆破する。

人間ってお利口さん、と彼女は言う。ものの破壊を楽しむ新しい方法——面白い方法——を考え出すなんて拍手しないとね。リベラル資本主義的民主主義の終焉はさておき、最近はどうしてるの？　ていうか、会えてうれしいわ、でも用件は何？

彼は近況を話す――マーティン・タープの最新作で監督を任されたことを自分でも知ったばかりだ、と。

タープ？　ああ、何てこと、と彼女は言う。

そうなんだ、とリチャードは言う。

大変、てことは、今のあなたには助けが必要ってことね、と彼女は言う。で、その仕事って？　どういう作品？

偶然一九二二年にスイスの同じ小さな町で過ごすのだけれど一度も顔を合わせずに終わった二人の作家を扱った小説のことを彼は説明する。

キャサリン・マンスフィールド？と彼女は言う。本当に？　間違いない？

そんな名前だった、と彼は言う。

近所に住んでいたというのはリルケ？と彼女は言う。それは本当の話？

小説の巻末に添えられた文章には本当の話だと書いてあった、と彼は言う。

どういう小説？と彼女は言う。書いたのは誰？

文芸小説、と彼は言う。ネラ何とかという作家の第二作。ベラだったかな。とにかく長い。でも大したことは起きない。

それでそんな話をうすのろ（トワープ）が任されたわけ？と彼女は言う。

ベストセラーなんだ。いろんな賞の最終候補にもなってる、と彼は言う。

それは知らなかった、と彼女は言う。いい小説？

ペーパーバックの表紙に印刷された宣伝文句には、平和と静寂の田園詩とか、過去からの贈り物とか、夢中になって読んだとか、読みふけったとか、EU離脱（ブレグジット）時代からの逃避とか、そんなことが書いてあった、と彼は言う。結構、私の好みだった。二人は静かに作家らしい暮らしをして、時々ホテルの廊下ですれ違う。一人は畢生（ひっせい）の作品を仕上げようとしている——本人はまだ気づいてないけど。彼女は病気なんだ。そして山のもっと上の方にいる夫との喧嘩を避けるため、友達と一緒にこのホテルに暮らしている。友達は割と内気な性格。そしてもう一人の作家、名前は何て発音するのかな？

リルケ、とパディーは言う。

彼の方は畢生の作品をその年の初めに仕上げていた、とリチャードは言う。だから疲れている。彼は住んでいた塔を改修する間、近くにある同じホテルに引っ越していた。改修が終わるとまた塔に戻ったので、そこでちょうど女性作家と入れ違いになる。女性作家の友達はまるで荷馬みたいな格好で二人分の荷物を担いで現れる。でも男はホテルでの食事が気に入っていたので、夜はしばしば食事に訪れる。そこはスキーリゾートなんだが、季節は夏だから閑散としている。町もホテルもね。そして時々、二人の作家は同じレストランで近くに座ることになる。ホテルの庭でも時々すれ違う。小説にはホテルよりももっと標高の高いところや低いところの描写もたくさん出てくる。雄大なアルプス山脈の自然を背景にした二人の日常とか。

それで何が起こるの？とパディーは言う。

あらすじは今ので終わり、と彼は言う。

んんん、とパディーは言う。

季節が変わる、と彼は言う。二人は出会わない。馬、釣鐘帽（クローシュ）、ベスト、背の高い草、花、牛のいる牧草地、首に鈴を付けた牛。時代劇みたいな感じかな。

彼女は首を横に振る。

でもタープは、と彼女は言う。最悪。逃げることはできないの？

彼は片腕を上げて、シャツのほつれた袖を彼女に見せる。それから反対の袖も見せる。そちらもほつれている。

脚本は見た？と彼女は言う。

見た、と彼は言う。

テロリストは登場した？と彼女は言う。

二人は笑う。二人は去年、ＢＢＣのインターネット放送サービスでマーティン・タープの最新ドラマ『ナショナル・トラスト』の全エピソードを一緒に観た。それはあらゆるメディアで熱狂的な評価を受けていた。爆発場面がいくつもあって、はらはらどきどきの全五話。自爆ベストをまとったイスラム教徒の女性テロリスト集団が一般人数人と新米史跡案内人を人質に取ってイングランド北部にある立派な屋敷に立てこもり、警察と情報部の工作員がそれと戦う。

パディー、今日あなたに話したかったのは、テロリストよりももっとひどいものがあるということ、とリチャードは言う。

マーティン・タープは既に濡れ場をいくつも脚本に入れさせている、と彼は説明する。それについては元々ドラマ化を依頼された放送局の人も、制作費の大部分を提供している大規模オンライン小売店も大いに乗り気だ、と。

濡れ場？とパディーは言う。

彼はうなずく。

キャサリン・マンスフィールドとライナー・マリア・リルケの二人が？と彼女は言う。時代は、いつだって言ったっけ――一九二二年に？

リルケの住んでいる塔で、彼女が泊まっているホテルの部屋で、他にもホテルの別の部屋、彼女の友達の部屋とかで。ちょっとレズビアン的な要素も盛り込んである。それで――待って、まだ終わりじゃない――ホテルの庭に弦楽四重奏団がいつも演奏をする小さな岩屋のような場所があってそこでも、ホテルの廊下では植木鉢の背後にあるカーテンの中で、そしてホテルにあるビリヤード室のビリヤード台の上で。ボールをあちこちに転がしながら。まったくコメディーみたいなセックスだ、と彼は言う。

パディーは声を上げて笑う。

私はそれがコメディーみたいなセックスだから笑ったわけじゃない、と彼女は言う。笑える話だからじゃなくて、そんなのありえないから笑ったの。だって一つには、マンスフィールドの結核は一九二二年には症状が重くなっていた。一九二三年の初めには亡くなるんだから。

知ってる、と彼は言う。彼女の結核が進行していたことを思うと私もそれだけで胸が痛い。

彼は彼女のやせた手を取り、自分の胸に当てる。彼女は笑みを浮かべ、片方の眉を上げる。

魚が飛び跳ねてる（ジャズのスタンダードナンバー「サマータイム」の歌詞の引用）、ダブルディック。

身体化（ソウマタイズ）すれば、暮らしも楽だ（先の歌の冒頭「夏（サマータイム）になれば、暮らしも楽だ」という歌詞のもじり。「身体化」は精神的症状が身体的症状に転換すること）。二人が一緒に仕事をするようになってから――撮影にかかった六週間、彼の体が文字通り少し緑色に変わり、彼女がその色を〝アイルランドの緑〟と呼んで、その症状を船酔いと診断した『トラブルの海』以来――彼が今作っているドラマの要素が体に現れ始めると出来上がりが神がかり、いい作品ができる、というのがパディーの理論だった。

彼はにやりと笑って、手を放す。

あなたと一緒でなければいいものが作れない、と彼は言う。

反論したいところだけど反論はできない。だってこの件には私の代わりにタープが関わっているんだから、と彼女は言う。これ以上話を聞いたらもっと腹が立つ。だってその話、あなたと組めるならぜひやりたいくらいだもの。キャサリン・マンスフィールド。まったく。キャサリン・マンスフィールドに関する脚本。それにリルケ。文学界における二人の巨人、マンスフィールドとリルケ、同じ場所、同じ時。すごいわ。

関心がある?とリチャードが言う。

ええ、大いにありますとも、と彼女は言う。マンスフィールドがスイスで書いた短編はどれも傑作。リルケもまもなく『ドゥイノ悲歌』を完成させようとしていた。そして『オルフォイスへのソネット』を書く。二人の天才が夜の散歩に出かけて、生と死について語る方法を探る。文学の形式を作り替えた二人。その二人が同じ時に同じ部屋にいたとは。そう思い浮かべただけで。事実なら頭が爆発しそうになるわ、ディック。本当に。

そんなにすごいの、と彼は言う。

彼女は首を横に振る。

リルケ、と彼女は言う。そしてマンスフィールド。

そのときリチャードは思い出す。そうだ。キャサリン・マンスフィールドはずっと昔からパディーに話を聞かされていたたくさんの女性作家のうちの一人だ。数十年前から何度も話を聞いていたのに、彼の方では耳を傾けようともせず、特に何もしてこなかった作家の一人。

彼はその場で適当に思い付いたことを彼女に話す。前から話を聞いていた印象で、マンスフィールドはどちらかというとビクトリア朝の女性っぽいイメージを持っていた、と。やせたオールドミスみたいな、少しつんとした世間知らずの女。

つんとした世間知らず！とパディーは言う。マンスフィールドが！

彼女は声を上げて笑う。

キャサリン・マンスフィールド・パーク（『マンスフィールド・パーク』はジェイン・オースティンの小説（一八一四年））、と彼女は言う。

リチャードも一緒に笑うが、なぜそれが面白いのか彼には分かっていない。

彼女は冒険家よ、いろいろな意味で、とパディーは言う。性的冒険者、美的冒険者、社会的冒険者。現実世界の旅人。バラエティーに富む恋愛遍歴。当時にしてはかなりきわどい人。というか、恐れを知らぬ女。何度妊娠したか分からない。相手はいつも駄目な男。子供を非嫡出子にしないために実質赤の他人みたいな男と結婚したんだけど、結局、流産。そんな話も本に出てくる?

いいや、とリチャードは言う。そんな話は全然。

第一次世界大戦のときは前線の近くまで行った、とパディーは言う。戦場にいたフランス人の恋人と一晩過ごすためにね。急いで会いに来てくれという〝おば〟からのはがきを役人に見せて。実際にはがきを送ったのは恋人だったその兵士。署名はマルグリット・ボンバール。つまりヒナギクの爆撃! われこそは社会の改革者だと思っていた人たちは彼女に接するとショックを受け、不快感を覚えた。自分たちの方が偏狭に感じられたから。ウルフ、ベル、ブルームズベリー・グループ(二十世紀初頭にロンドンのブルームズベリー地区に集まった文学者・知識人の集団。作家のヴァージニア・ウルフ、その姉のヴァネッサ・ベルらが中心となった)。彼女たちにとってマンスフィールドはニュージーランドの野蛮人、つまらない植民地人。うん、彼女は間違いなく開拓者(パイオニア)ね。

パディーは首を横に振る。

でも一九二二年にベッドで横たわるマンスフィールドにとっては、胸を覆うブランケットでさえ重すぎた、と彼女は言う。セックスどころじゃない。私の知る限りでは、一九二二年にはかなり体が弱って、馬車からホテルの入り口まで歩くこともままならなかった。それにホテルの側も肺病患者には少し冷たくて、咳ばかりしている女を長居させてくれる感じではなかった。でもひょっとするとスイスは事情が違ったかもしれない。あの国では肺病患者の長期療養が一つの産業になっていたから。

どういう産業?とリチャードは言う。

あそこは空気がきれいだから、と彼女は言う。

どうしてあなたはいつも何の話題でもそんなに詳しいのかな、パディー?と彼は言う。

よしてよ、とパディーは言う。何かを知っていることで責められるなんてごめんだわ。私は滅び行く種族。もはや誰にも顧みられることのない人種。本。知識。何年にもわたる読書。それはつまり、私はいろんなことを知っているということ。

だから私はここに来たんだ、と彼は言う。

それは分かってる、と彼女は言う。

彼女はテーブルの端に体を寄せ、椅子を下げる。そしてテーブルの縁をつかんで立ち上がる。立ちくらみのせいで、そこで一瞬、間(ま)がある。リチャードが身を固くし、手を貸そうとするのが彼女の目に入る。

気にしないで、と彼女は言う。

そして壁際に本棚が並ぶホールに目をやる。

私が持っていたリルケはたしか大昔にアムネスティの慈善事業に寄付してしまった、と彼女は言う。実際に死ぬずっと前に美しく死んだ男。この鉢に盛った薔薇(ばら)を見よ、そして現実世界と呼ばれる場所でのつまらないことは忘れよう、とリルケは言う。でも、女が手にできる薔薇や天使は限られてる。〝表現手段としての死〟、〝あなたが私に入り私があなたに入る〟、〝私たちは死ぬことによって死を征服する〟。どれも女には限界がある。特に死にかけた女には。いえ、でもこれはリルケに失礼ね。

　彼女はホールの入り口まで進む。最初は壁にもたれ、次に本にもたれ、本棚に沿って歩いて、望みのアルファベットのところにたどり着く。

　ない、リルケは残ってない、と彼女は言う。さっきも言ったけど、やっぱりリルケには失礼しちゃった。でも、マンスフィールドならたくさんある。

　彼女は一冊を取り出し、開き、本と自分の体を他の本にもたせかけながらページをめくる。それからパタンと閉じて脇に挟む。そしてさらに二冊を取り出す。今のパディーには二、三冊のハードカバーの本を胸に抱えて部屋を横切るだけの力がある。彼女はそれをリチャードの前のテーブルにどさっと落とす。彼は本が落ちたときにたまたま開いたページで目に付いた文章を読む。

　このつまらない手紙を書く間、嵐が荒れ狂っている。壮烈な音。できれば外に出たい。

　ハハハ、と彼は言う。

　パディーは笑顔になる。それからその開いたページの上にある日付を二度、先の曲がった指でとんとんと叩く。一九二二年。彼女は椅子の前まで戻り、腰掛ける。

　この年は使える、と彼女は言う。一九二二年、世界人口の約五分の一が属していたのが？

　彼女は眉を上げ、リチャードの答えを待つ。彼は何も言わない。何を答えればいいのかまったく分からないから。

　大英帝国、と彼女は言う。私なりに世界史的に考えるなら、ムッソリーニが動きだしたのはこの頃じゃないのかしら？　そんな話は小説に出てくる？

私のことはよく知ってるだろ、と彼は言う。私が見落としただけかもしれない。あまり集中して本を読むタイプじゃないから。

もっと近いところで言うと、一九二二年、マイケル・コリンズ殺害事件。

そうだね、とリチャードは言いながら、マイケル・コリンズが誰だったか必死に思い出す。

面白いわ、とパディーが言う。動乱のアイルランド。新しい連合。新しい国境。古くて新しいアイルランドの内乱。古くて新しいパターンで出てきた、これまた重要な問題。これが無関係だなんて言わないでね。

彼女は目を閉じる。

タープにはついでにウィルソンのことも思い出させてやって、と彼女は言う。これはあいつも喜ぶかも。だって暗殺事件がもう一つ加わるんだから。ウィルソンというのはヘンリー・ウィルソンのことよ、知ってる？

ええと、とリチャードは言う。

ボーア戦争では軽旅団付きの司令官、第一次世界大戦では大英帝国参謀幕僚長、アイルランド自治に反対する筋金入りの統一派、彼が自宅前でアイルランド共和党員によって殺害されたことで、アイルランド内戦という既に火が点いていた導火線に油が注がれた。でも、それくらいのことならあなたも知ってるわね、え、知らない？ 他には何があったかしら？ （パディーは既に大地を離れ、宙を飛んでいる。）一九二二年。文学において何らかの意味を持っていたものがすべて崩壊した年。ばらばらになった年。マーゲートの砂浜で（イギリス南東部、ドーバーの北にあり、T・S・エリオットが『荒地』（一九二二年）を書いた場所。ちなみに一九二二年にはジョイス『ユリシーズ』も出版された）。

なるほど、と彼はうつろな表情で言う。

私が言ってるのはね、と彼女は言う。そういういろんなものがてんこ盛り、しかもよくできた物語。現実の人間たちが偶然にも同じ場所に集った。お互い何も知らず、会うこともなしに。とても微妙なすれ違い。数センチのレベルで。それだけでもすごい。でも、一人は戦争で弟を亡くした（マンスフィールドは第一次大戦で弟を失った）。もう一人は戦争で正気を失いそうになる。その二人が書いたものがすべてを変える。二人が型を壊す。まさに近代（モダン）の作家。ゾラやディケンズのような人たちがマンスフィールドとリルケ——故郷（ホーム）を持たない偉大なる作家、偉大なる孤立者——のような人々にバトンを渡す。マンスフィールドはニュージーランド、リルケは、どこの人だっけ、オーストリア？　チェコ？　ボヘミア？

小説の中ではたしかに自由奔放（ボヘミアン）って感じだった、とリチャードは言う。

そのボヘミアンの話じゃないんだけど、と彼女は言う。聞いて。大英帝国とドイツ帝国が二つの巨大な石臼みたいに互いにこすれ合う。既に数百万の人が亡くなっている。なのに次の戦争でまた数百万人を殺そうとしてる。これはすごいことになるわ、ダブルディック。本当にすごい作品になる。タープに伝えて。どーんと背景にあるのは帝国への郷愁（ノスタルジア）。このアイデア、使ってもいいわよ。

聞いてる、と彼は言う。うん。

そしてさらにその背後にあるのは、とパディーが言う。山が持ちうる意味のすべて。

どういう意味かな、山が持ちうる意味って？とリチャードが言う。

スイスの山村にいる二人に神のご加護を、と彼女は言う。周りを囲む山脈はまるで巨大な口で二人を呑み込もうとする鮫の大きな尖った歯みたい。〝中立地帯〟と呼ばれたスイスでは、帝国主義的ファシズムの胞子がスペイン風邪のウイルスみたいに空気中に漂っている。

なるほど、とリチャードは言う。そうだね。

（彼はそう言いながら、畜生、と思う。

彼女がいなくなったらこの世界はどうするんだ？

彼女がいなくなったら私はどうすればいい？）

でもそれはまだほんの始まりでしかない、と彼女は言っている。もっと先がある。もっと、もっと話を発展させなきゃ。考えてみるわ。メモをしておいた方がいいかしら、ダブルディック？

リチャードの体中に安堵が満ちる。まるで誰かが体の中で温かなシャワーの蛇口を開いたかのようだ。ひょっとすると体のどこかから安堵が漏れているかもしれない。彼は自分の服を見て、漏れていないことを確かめる。それからまた顔を上げる。

ありがとう、と彼は言う。パディー。あなたは最高だ。

でも、何から何まで私がやってあげるわけにはいかない、と彼女は言う。

いやいや、そこまでお願いするつもりはないよ、と彼は言う。

そして彼女にウィンクをする。彼女はそれに反応することなく、深刻な顔をしている。

あなたもあなたの要求も、と彼女は言う。私が死んだ後も、墓の向こう側から物語に関する調査レポートを送らせようと思ってるんでしょ。やれリルケだ、それマンスフィールドだって。そうなってもまだ、字が汚いって文句を言うんでしょうけど。

パディー、と彼は言う。

これからは考えるのもあなたの仕事、と彼女は言う。

私なんて役立たずだ、パッド、と彼は言う。あなただってそれは分かってるはず。

いいえ、あなたには昔から、いい意見を見分ける才能がある。

ハハハ、と彼は言う。

(彼が彼女をこれほど愛するのも無理はない。)

でも、強くならないと駄目、と彼女は言う。今のあなたよりもっと強く。タープの好き勝手にさせていては駄目。

そういう注意事項を書き留めておいてくれないか、パッド、と彼は言う。

いつだって昔のメモ帳（パッド）を見直せばいい、と彼女は言う。

これは以前から二人の間でだけ通じるジョークだ。二人は子供のように笑う。少し前に玄関でリチャードを通した双子の片方がホールのアーチの下に現れる。

そろそろ引き取ってもらえませんか、リチャード、と彼は言う。母さんは少し疲れた顔をしているようだ。

ドラマの仮題は?とパディーは言う。

彼女はまるで息子がそこにいないかのようにそう言う。リチャードも彼を無視する。

小説と同じ、と彼は言う。たくさんの人が買った本のドラマ化だから面白いに違いないってみんなに思ってもらうためさ。

じゃあ、小説のタイトルは?と彼女は言う。

四月（エイプリル）、とリチャードは言う。

へえ、とパディーは言う。なるほどね。本のタイトルとしてはどうかしら。四月（エイプリル）。

彼女は目を閉じる。その顔はたしかに急に疲れたように見える。

彼はまだ濡れているソックスを片方履く。そしてその足で立ち上がり、放熱暖房機（ラジエーター）の上に置いてあった靴を取り、ぶら下げるように持つ。

彼女はテーブルの上で拳を握る。

春に普通の花が咲くのをまた見たい、と彼女は言う。

リチャードは濡れた靴を片方履き、足（フィート）に感じる冷たさ（コールド）に顔をしかめる。

怖じ気づく（ゲット・コールド・フィート）っていうのはこういう感覚なんだな、と彼は言う。

ゆっくりしてっていいのよ、と彼女は目を閉じたままで言う。自分でお昼を作ったらどう。冷蔵庫にいろいろ入ってるから。

あなたに何か作ろうか?とリチャードは言う。

え、ああ、要らない、と彼女は言う。何も食べられない。

食事はこっちでやるので結構です、リチャード、と息子が言う。

彼女は目を閉じたままだ。そして腕をテーブルの上で少し持ち上げて振る。

好きなだけいていい、と彼女は言う。本は持って帰りなさい。書簡集は全部。他の巻はMのところにある。本棚に。

本を持っていくわけにはいかないよ、パディー、と彼は言う。あなたの本を持って帰るなんてできない。

この先私が必要とするわけじゃないわ、と彼女は言う。持って帰って。

まだ十一時二十九分。

リチャードは息を吸う。胸が痛い。

これはキャサリン・マンスフィールドのせいだ。

そのうち自分の体は詩人ライナー・マリア・リルケの白血病も身体化（ソウマタイズ）し始めるのではないかと彼は少し心配になる。

話によると、住んでいた塔の裏に薔薇園を作っていたリルケは、エジプトから来たきれいな女性が自分のところに訪ねてくるというので、歓迎のために薔薇をいくつか摘みに出た。ところがその際、茎にあった棘（とげ）が手か腕に刺さった。棘でできた小さな傷は治らなかった。感染は腕に広がり、反対側の腕も腫れた。そして彼は死んだ。

リルケは薔薇に関するたくさんの詩を詠んだ詩人でもある——それは一種の皮肉だ。リチャードでもそれは分かる。リルケはあまり読んだことのない詩人だったけれども。実は今年になるまでその名前を聞いたこともなかった。ネットで少し力を入れてリルケを読んだ今もやはりよく分からないと白状せざるをえない——もしも目の前にパディーがいたなら。耳の中に木が育って一体どういうこと？　大きさ的に無理だろう。

しかし人としてのリルケは、少なくともリチャードがざっと目を通したサイトと小説からすると、節操のないところがなかなか魅力的だった。たとえば女性が家に来るときには彼はいつも、訪問の途中でその女性の前に仰々しく立って詩を読み上げ、女が帰る前には同様に仰々しくその読み上げた詩――自らの手で書き写し、献辞を添えたもの――をプレゼントしたので、女はいつも自分のために特別に詩を書いてくれたのだと思いながら塔を去ったのだった。ところが実際には、その詩は下手をすると何年も前に書かれたもので、リルケの死後、詩が再利用（リサイクル）されたものだった――時には同じ詩を数人の女に贈っていた――のを知ってとてもがっかりした女も何人かいた。

しかしそんな魅力のおかげでリルケにたくさんの幸運が舞い込んだことは間違いない。リルケは決して裕福ではなく、詩人だったので男後援者（パトロン）や女後援者（マトロン）からかなり世話になっていた（女後援者（マトロン）という言い方は使ってもいいだろうか？　反フェミニスト的ではないか？　女性はそんな言い方を聞いたら怒る？）。彼は特に裕福な人に招かれて大宮殿や城に滞在することを好んだ。それを好まない人はいないだろうけれど。

それにしても薔薇の棘。女性にプレゼントした詩。魅力。

など、話は尽きない……。

リチャードは今、そうしたものから逃れようとしていたのではなかったか？

リチャードは急に吐き気を覚える。

本当に具合が悪いのかもしれない。

(これはまさか白血病の兆候?)

彼は周りを見てごみ箱を探す。掃除の行き届いているプラットホームを汚したくはない。

それだったら、と幻の娘が耳元で言う。たぶん吐くことはないと思う。本当に吐くときは、ここで吐いても大丈夫かどうかなんて考える余裕はないはずだから。ついでに言うと、耳には木を中に入れるだけの大きさがある。耳の中の木。血の中の薔薇。私が今どこにいるか考えてみてよ。

彼は再び時刻を確かめる。

十一時二十九分。

あの時計は壊れているのか?

一分って本当にこんなに長い?

壊れているのは私の中にある時計なのか?

彼は駅を出て、正面にある空き地を歩き、別の現実から気を逸らすための現実(リアル)的なものを探す。

そこには背の高い石の構造物がある。戦争記念碑だろうか。そばまで行って、側面に書かれている戦死者の名前でも読もう。

しかしそこに死者の名前は書かれていない。

その代わりに、石にはめ込んだ銘板には金色の文字でこう書かれている。

マッケンジーの噴水

ターロギーのセララーゴ伯爵
ピーター・アレクサンダー・キャメロン・マッケンジー
により
生まれ故郷の町に寄贈
セララーゴ伯爵夫人
により開栓
一九一一年七月二十一日

それは飲用の古い噴水だ。もう水は流れていなかった。

彼は周囲を二回ほど回る。そして再び銘文を読む。奇妙だ。このスコットランドの地にポルトガルの伯爵名。ポルトガルで合っているのか？　南アメリカ？　彼は調べようとして携帯を手探りする。

携帯はない。

そこで彼は駅前に停められたコーヒートラックの前まで行く。

エコ(スコットランド)スコーヒー
優しい味を
一杯どうぞ

トラックの開口部には誰もいない。彼は側面の波形金属板をノックする。

女が芋虫のような格好で運転席を乗り越えて現れ、頭から床に落ちる。客の相手をしなければならないのが相当面倒くさそうな様子だ。女は立ち上がり、開口部に姿を見せる。寝起きの顔だ。体はまだ寝袋に入ったままで、胸のところで押さえている。

はい？と彼女は言う。

今日は忙しいですか、と彼は言う。

女は無表情に見つめ返す。

起こしました？と彼は言う。

それって、私がバンで寝てたって言いたいわけ？と彼女は言う。

彼は顔を赤らめる。

いいえ、と彼は言う。

で、ご用件は？と彼女は言う。

女は彼が最初に思ったほど若くはない。目の周りは黒ずみ、顔には生活歴、使用歴が刻まれていた。五十？　女は彼が年齢を見定めているのに気づいて冷たい表情を見せる。

もしもご存じなら、どこかこの近くの図書館への行き方を教えてもらえないかと思いまして、と彼は言う。あそこの噴水が壊れていて、こちらの店としてはうれしいですよね。あそこで水が出たら、きっとその分お客さんが減りますから。側面の銘板に興味を惹かれたんです。つまり、セラーゴが一体どうしてこの土地と関係あるのかなって？

図書館は閉まってる、と女は言う。

リチャードは悲しげな顔で首を横に振る。

今の時代は本当にどうなってるんでしょうね、と彼は言う。人がものを知ることを望まない文化って何なんでしょう？　代金を払えない一部の人間が情報や知識にアクセスする機会を減らす文化？　まるで全体主義を描いたＳＦの世界だ。七〇年代ならいい映画が作れたかもしれない。昔はちょっとした映画作家だったんです。何かのばちが当たったんでしょうね。今でもそうです。でも今は時代が違う。ええ、全然。今起きているようなことを当時の人に話したって、誰もこんな時代がありうるなんて信じなかったでしょう。これはまさに、神々の黄昏（ラグナロク）だ。

いいえ。ここはキンガシーよ、と彼女は言う。

いや、とリチャードは言う。私が言ったのは、この世の終わりという意味です。図書館が閉鎖されたと聞いたから。

〝閉まってる〟って言ったのは閉鎖のことじゃない、と女は言う。火曜日は閉まってるっていう意味。

ああ、とリチャードは言う。

明日は開いてる、と女は言う。

ああ、とリチャードは言う。

他に何かご用は？と女は言う。

いえいえ、とリチャードは言う。他にはありません。どうも。ただ一つだけ——

女は眉を上げ、言葉を待つ。

ひょっとしてレモンみたいなもの売ってませんか?と彼は言う。

レモネードのこと?と女は言う。

いいえ、レモン、ただの普通のレモン、と彼は言う。

いいえ、悪いけど、そういうのはない、と女は言う。

ああ、分かりました、じゃあ、そのレモネードをください、と彼は言う。

いえ、実はレモネードもない、と女は言う。レモネードは切らしてる。

ああ。分かりました。じゃあ、エスプレッソをもらいます、とリチャードは言う。

悪いけど、今日はバンにお湯がない、と女は言う。

ああ、なるほど。じゃあアップルジュース。アップルジュースならありますか?と彼は言う。

いいえ、と女は言う。

そうですか、とリチャードは言う。じゃあ、ボトル入りの水を一本ください。

女は笑う。

いつも面白いと思うのよね、スコットランドではなぜかみんながボトル入りの水を買いたがる、と彼女は言う。

ただの、とリチャードは言う。

ただじゃないけど、と女は言う。

ただの水がないなら炭酸水でも、と彼は言う。

ああ、その意味。水は売ってない、と女は言う。

ええと、何があるんですか?と彼は言う。

実は今日、何も売るものはない、と女は言う。

じゃあ、どうして店を開けてるんですか?と彼は言う。

そう言って、トラックの開口部を手で指し示す。

新鮮な空気のため、と女は言う。空気ならご自由にどうぞ。

女は奥に戻ろうとする。

崇高ですね、あの山並み、とリチャードは慌てて言う。でも、崇高とは言っても人間的なスケールだ。それと比べると、たとえばそう、スイスなんかの山は違う。

はあ、そうかもね、と女は言う。

ああいう崇高すぎない山間の村で暮らすのはきっと楽しいでしょうね、どことなく親しみが持てて、と彼は言う。

親しみ?と女は言う。それは勘違いかも。親しみが持てるケアンゴーム山脈。あの山脈ではいろんな形で人が死んでる。

本当に?とリチャードは言う。

低体温、嵐、ブリザード、と女は言う。強風にあおられて吹き溜まりの雪に頭から突っ込んだら自分で抜け出すのは無理。突然の吹雪は年中いつでも起こる。真夏でも。ホワイトアウト、雪崩。天気が急に変わると人は簡単に迷子になる。わずか三、四キロしか離れてない場所で空が晴れていても、山ではどこからともなく霧が湧く。たとえばモリッチ湖で人が日光浴しているときに、山の方では氷に閉ざされて手足が凍傷みたいなことだってある。山小屋なんて何キロも歩かないと見つからない。家も、道路も。雪は本当にあっという間に積もるし、深い雪の中は歩くだけでもすごく疲れる。腰のあたりまで積もることもある。春にはそれが融けて、ちょろちょろ流れていた細い小川が大きな強い流れに変わる。地面だと思って歩いているとそれが深い川の上で融けかけている氷だったりして、ええ、そんなふうにして溺れる人は少なくない。四月や五月に吹く風はすごくて、灌木や小さな木が根っこから抜けてこっちに飛んでくることもある。

うわ、とリチャードは言う。

女は顔をしかめて彼を見る。

うわ、と彼はもう一度言う。

ええ、と女は言う。きれいなことは間違いないけど。

はい。うん。ありがとうございました、と彼は言う。

そして反対を向く。

あれは馬のためのものよ、と女が言う。牛とか。このへんの家畜のため。

はい?とリチャードは言う。

マッケンジーの噴水、と女は言う。昔はかなりの高さまで水が上がってたらしいわ。

ああ、とリチャードは言う。なるほど。

なるほど、と女は言う。さようなら。いい一日を。

女はまだ寝袋のまま、体を器用に動かしてバンの運転席の方へ戻る。

リチャードはがらんとした駐車場に少しの間立っている。それから駅に戻る。

十一時三十七分。

彼はプラットホームに向かい、また無人のホームに立つ。

そして陸橋を渡って反対側のホームへ行ってみようかと考える。

ちょっとした映画作家。

そう言う自分の声に彼は嫌悪感を覚える。

何かのばちが当たったんでしょうね。自分の言葉が嫌悪感を催す。**セララーゴが一体どうしてこの土地と関係あるのかなって？**

彼は息を吸う。胸が痛む。

そして息を吐く。胸が痛む。

この駅に次の列車が入ってきたら、列車とホームの間に体を滑り込ませて、このきれいな線路の上で車輪の横に寝転がって、止めようのない客車の重みによってこの命を終わりにしよう。

ああ、何もない、何も、何も。

駅にいる男の上、町の家々の上にそびえる山並みは、まるで静止した波のようだ。

彼女が亡くなった一週間後、『ガーディアン』紙に訃報が載る。双子の息子の片方が書いたものだ。パトリシア・ヒール、旧姓ハーディマン。一九三二年九月二十日生まれ、二〇一八年八月十一日没。

彼女はかつてパトリシア・ハーディマンと呼ばれていた。ドラマのクレジットではパディーという名前を使っていたのに、息子たちは訃報でその名前を使っていなかった。そこで挙げられていたのは、二人で制作した十七本のうちで最も有名な二作品。『トラブルの海』（一九七一年）と『アンディー・ホフヌング』（一九七二年）の二作はBBCの「今日のドラマ」枠で放送された初期の実験的ドラマとして批評家の評価も高く、後世に大きな影響を及ぼした。『トラブルの海』は北アイルランド和平運動となるものに初めて声を与え、『アンディー・ホフヌング』はその三十年前にホロコーストで起きた出来事を、イギリスのテレビドラマとして初めて描こうとした作品だった。

『トラブルの海』。ベアトリクス・ポッターから火炎瓶まで。その頃まで、北アイルランドについて扱うドラマはほぼ皆無だった。アラン・ホイッカー（紀行番組のレポーター役で知られる英国のテレビジャーナリスト）はその数年前にシリーズを作ったが、結局、ほとんどが放送されなかった。リスクが大きすぎたから。『トラブルの海』では、現実世界で人の目が動くのと同じようにカメラを動かし、人が生活する現実の場所、彼らが口にする日常の言葉の断片を使い、決して顔を映さないことで匿名性を守り、代わりに、話をする出演者の周囲にあるものを撮影した。彼らの手の動き、たばこの煙、キッチンテーブルやマントルピースの上にあるもの。ロザリオ、馬に乗った君主の絵画、テーブルの上に描かれた柄(がら)、ジョン・プレイヤーのたばこの箱に描かれた船乗りのイラスト、あふれそうな、あるいは空(から)の灰皿、カップ、受け皿、コンロの上のやかん、きれいに磨かれた陶製の流し台、窓の外で格子柵の上を這っているスイートピー、ヘッドスカーフの下のカーラーで巻いた髪、バリケードに使われている波形鉄板の錆、勝手口の横にぶら下げてある警棒、農家の離れで煉瓦の背後にきれいに畳んでしまってある布製の古い三角旗(ペナント)。

一人の兵士がジーンズとシャツを身につけた髪の長い青年の脚をぽんぽんと叩いて身体検査をする。一人の兵士が八人か九人の女の集団に向かって金属の棒を振る。有刺鉄線の向こう、遠くの方で子供の脚が道路を横切る。

人々は議会でもこの作品の話をした。人々は千の新聞記事で知っていたより多くのことをこのドラマから理解した。それは〝血の日曜日〟を予見していた(「血の日曜日」は一九七二年一月三十日、北アイルランドのロンドンデリーで、デモ行進中の市民が英国陸軍に銃撃された事件)(とはいえその翌年、『トラブルの海』の予言が当たったとどこかの新聞の批評家が言ったときには、パディーはあっさりこう言ったのだった——目が一つ、脳が半分あれば誰でも〝血の日曜日〟を予見することはできたはずだ、と)。

彼女が初めて手がけた実験的なドキュメンタリードラマ。同種のものの先駆けの一つ。彼が初めて本格的に関わった作品。彼が初めて作ったいい作品。そしてそのパディーは今、当時のベアトリクス・ポッターがそうだったように天国にいる。

『アンディー・ホフヌング』。一九六〇年代の終わり頃、ウィグモアホールで開かれたベートーヴェンのコンサートで、パディーが席に着くと隣に男がいた。アン・ディー・ホフヌング、と男は言って微笑む。彼女は男が自分の名前を言ったのだと思って、自分も名乗る。その後プログラムを見て、それが曲の題名だと知る（「アン・ディー・ホフヌング」はドイツ語で「希望に寄せて」の意）。

二人はコンサートの後、食事に出かける（おそらく一緒に寝たのだろう）。男は自分について彼女にほとんど話さなかった。パディーは鋭い観察眼で多くの手掛かりを集めていた。男は片方の親がドイツ人、片方の親がイギリス人。両方の国からかなりひどい目に遭った。そして両国のせいでたくさんのものを失った――家族、友人、家などすべてを。でも、私が今まで会った中で最も希望に満ちた人だった、と当時彼女は言った。天真爛漫という意味じゃない。深い意味の希望。私は彼と話しているとき、真の希望は希望が存在しないことなんだと悟った。

それはどういうこと？とリチャードは言った。

（彼は男に嫉妬していた。）

分からない。でも彼と別れた後、私の中には希望が湧いていた。それが今の私の世界にも影響を及ぼしているの、ダブルディック。

そのベートーヴェン男は一緒に行ったクラブでまるで運勢を読み、占うように彼女の手を取ったが、実際にはそれは子供の頃チャーリー・チャップリンの映画で観た動きのまねだった。チャップリンは女の手を握り、手首か手のひらの線を見て、将来その人が産む子供の数を告げる。男は線を数え、子供は五人だと言う。それから自分の手を見て線を数え始めると数が二十五に達し、三十、三十五を越える。

その人はそこで声を出さずに笑い始めたの、と彼女は言った。子供みたいに笑うチャップリンをまねて。

男の名前は?とリチャードは訊いた（嫉妬だ）。当日以外にもその人と寝た? よかった? 後の二つの質問は頭の中だけにした。その日からパディーがいまいましいチャーリー・チャップリンに関する何かを——ほんの些細なことでも——話題にするたびにきっとそのアン・ディー・ホフヌング男のことを思い出しているのだと、リチャードは意識するようになった。彼女はまるでそれが秘密だと思っているかのようだった——リチャードに見抜かれているとは知らず、まるで自分が考えていることは他の誰にも分かっていないと思っているみたいだった。

彼女は脚本を四週間で書いた。独創的な脚本は物語を説明的でない形で語っていた。傷を負った男があけすけ（オープン）な物腰でロンドンをさまよう。ほぼ全編そんな内容。霜、霧。何かが彼に対して開放（オープン）されることはないが、彼の手が触れるものは何らかの意味で解放（オープン）される。男がキッチンに座り、はがきを手に持つ。それはどこかの戦時収容所から送られたものだ。

ここは大丈夫です、とアンディー・ホフヌングを演じる俳優がカメラに向かって言う。彼ははがきに書かれた文章を読んでいる。

でもほら、と彼は言う。次に彼女はこんなことを書いている。**でも、いとこのエウリと一緒にいられたらいいのにと思います。**〝エウリ〟は二人の間で冥界を意味する暗号だ。エウリュディケ、死者の魂。彼女は死にたいと言っている。

脚本の中で戦争が表に現れるのはこの瞬間だけだ。他のことはすべて言葉にされず、ロンドンの舗道の下に埋もれている。かつて家のあった場所が歯抜けになっている街並み、戦争記念碑の石段、川のそばの泥、岸に打ち寄せるテムズ川、五時に閉まる公共美術館の大きな扉、夕暮れの街角に停められた車、商売の終わった市場、人のいない屋台、壊れた箱、残されたキャベツの葉。二月の夕暮れの中、彼は地面に落ちたカブを通りの先まで蹴飛ばす。

ヒール、旧姓ハーディマン。

リチャードは新聞を閉じ、畳む。

初めて会った日、〝吊された男〟の店の扉から入ってきたときのように、パディーが頭の中に勢いよく飛び込んでくる。ああ。ああ、彼女はとても魅力的だった。年上。九十七歳年上の女性。二十代の男にとって年上の女は皆魅力的に見えるだろうが、彼女にはそれを越えるものがあった。沈着な態度、分類不能なキャラ。最初から分類不能なタイプだった（彼がそう言ったとき、**分類不能なタイプなんて存在しない**、と彼女は言った。**分類不能なものを分類するのは不可能でしょ、お馬鹿さんね**）。その彼女の姿。自分が今、手にたばこを持っていることを忘れているみたいなたばこの吸い方。どうでもよさそうな顔で椅子に座って身を乗り出し、あるいは反っくり返っていたかと思うと急に――毎回――適切なことをずばりと言う。さらっと。まるで物語をどうすればいいのか正確に知っているかのように。結婚生活、仕事、育てなければならない双子のことなど何も感じさせなかった。そして離婚することになったときも、さらに気楽そうになっただけだった。リチャードは、自分の結婚生活が一九八〇年代の終わりに破綻し、落ち込んだときには、パディーの家のソファーで一か月過ごすことになった。妻子が出ていった後の家の整理は彼女が手伝った。彼の心の整理も。

彼はパディーのような女の子には会ったことがなかった。いや、女の子ではなく女性。彼女は単なる女の子ではなかった。

（今時、女性を年齢にかかわらず〝女の子〟と呼ぶのはＮＧだろうか？　彼には分からなかった。）

初めて会った日、彼はパブで彼女と向き合いながら、いつか二人で寝ることがあるのだろうかと考えていた（今時、そう考えるのもＮＧだろうか?）。結局、二人は寝た。しかしそれは重要ではなかった。彼が経験した中で、それは唯一どうでもいいセックスだった。二人の関係はセックスを越えていた。彼が生涯の間――パディーの前、パディーの後――に寝た女性たちは、結婚した相手を含め、目の前に現れては去って行ったが、パディーはなぜかずっとそこにいた。

語りの戦略と現実とは違う、でもその二つは共生関係にある、と彼女は一九七〇年代のある日彼に言った。

その日、彼はパディーの家を訪れていた。春の明るい夜。二人はキッチンのラジオでニュースを聞いていた。〝マグワイアの七人〟（一九七四年に起きたパブ爆破事件に関連して起訴され、七六年に懲役判決が出た七人。判決は九一年に覆された）に対する判決が出たところだった（七人は合計で七十三年の懲役刑を言い渡され、その後、判決は覆り、獄死した一人を除いて釈放される）。パディーが先ほど言った言葉は〝マグワイアの七人〟に対する判決と関係がある。しかしリチャードには、彼女の意図がまったく分からない。

何と何が違う？と彼は言う。それが何の関係にあるって？

彼女は笑いだす。彼女が笑うのはかなり久しぶりだ。あまりにも長く笑い続けるので、最初は意味が分からず傷ついていた彼も笑い出し、最後は二人で抱き合って笑っていた。その後、彼女は言った。

私は世間並みに、いいセックスが好きよ、ダブルディック、今日のはとてもよかった。ありがとう。

一九七六年四月一日。

以後、同じようなことはなかった。そして二人の仕事と人生はそのまま続いた。

この前の四月。最後の四月。パディーが亡くなる四か月前。もちろん、当時は誰もそんなことは知らなかったけれども。

誰もが知っているのは、リチャードが生まれてから今日がいちばん暑い四月の一日だということ。ラジオでもテレビでも皆がそう言っている――まるで彼が生まれたのが考えられないほど昔、別の時代であるかのように。

たしかにその通りだ。

彼はメモリー・スティックを買うためマップリン電機に入る。マップリン電機チェーンはまもなく全店が閉まる。**全品売り尽くし**（エブリシング・マスト・ゴー）**。**店は略奪されたみたいな様子だ。彼は近くにいた男――バッジには支店長とある――にメモリー・スティックが残っているかどうか尋ねる。男は首を横に振る。リチャードは今、男の充血した目とその周りのくまに気づくが既に手遅れだ。成功し、支店長にまで成り上がったのに今ではその意味が失われ、すべてが水泡に帰した男。

人生の現実を突きつけられた男につまらないメモリー・スティックのことを尋ねる私。私は何て鈍いんだ、とリチャードは潰れた店を出ながら思う。

そして不自然な暑さの中、舗道を歩く。

私は本当に馬鹿だ、と彼はパディーの家に着くと言う。あちこちバタバタ走り回るだけの無作法な男。

パディーの体はもう骨と皮だけになっている。怒りもほぼ燃え尽きている。ほんの数日前まで怒っていたことに対しても冷静に考えを巡らせている。

ほんの数日前に腹を立てていたというのは、イギリス政府とアイルランドとの問題についてだ。政府の人間には自分たちが何をしているのか分かっていないという可能性もある、と彼女は言っていた。でも、自分たちが何をしているかちゃんと分かっている可能性も同じくらいある。私は彼らを許さない。今まで彼らがやってきたことを知っている人間なら絶対に許せないはず。昔からある憎悪を改めて掻き立てるなんて。

彼女は他のことについても腹を立てていた。

ああ、EU離脱（ブレグジット）なら私には理解できる、と彼女は言った。いろいろな理由で怒っている人たちが多数決で勝ったことはね。理解できないのはウィンドラッシュ問題（第二次世界大戦後にカリブ海地域から英国に来た移民（ウィンドラッシュ世代）が当時の手続きの不備のために強制退去に直面している問題が二〇一八年に明るみに出た）。私が理解できないのは――受け入れられないのは――グレンフェル・タワー火災（二〇一七年六月十四日にロンドン西部の高層住宅棟で発生した火事。『冬』にも言及あり）。ウィンドラッシュ、グレンフェル。どちらも歴史の脚注なんかじゃない。歴史そのものよ。

歴史そのものが脚注なんだよ、パディー、と彼は言った。

イギリス連邦（コモンウェルス）、みんなの富（コモン・ウェルス）、と彼女は言う。とんでもない嘘。〝団結した王国〟（通例「連合王国」と訳されるイギリスの正式名称（United Kingdom）はこのようにも訳せる）を名乗るこの国全体で抗議の声が上がらないのはどうして？　私が生きてきた人生の中で別の時代なら一つの政府がひっくり返るような話なのに。この国にいる善良な人たちはみんなどうなっちゃったの？

同情疲れさ、とリチャードは言った。

同情疲れなんて冗談じゃない、と彼女は言った。そんな人間、脚は動いていても、魂は死んでる。

人種差別、とリチャードは言った。お墨付きを得た差別。あらゆるニュースや新聞、それにたくさんのモニター画面で、二十四時間年中無休でお墨付きを得ている分断。果てしない新たな始まりの神、インターネットと呼ばれる神の恩寵。

人々が分断されているのは知ってる、と彼女は言った。それは昔からそうだった。でも以前はみんな不公正（アンフェア）ではなかったし、今もそのはず。イギリスの人種差別も昔は不公正（アンフェア）を指摘されると何もできなかった。

それはあなたが温室みたいなところにいたからだよ、とリチャードは言った。

笑わせないで、と彼女は言った。私はアイルランド人よ。アイルランド人として一九五〇年代を経験した。当時ロンドンにいるアイルランド人なんて黒人と同じこと、それプラス、犬の扱いだった。私はイギリス人の正体を隅から隅まで知ってる。私は一九七〇年代にもアイルランド人だったんだから。当時のことを覚えてる？

覚えてる、と彼は言った。僕も年寄りだ。あなたと同じように。

双子の片方が現れた。

落ち着いて、母さん、と息子は言った。リチャード。頼みますよ。母さんにドナルド・トランプの話なんてさせないでください。

トランプの話なんてしてないよ、とリチャードは言った。

本当にそんな話はしてないからね、とパディーは言った。私たちは嘘つきのナルシシストが望んでいることは意地でもしない。

とにかくお願いです、リチャード、と息子は言った。気候変動とか、右翼の台頭とか、移民危機とか、EU離脱（ブレグジット）とか、ウィンドラッシュとか、グレンフェルとか、アイルランド国境問題とかの話もやめてください。

冗談だろ?とリチャードは言った。それじゃあパディーを挑発する話題がなくなってしまう。

〝移民危機〟なんて呼び方はやめて、とパディーは言った。その話は何回もしたでしょ。あれは人間。危険を顧みずに世界を移動する個人。かける六千万。日々悪化する状況から危険を顧みずに世界を股にかけて逃げ出した個人、全員がそう。移民危機ですって?　あなただって移民の息子なのに。

リチャード、とまるで母親がそこにいないかのように息子が言った。本当にお願いです。ここへ来るたびに母をこんなふうに興奮させるのなら、もう来ないでくださいとお願いしなければならなくなります。

そんな話は私が死んでからにして、とパディーは言った。

こんなふうに母が不機嫌になるんですよ、と息子は言った。

不機嫌じゃない、とパディーは言った。

あなたが帰った後は薬も飲んでくれないんです、と息子は不機嫌な口調で言った。

薬なんて要らない、とパディーは言った。

〝私が死んでから〟。

彼女は薬を飲んで死んでいった。

でも、彼女は年だった。病気だった。寿命だった。もう生きる力が残っていなかった。経口モルヒネは変身(メタモルフォーゼ)の薬。ある週にいろいろな知識と機知を披露し、元気に満ちあふれていたかと思うと、翌週には、**きしむようなあの音は何、何かがきしむ音がうるさいんだけど**。その後は、会話に付いてくることもできなかった。顔もまるで何かをなくした——でもそれが何か分からない——みたいに心配げな表情。

とはいえ最後まで、部屋にいる誰よりも難しい言葉を使い続けた。

冥路(めいろ)は迷路、と彼女は死の床で言った。

しかし点滴による譫妄(せんもう)の中でも、完全に自分を失っていたわけではない。ウィンドラッシュに**関してみんなが忘れているのは、それが川になっているということ。川は大体流れるに連れて太くなって、さらに別の川へとつながって、最後には海の大きさにまでなる**。

本当にこの点滴は必要なのかい？とリチャードは双子の一人に言った。

その息子はリチャードに部屋を出て行くように頼んだ。

それから、リチャードに部屋を出て行くように命じた。

部屋を出ると双子のもう一人が扉の外で、階段の前に置いた椅子に座っていた。彼は自分の足か床板を見ていた。リチャードがその前を通るには、体が触れて彼を階段の下に落とさないよう注意しなければならない。

本当にあの点滴は必要なのかい?とリチャードはこっちの息子に訊いた。

僕には何もできない、と彼は言った。僕は無力。あいつに指図はできませんよ。僕は弟なんだから。

弟って言っても四分違いじゃないか、とリチャードは言った。それにもう、いい大人だ。五十にもなってよく言うよ。

その息子は床板を見ていた。リチャードはあまり注意せずに、男の前を通り、自分のアパートに戻った。

その十日後、彼は『ガーディアン』紙で読むことになる。

パトリシア・ヒール、旧姓ハーディマン。

しかしそれは未来の話。今はまだ四月だ。

彼はパディーにマップリン電機にいた男の話をする。全品売り尽くし(エブリシング・マスト・ゴー)の話を。

すべては去りゆく運命(エブリシング・マスト・ゴー)、と彼女は詩を読むように繰り返す。

そんな中で私は彼にメモリー・スティックはありませんかって訊いた、と彼は言う。本当に鈍い男だ。

記憶は粘着する、と彼女は言う。面白いセンテンスね。うん、粘着するともしないとも言える。記憶のことだけど。経口モルヒネ次第。あれを飲むといろいろなものがねばねばに変わる。そしてたくさんのものがまとわりつく。特に大便が。

彼女は笑う。

どうして医者はあの薬を処方するんだろう? とリチャードは言う。痛みがある?

全然、と彼女は言う。

あれは本当に最後の最後に出す薬だと思ってた、とリチャードは言う。あなたはまだそんな感じじゃない。

ありがとう、と彼女は言う。

ホールを行ったり来たりしていた双子の一人がいらだち始める。

そろそろ帰ってもらえませんか、リチャード、と彼が言う。

私は今来たばかりだよ、ダーモット、とリチャードが言う。

パディーが息子を見る。

自分がいずれ死ぬとは思っていない世代の子供たち、と彼女は言う。

母さん、と息子は言う。

死は有益なものよ、ディック、とパディーは言う。一種の贈り物。目の前にトランプがいるでしょ、その他にもいろいろ、新しい世界の独裁者たち、群れの指導者たち、人種差別主義者、白人至上主義者、新たな十字軍的野次馬連中、世界中のごろつきとかそういうのを見ていると、この硬い肉体など融けてしまえばいい、と思う。五月の雪のように融けろ（「硬い肉体……」は『ハムレット』第一幕第二場の台詞。「五月の雪……」は『冬』でも言及されるジョージ・ハーバートの詩の引用で、原詩で「融ける」の主語は「悲しみ」）、と。

彼女は息子から目を離さずにそう言う。

スプーンを持ってすぐに戻ってくるよ、母さん、と息子は言う。早く切り上げてくださいね、リチャード。母さんは今日、本当にとても疲れているから。

息子はキッチンに消える。

パディーはリチャードの方を向く。

息子たちは私が死ぬことを望んでる、と彼女は言う。

その言い方に恨みがましいところは少しもない。

どうせ次にはそうなるんだから、と彼女は言う。それが物語のお約束。自然の定めというものよ、ダブルディック。子供だってそう。あの二人の意見が今になってようやく何かで一致するなんて、神様に感謝しないとね。

彼女は目を閉じる。そしてまた開く。

家族、と彼女は言う。

少なくともあなたには家族があった、とリチャードは言う。

ええ、と彼女は言う。でも、あなたにもあった。

まあね、それも大部分はあなたのおかげだ、と彼は言う。

彼女は首を横に振る。

本当のことを言うとね、私は自分の家族がもう少しあなたのところみたいだったらよかったと思う、と彼女は言う。

ハハハ、と彼は言う。さてと。外はおかしな天気だ。外に出たっていいことなんて一つもないよ、パディー。私の記憶にある限りでは最悪の春。二週間前まではこんなに雪が積もってた。マイナス七度。それが今はこれ。二十九度だって。

あなたは間違ってる、と彼女は言う。今年は私が知る限りでいちばん素敵な春。植物は早く芽を出したくて仕方がなかった。あの寒さ。この緑。

ですので、もしも母に関するいい逸話／物語で二十一日に行われるスピーチに含めてほしいものがございましたら、遅くとも九月十八日火曜日の夕方までにこちらのアドレスにメールをいただければ、できるだけご要望にお応えできるようにいたします。もしも古い写真をお持ちでしたら、スキャンして送っていただければそれもまたありがたく存じます。と申しますのも残念なことに、携帯を通じてクラウドに貯めていた古い写真を母が削除したせいでiCloudにあったものが消えたため、大半の写真をなくしてしまい、元の写真もまだ見つかっていないのです。また、ただ今も葬儀の準備等に追われていることから、失礼ながら一斉メールでご連絡を差し上げていることについてもどうかご容赦いただければ幸いです。不二　ダーモット・ヒールとパトリック・ヒールより。

不二ってどういう意味？と彼は幻の娘に尋ねる。

二人といない間抜けってこと、と幻の娘が言う。

彼は〝返信〟を押す。

タイトル：Re：パトリシア・ヒールの葬儀

彼は名前と〝の葬儀〟を削除しての物語と入力する。
しかし次に、〝の物語〟の前に彼女の名前を記すことができない。
彼はカーソルをクリックして本文を書き始める。
タイトル：の物語
親愛なるダーモットとパトリック
Eメールをありがとう。文章を書くのは私ではなく母上の仕事だった。だから彼女の存在が私にとってどんな意味を持っていたかを書こうとするこの〝物語〟の表現にいろいろいたらぬ点があったとしてもそれは許してほしい。私と世界にとって母上の存在がどんな意味を持っていたか書こうと思えば、もちろん文字通り無数の物語がある。ここに記すのはその一つにすぎない。私の結婚生活が三十年前に破綻して、妻子が家を出て、あらゆる意味で私の人生から離れていったとき、私はとても落ち込んで、その状態がかなり長く続いた。そんなある日、母上がこんなことを言った。娘さんをどこかの劇場か映画に〝連れて行く〟のはどうか、と。それか、旅行に連れ出すとか、一緒に美術の展覧会に行くとか。彼女がはっきりそう言うということは基本的に、当然、私に実際そうする努力をしてみろという意味だ。「でも、どうやって？」と私は言った。するど彼女は言った。「想像力を使うの。娘さんを連れ出していろいろなものを見る。娘さんは世界のどこにいようと必ずあなたのことを思い浮かべている——それは私が保証する。だから想像力の中で互いに会うの」。私は笑った。「私は本気」と母上は言った。「いろいろなものを娘さんに見せてあげて。そして、あなたがどこかに出かけたり何かを見たりしたときには私に絵はがきを送るよう、想像上の娘さんに伝えてね。あなたが私の助言を真面目に聞いたかどうかを確かめないといけないから」。母上の言葉はとても親切だったけれども、やっぱり馬鹿げていると私は思った。ところが驚いたことに、気が付いたら私はそれを実行していたんだ。自分一人なら行かないような場所に幻の娘を〝連れて行って〟いた。『アルカディア』とか『キャッツ』とか、そういう有名な舞台。ヘイワード・ギャラリーでダ・ヴィンチを見たり、王立芸術院付属美術館でモネを見たり、現代アート、ホックニー、ムーア、シェイクスピアは見すぎたくらい、ミレニアム・ドームでの公演にも行った。世界中の映画館、劇場、美術館、博物館で見た映画や展示はとても数え切れない。そして君たちには奇妙に思えるかもしれないし、私にとってもいまだに奇妙なのだが、そうした場所に行ったときの私は、母上の想像力のおかげでいつも一人ではなかった。

彼は文章を読み返す。

そしてすぐに、〝意味を持っていた〟という過去形を使った自分を軽蔑する。彼女の存在が私にとってどんな意味を持っていたか。

彼はそれを〝意味を持っている〟に変える。

そして〝母上〟と書いた自分を軽蔑する。

とりわけ、パディーを一つの逸話に還元した自分を軽蔑する。

そこには彼が軽蔑しないものは何もない。

彼は自分が書いたメールを削除する。

消去。

彼は二人から届いたメールを読み返す。

そして写真について考える。雲（クラウド）の中に消えた写真。

パディーの好きな雲の詩はどんなのだったかな？　パディーの好きだった詩。からの墓（セノタフ）という単語が笑う（ラフ）と韻を踏む詩（パーシー・ビッシュ・シェリーの「雲」のこと）。

彼は本文のところにこう書く。

親愛なるダーモットとパトリック
私はできればぜひ葬儀でパディーのために、彼女が昔から好きだった雲の詩を読みたいと思う。全体を読むと長すぎるかもしれないので、たとえば数行でも。そちらのご都合を聞かせてください。ありがとう。

彼は少しふざけて、そして幻の娘を笑わせるためにこう付け加える。

不二
リチャード。

彼が最後にパディーに送った絵はがきには雲が写っていた。夏に王立芸術院付属美術館から送ったものだ。彼がそこに行ったのは、パディーの好きな芸術家の展覧会が開かれていたから。人々の失われた写真――のみの市や中古品店で見つけたもの――を集めたその芸術家の写真集をパディーは持っていた。中には本当によく撮れている写真もあるし、ありふれたものもあるし、どうしようもなく出来の悪いもの、ピントのぼけたもの、ひどい画角のものもあった。写っているのは人、場所、車、動物、樹木、道、コンクリートの建物――それはしばしば、誰も写真を撮る値打ちがあるとは思わないようなものだった。

芸術家はそれらに対して重要な写真と同様の芸術的注意を払い、本にして出版していた。そのことでほとんど魔法のような効果が生まれていた。写真に写っている人にとっての意味、写真を撮った人にとっての意味はすべて失われていた。昔持っていた個人的な意味から自由になった写真はそれ自体として見られることが可能になっただけでなく、鑑賞者に世界の真の姿を見せる道具となっていた。

雪に埋もれた塀にはしゃいで倒れかかる冬服の女。風で折れた木にはしごを掛け、折れた枝の下敷きになった柵の横に不機嫌な顔で立っている男。郊外の裏庭で手にオウムを止まらせている女と、それを見ている二人の女。一人はテーブルのところから、もう一人は背後の家の窓から。陽光に照らされて弧を描くホースからの水と、その弧の中に立つ犬。池に浮かぶ赤いペダルボートに乗り、カメラに向かって微笑む小さな子供と大きな男。雪の中で羽を開いたまま休んでいる赤い蝶。

街のあちこちでこの芸術家の名前を見かけるようになったとき——この夏はなぜかロンドン中の大きな美術館で同時に彼女の展覧会が開かれていた——彼は一つの展覧会に行くことにした。言われなくても進んでそうしたことでパディーを驚かせようと思ったのだ。

彼は切符係にチケット（高価）を見せた。

そして扉を押して開けた。

入った部屋は真新しい匂いがして、主に雲の絵が飾られていた。黒い石板（スレート）に白いチョークで描かれた作品。

しかしその部屋で彼の足を止めさせたのは、一つの壁全体に描かれた山の絵——これもチョークと石板——だった。あまりの大きさに、壁が山になり、山が一種の壁になっていた。山の絵の中で、見ている者の方に向かって雪崩が起きていた。見た人が事態を理解できるよう、一瞬だけ静止した雪崩。

山の上に広がる空は真っ黒で、新たな〝黒〟の定義を思わせる暗さだった。

そこに立って見ていると、目の前にあるものが石板にチョークで描いた絵ではなくなり、山の絵でもなくなった。それは何か恐ろしいものの姿に変わった。

何だこれ、と彼は言った。

隣に若い女が立っていた。

〝何だこれ〟ですね、と女は言った。

逃げるところはどこかあるのかな？と彼は言った。

二人は視線を交わし、おびえた表情で笑い、互いに首を横に振った。

しかしその後、山の絵から一歩下がり、もう一度同じ部屋に飾られている他の絵を見ると、山と同じ素材で描かれた雲の絵が彼に何か別の作用を及ぼした。そのことには後になって——その部屋から離れ、美術館を出て、通りに出たとき——気がついた。

それらの絵のおかげで息苦しさのようなものがなくなり、呼吸するスペースが生まれていた。絵を見た後では、ロンドン上空の本物の雲も違って見えた。呼吸のできるスペースとして解釈できる何ものかであるかのように。そのせいでまた、雲の下にある建物、車の往来、交差する道路、街ですれ違う人々まで違って見えた。そのすべてが、自らが一つの構造だと自覚していない構造の一部なのだが、それにもかかわらず一つの構造を成している、と。

彼は美術館裏口の階段に腰を下ろし、山の絵はがきを裏返した。タシタ・ディーン「モンタフォン・レター」二〇一七年、黒板にチョーク、三六六×七三二cm。彼はそれを手に取り――まるであのサイズの絵を手に持てるかのように！――パディーが何かを考えるヒントになるよう、寸法の数字にペンで丸を付けた。宛先はパディーの家。**山が持ちうる意味のすべて、**と彼は芸術家の名前の上に書いた。**楽しく過ごしています。でも隣にあなたがいてほしい。**

それから気が変わる。

彼は山の絵はがきを尻のポケットにしまう。

代わりに、今までに買った中でいちばん細長くて大きい絵はがきに彼女の住所を書く。大きく成長する雲海の三枚続き――でもそれぞれに区切られている――の絵はがきだ。はがきの上に並ぶ三枚の絵は映画のコマのように連なると同時に、スチール写真か窓の外の風景のようだ。彼女はきっと気に入るだろう。タシタ・ディーン「われらがヨーロッパを祝福せよ（三枚続き）」二〇一八年、石板にスプレーチョーク、グワッシュ、木炭鉛筆、一二二×一五一・五cm、一二二×一六〇・五cm、一二二×一五一・五cm。**親愛なるパディー。雲からの伝言。楽しく過ごしています。でも隣にあなたがいてほしい。**

彼は料金不足にならないよう多めに切手を貼り、翌日に届くよう最後の取集時刻に間に合わせるためピカデリー通りから少し入った郵便局まで小走りで行った。

今は自分の家で、奥の部屋にあるテーブルの前にいる。

九月。

パディーは灰になった。

彼は今送ったメッセージを見る。タイトルの欄はまだの物語のままだ。

(いろんな絵はがきがある中で私のお気に入りはこれ。パディーはローマの橋の写真を見せながら、二年ほど前にそう言ったことがある。

ああ、それ、と彼は言った。うん。私も覚えてる。

彼女は裏に書かれた彼の言葉を読んだ。

親愛なるパディー。この橋でサクソフォンをいつも吹いていた老人が今年はいなくなったというので、父は泣いています。その老人は以前、〝一人バンド〟の一つの楽器みたいに手作りの天幕を肩に取り付けて頭にかぶっていました。まるで暑い国ではその日陰がオーケストラの一部、楽器の一つであるみたいに。その老人は天幕もろとも消えて、代わりにずっと若い別の男がアンプにつないだ妙なギターを弾いています。時にはそこで誰も音楽をやっていないこともある。父は愚かで感傷的な年寄りです。でも、そんなことはあなたも知っていますね。父は毎日、サクソフォン男が戻っていないか確かめるために私を橋まで行かせます。それを除いては楽しく過ごしています。でも隣にあなたがいてほしい。

私は全部大事にしてる、と彼女は言う。時々机に向かって、一枚一枚読み返すこともある。シャッフルして一枚だけ選ぶことも。今日の運勢をタロットで占うみたいに。）の物語。リチャードは幻の娘がパディーに書いた絵はがきは今後どうなるのだろうと考える。ごみ箱行き。

彼は肩をすくめる。

そんなことを考えているとき、受信箱に新たなメールが届く。

タイトル：Re：母の葬儀

親愛なるリチャード

大変申し訳ありませんが、葬儀でスピーチをするのはごく近い身内に限らせてもらいます。詩に関する提案はありがたいのですが、今回は難しそうです。既にかなり窮屈なプログラムになっているので。当日は特別な一日になると思います。金曜にお目にかかれるのを楽しみにしております。不二　ダーモット・ヒールとパトリック・ヒールより。

彼は椅子の背にもたれる。

行かなきゃいい、と幻の娘が言う。

そういうわけにはいかない、と彼は言う。

行く必要がない、と彼女は言う。

それは無理だ。ちゃんと敬意を示さなくちゃ、と彼は言う。

じゃあ、本当に敬意を示すようなことをすればいい、と彼女は言う。

十月のある土曜日の夕方——どこかよそへ向かう列車に乗れば自分から逃れられる、あるいは死んだ自分を乗り越えられると考えて北へ向かう列車に乗る二日前——リチャードはついに、タープから届いたいちばん新しいメールを開く。

それは新しい脚本草稿から抜き出したいくつかの場面だ。月曜のミーティングで話し合うため、昨日までには目を通し、チェックを入れておくはずだった。

添付ファイルは十個。最初の一つを開ける。場面はロープウェイの中だ。

○屋外。雪に覆われた山のロープウェイ。午後。

ロープウェイは停車している。キャサリンとライナーを乗せたロープウェイはケーブルからぶら下がったまま少し揺れる。木々の中にいるカラスが鳴く。

○屋内。雪に覆われた山のロープウェイ。ライナーとキャサリンが乗っている。前場面の続き。

午後。

　ライナーは向かい側の木のベンチからキャサリンをじっと見ている。

ライナー「スイスでこんなに素敵な恋が見つかるとは思ってもみませんでした。この国がこんなにすばらしい贈り物をくれるなんて誰が思うでしょう？　あなたのために詩を一つ書きました。今それをお聞かせします」

　キャサリンは微笑む。そして目を閉じる。それからまた目を開く。

ライナー「私はあなたのまぶたの上に薔薇の花びらを置きたい。そしてその冷たさであなたを目覚めさせる。薔薇も同様にあなたのまぶたのぬくもりで目を覚ますかもしれない。たとえまぶたが閉じていて、あなたが眠っていたとしても。私も実は薔薇を愛している。私は薔薇をあなたの中に入れ、あなたを薔薇の中に入れたい。さあ。目を閉じてください」

　キャサリンは一瞬彼をじっと見てから、おとなしく目を閉じる。

○屋外。雪に覆われた山のロープウェイ。前場面の続き。午後。

○屋内。ジョン（キャサリン・マンスフィールドの夫で作家のジョン・ミドルトン・マリー。妻を愛称でティグと呼んだ）の乗るロープウェイ。前場面の続き。午後。

　モンタナから来たジョンは停車した逆向きのロープウェイにキャサリンとライナーが乗っていることに気づく。最初、彼は面白がる。きっと二人は自分に会いに来たのだろう。彼は自分の乗っているロープウェイのガラスを叩いて、二人の注意を惹こうとする。

ジョン「ティグ！　ティグ、ダーリン！」

○屋外。ジョンの乗るロープウェイ。前場面の続き。午後。

ジョンが大声で呼びかけているが声が届かない様子がガラス越しに見える。風の音。カラスの鳴き声。彼はガラスを手で叩くが音は聞こえない。

一瞬の後、ジョンは見たくないものを見る。

彼は最初は両手でロープウェイのガラスを叩き、次に全身でガラスにぶつかる。

○屋外。二台のロープウェイ。前場面の続き。午後。

二台のロープウェイのうち一台がかなり激しく揺れている。

○屋内。ライナーとキャサリンの乗るロープウェイ。前場面の続き。午後。

キャサリンとライナーとキャサリンのキスが終わる。ライナーの手はキャサリンのコートの内側、ドレスの中に入っている。音もなくガラスを叩く男を乗せた逆向きのロープウェイが激しく揺れていることにキャサリンが先に気づき、次にライナーが気づく。

ライナー「危なっかしいな。あの様子だと今にも——やれやれ。キャサリン。あそこにいるのはあなたのご主人——違いますか、あそこにいるのは——？」

○屋外。ライナーとキャサリンの乗るロープウェイ。前場面の続き。午後。
キャサリンはガラスに顔を近づける。ライナーはその背後にいて、カメラの焦点から外れている。キャサリンの顔はおびえている。


ああ、何なんだこれは。

彼は目を両手で覆う。そして声を上げてうなる。それからノートパソコンを閉じる。

彼はテレビの上の棚に積まれていた本の山から原作小説を取る。ベラ・パウエル著『四月』。

彼は真ん中あたりのページを開く。


というのもそれは夕食の時刻を告げる銅鑼(どら)の音だったからだ。銅鑼は何度も何度も、急いで！急いで！と宿泊客に呼びかけて着替えを促し、真新しいテーブルクロスの白にふさわしい服に着替え、グランド・ホテル・シャトー・ベルヴューの食堂へ急げと合図していた。食堂の床に貼られたタイルはピカピカで、そこに椅子やテーブルの脚がきれいに映っているので、まるですぐ下に別の世界が存在しているかのように見えた。もう一つの食堂。上にある食堂を正確に上下逆転させた空間。両者が触れ合っている場所はとても神秘的で、そこがもう一つの世界への入り口になっているようだった。それは少しずつ違うありえた自我で満たされた世界。この日常世界からは手が届かないのに、ことつながっている世界。そして一瞬だけ、あらゆる可能性をはらんだその世界への入り口が開かれ、つかの間それを目にすることができる。食堂はたとえ明確に対立し合う世界でさえ出会う可能性がある場所だから。典型的にはたとえばこの日の料理のように、ありきたりとしか思えないメニューを通じて二つの世界が出会う。グランド・ホテルのサーモン料理。ホテルの食堂の隅で出されるただのサーモン料理。部屋の端にある給仕台にはそんな料理が載っていた。尾頭付きの巨大なサーモンは皿の上で、放射状に並べられた小さなザリガニに囲まれていた。そしてサーモンとザリガニの下にはたくさんの薔薇の花びらが敷き詰められ、その上に魚が置かれていた。そんなふうに並べられた小さなザリガニを見ると彼女は褒め称えずにはいられない気持ちになり、神々のことさえ頭に浮かんだのだった——まるで偉大なる神サーモンを敬慕するかのように。この夕食はこの日彼女の身に起きた中で飛び抜けて最高の出来事だった。七月の雨さえも、それを祝福しているかのようだった。彼の方は食事に出された目の白いサーモンの口を見たとき、言語でさえも一種の無言なのだと考えた。すべては取り返しの付かない遠い場所にある、と。彼は理解を超えた距離を旅したいと思うと同時に、それが不可能なことを思い知らされた。足枷。自由に動けない自分。足枷をつけられ、自由に動けないのは万人の理だ。そうして二人は食堂の別々のテーブルに座っていた。こちらの作家とあちらの作家。自分たちに共通点があることなどつゆ知らず、この世の表面で微妙なバランスの上に存在していた。二人はまるで本人たちも気づかないうちに氷の上に立っているかのようだった。夏の盛りだというのに。そして二人は別々に、と同時に一緒に、鱗が銀色に光る同じ一匹のサーモンから取ったピンク色の身を少しずつ口に運んだ。あら！と彼女は気づいた。魚を取り分けるときに赤い薔薇の花びらが隣で一人で食事をしている男の皿に付いていた。誤ってそうなったのかもしれないが、丸顔のスイス人ウェイトレス——肌は子豚のようなピンク色——が男に好意を持ち、わざわざ皿にこの純粋な色を貼り付けたのかもしれない。もちろんキャサリンの方に花びらはない。まあいいわ、と彼女は頭をつんと持ち上げた（実際には、自分の皿にも幸運の赤い花びらが付いていないことを少し悲しく思っていたけれども）。男がフォークの先で花びらをつつき始めると、彼女は目を逸らした。というのも、二人の間には大きな距離があったからだ。同じ部屋で隣同士、別々のテーブルに座る二人の間には海があった。しかしその二つのテーブルは元々、同じ一本の木から作られたものだった（ただし偶然そこに座った人がそれを知る方法はなかった。誰一人として。そんなことに意味があるとは考えられなかったからどこの誰も記録を残してはいなかった）。

リチャードはその本が手の中で自然に閉じるに任せ、また自然にテーブルの上に落ちるに任せた。

お金は要らない、と彼は思う。この仕事はパスしよう。月曜に電話して、話をしよう。いや、明日事務所に電話して、留守番電話にメッセージを入れておけば、向こうは月曜の朝一番に聞くだろう。

とはいえ、仕事でお声がかかったのはこれがおよそ四年ぶりだ。

足枷、と彼は考える。自由に動けない自分。

彼はノートパソコンを開く。

しかしもう一度タープのメールの添付ファイルを開けることには耐えられない。

その代わりに、まるでそれが仕事の一環であるかのように、検索エンジンに〝ライナー・マリア・リルケ〟と〝足枷〟〝自由に動けない〟を入力する。するとR・M・リルケのかなり読みやすい詩が出てくる。それは春のロシアの草原を駈ける白馬を詠った詩(『オルフォイスへのソネット』第一部二〇)だ。足枷の杭を引きずりながらも、完全なる喜びに満たされている馬。詩の最後の行は、映像(イメージ)が贈り物であると言っていた。

ああ、いい詩だ。

彼はすぐにパディーに話したくなる。

そしてパディーから借りた数冊の本に目をやる。それもやはりテレビの上の棚にある。あの雪の日に家に持ち帰ってから本には一度も目を通していない。彼は本を棚から下ろし、適当な一冊を開く。

そこでは本物のキャサリン・マンスフィールドがパリにいる。一九二二年の三月。ホテルと診療所を往復する毎日だ。彼女がホテルのエレベーターに乗るたび——今から外に出かけるときでも、あるいは外から戻ってきたときでも——小柄なエレベーターボーイがフランス語で天気の話をする。雨の日なら、外はまだ冬ですと言う。太陽が出ている日なら、一か月もすればすっかり夏になりそうですと言う。

やせすぎの淑女。小柄なエレベーターボーイ。

リチャードは日曜の未明まで眠らず、借りた本のあちこちを拾い読みする。そこではキャサリン・マンスフィールドが実在する他人に手紙を書いている。

一冊の本の中では、彼女の弟が戦争で死んだところだ。また別の本の中では、結核の診断が出たところだ。片方の肺の症状がひどい。まるで片方の翼を撃たれたみたい、と彼女は言う(その一節を読んだリチャードは、自分の体にある肺を二つの翼みたいに感じる)。結核という診断を聞いた彼女は憤怒に駆られる。そして健康のためにスイスを訪れる。ホテルで私が借りているところには部屋が二つと大きなバルコニーがある。周りにはたくさんの山があって、私が今までに登ったのはそのほんの一部でしかない。壮麗な山並み。彼女は、どう言えばいいのだろう、〝快活〟だ。肺病患者——死に至る病——はここで彷徨を始める。誰もがそうして、死んでいく。彼女はドライで正直だ。よくなりそうな兆候を見せながら死んでいく人たちの姿にはもううんざりだ。そういう人の仲間入りはしたくない。あるとき彼女は、ずっと治療をしてくれた医師に長文の手紙を書いている。呼吸の仕方、楽な座り方、足を冷やさない方法を教えてくれたことに対する感謝の手紙だ。さらに彼女は——ご興味がおありでしょうか——当事者として結核について気づいたことをいくつか説明する。医者を治療する患者、とリチャードは思う。自分に一種の権威を与えて互いの役割を入れ替えるあたりが巧妙だ。たとえば彼女は朝起きたとき、両腕を大きく広げるしぐさをすることを説明している。高い声を出す前にできるだけ長く〝息を保つ〟ことを意図してオペラ歌手がやるあのしぐさをまねるような感じです。それは体が疲れたときにも効果的だ、と彼女は医者に言う。結核患者の気分が落ち込んでいるときには、姿勢を変えるのも効果的らしい。声を出さずに静かに鼻歌を歌うのは孤独感を打ち破る効果があるようだ。彼女はさらに、自分の消化器官による反発を恐れて食欲をなくしたりしないよう、食事の前には意識的にリラックスすることを勧めている。医師への手紙は次のように締めくくられている。息をするのが大変で、天気も暗いときには、絵を見ると楽になります。

手紙の下には書簡集の編者による脚注が添えられていて、この医師について彼女が書いたおかしな戯れ歌が引用されている。**ジャマイカ出身の医者が言うことには／今回はいよいよ治療の分かれ道／まず漿液を補って／それで駄目なら／葬儀の準備。**

彼はページをめくり、適当なところが開くに任せる。キャサリン・マンスフィールドはパリにいるロシア人医師が脾臓にX線を照射することで結核治療をしているという噂を聞く。医師は一万五千人を治療したと言う。彼女は何とかこの医師の治療を受けようとする。医師は実際、かなりの名声を得ており、明らかにとても裕福だ。医師は彼女に、診療代がいくらかかるか伝える。

その手紙の中では〝ゲリゾン〟という単語が用いられている。

彼女は一九二一年のクリスマスに友人に宛てた手紙に、この単語がいかに輝きを放っているかを綴っている。

〝ゲリゾン〟の意味をリチャードは知らない。

彼はそれをグーグル翻訳で調べる。

癒やし、治療。

もちろん結核がX線で治るわけがない。ふざけている。詐欺だ。読めば読むほど、彼女の身になってますます腹を立てる。彼は彼女が好きだ。一世紀前に死んだこの女性。彼は彼女が大好きだ。彼女は面白い。**あれはくだらなさを煮詰めたエッセンスそのものだった。**彼女は聡明で、いたずら好きで、お茶目で、浮気で、魅力的で、底知れないエネルギーに満ちている。重い病気を抱え、気分も沈みがちなのに、**私はいつでも自分が笑っているかのように書く。**彼女はスイスをとても馬鹿げた国だと思う一方で、とても気に入る。というのも、**スイスでは三等席の乗客も一等と変わりがないし、格好がみすぼらしいほど人からじろじろ見られることが減る**からだ。しかも彼女には信じられないほどの勇気がある。そして荒々しい。**私はまるで酸で執筆しているかのように、細心の注意を払って文章を書く。**彼女は寛大で、のぼせ上がった若い作家――ファンレターで助言を求めてきた人物――に出版社の名前を書き送る。そして出版社に名前を伝えておくと言う。彼女はその青年に言う。**私は人生を愛している――ものすごく。**そして今時人生をそこまで愛することの野暮ったさを詫びる。そしてこう書く。**私と電気のつまみ（ノブ）二つが写ったはがきを送ります。写真屋がどうしてもそういう構図にしろと言うのです。**

その夜、リチャードはようやくベッドに入ったとき、自分が若い作家になった夢を見る。ノックに答えてアパートの扉を開けると、郵便配達から手紙の束を渡される。そのうちの一通は女からのもので、胸のような形をした明かりのスイッチに手を掛けた当人の写真が絵はがきになっている。まるで電気の乳房をつかんで実演をしているかのような姿だ。

信じられないほど素敵。

彼は自分の手の中で射精し、目を覚ます。

そして立ち上がり、手を洗い、水を一杯飲んでベッドに戻り、また眠る。

ぐっすりと。

翌日は目を覚ますのが遅く、既に午後になっている。

彼は残る日曜の昼間を費やして、キャサリン・マンスフィールドが若い作家に送った絵はがきに印刷されていた画像を探す。グーグルの画像検索の後には、ネットオークションサイトのeBay。作家の名前と〝絵はがき〟で検索して出てくる無数のサイトのいくつかを覗く。午後が終わる頃になってもまだ写真は見つからないが、キャサリン・マンスフィールドが書き送ったいろいろな絵はがきに書いてあったことについてはたくさんのことを知る。

外が暗くなる頃になって彼は、キャサリン・マンスフィールドに集中しすぎたせいでもう一人のライナー・マリア・リルケをないがしろにしていたことに気づく。

そこで今度は試しに、**R・M・リルケ**の後に**絵はがき**という単語を続けて検索してみる。すると面白いことが起こる。

いくつかのサイトが出て来て、そのどれにも少しずつ違う形で同じ話が書かれている。R・M・リルケが一九二二年に例の塔で代表作の一つ――『オルフォイスへのソネット』――を書いた大きな理由は、恋人の一人がたまたま彼の書斎の壁に音楽家オルフォイス(オルフェウス)を描いたルネサンス絵画の絵はがきを貼ったことだったらしい。

死んだ妻を探して冥界を訪れ、実際見つけてもう少しで救い出せるところ――もう少しで地表――までいきながら、決してしてはならないと言われていたのに後ろを振り返り、すべてを台無しにしたオルフォイス(オルフェウス)。死者の世界から出ようとする者にとって、背後にあるものを振り返る行為は掟破りだから。

二つのサイトが、詩人の書斎の壁に貼られていた絵はがき版のルネサンス絵画の複製を載せている。美しくはない。興味深くもない。ローマ風の服を着た巻き毛の男が肘掛け椅子のような形になった木の枝に腰掛けて弦楽器を弾いている。鹿やウサギが何頭か集まってその演奏に耳を傾けている。

リチャードならきっと、その絵を見て芸術作品を書こうとは思わないだろう。

外はもうすっかり暗い。夏時間最後の十月の日曜日。来週にはもっと暗くなる。リチャードはアパート中の明かりを点ける。一つまた一つと明かりのスイッチを入れるにつれ、体の隅々に活力が戻るのを彼は感じる。

肺も再び痛み始める。

夜が浅いうちに彼は次のメッセージを書く。文章を整えるのに二時間がかかる。

親愛なるマーティン

草稿をありがとう。

前置きは省く。私がこの作品を監督するなら、物語を全然違った角度から扱いたいと思う。

正直に言うと、失礼ながら、現在までの脚本が実在の人物を脚色してきた方向性はどうも納得できない。

私からは根本的な変更を提案したい。

ぜひ最後まで話を聞いてほしい。

もしも私と仕事をしたいということであれば、まったく違う角度から作品にアプローチして、まったく新たな脚本でやり直してもらいたい。新たな脚本というのはこんな感じだ。このドラマはそれぞれの作家の人生に現れる一連の絵はがきのようなスタイルで形作られる。それはつまり、二人の人生のごく些細な瞬間を描くことで、そこに奥行きを感じさせるということだ。

この形の方が原作小説の精神に沿っているし、互いについて何も知らなかった二人の本当の関係にも合っていると思う。いずれにせよ、二人とも有名な作家でその生涯についてもたくさんの記録が残されているようだけれども、私たちはまだ二人のこともその関係についてもほとんど何も知らない。

それに私たちが描こうとしている時代において、絵はがきは最も当世風で人気の高い伝達手段だった。今日(こんにち)のショートメッセージや電子メール、あるいはインスタントグラムみたいと言ってもいい。

さらにそのやり方だと、映像と文章の両方が使える。そうすれば歴史上その時代に起きていた他の出来事——さらには現代の世界で起きていること——を暗示することができるだけではない。真実に背くことなく、この件について分かっていること、分かっていないことを尊重しつつそれができる。

たとえば君も知っているだろうが、K・マンスフィールドの最愛の弟レスリーは一九一五年にベルギーで、新兵に手榴弾(グレネード)の投げ方を教えている最中にそれが手の中で爆発して死んだ。ところが一九一八年、彼女はコーンウォールからロンドンにいる友達のアイダ（彼女はこの友達のことを時々、弟の愛称の一つでもある〝レズリー〟という愛称で呼んでもいる）に、ことあろうに〝グレネード〟という銘柄のたばこを買って送ってほしい、という手紙を書く。しかもそれは結核と診断された彼女の病気が本当に深刻になったタイミングで、〝グレネード〟というたばこもかなり肺に負担を与えるものだったらしい。これは『K・マンスフィールド書簡集』にあった情報だ。私なりに時間をかけて手紙などを熟読した印象で言うと、彼女は言葉選びがとても念入りだ。今挙げたのは一例にすぎない。この手のネタは間違いなく無数にあるはずだ。画像／瞬間――今の例がそう――が自然に広がりを見せて、彼女の精神、怒り、絶望、挑戦が浮き彫りになっていく。この例では、弟を失ったという語られざる悲劇とともに。

それだけではない。ある神話――神話的な音楽家であるオルフェウス――を描いた一枚の絵はがきがR・M・リルケにとってどんな意味を持ったかというのも題材に使える。君の方でもリサーチをして既に知っていると思うけれども、一九二二年に彼が書いた偉大な詩に霊感を与えた一つのきっかけは、恋人が彼の書斎に貼ったはがきにあった絵だった。一枚の絵はがきが、偉大な一群の詩が書かれることを意味していたということだ。

些細なものがありえないほどの影響を持つ。それはまるで魔法の呪文みたいだ。

そしてそのこと自体が、この二人の作家が人生の同じ時期に同じ場所に暮らしたという事実とよく似ている――二人が出会っていたにせよ、出会わなかったにせよ。

私たちの人生の真実に電撃を与えるのはそういうタイプの偶然だ。

私たちの人生にはしばしば、絵はがきみたいなところがあるから。

私の言いたいことが伝わっただろうか？

ドラマが自然に取る形を大事にし、妥協を許さない――元々そこに具わっている可能性を過小評価しない――というのが昔から私の信条だ。

このプロジェクトについては、本気で相応の力を注げばすごいものが出来上がると私は信じている。その力を惜しむなら、時間とチャンスの無駄遣いになるだろう。

私たちが作る『四月』はすごい作品になる可能性がある。

このメールはすぐには理解しにくいだろうと思う。私もぶしつけなメールだと分かっている。

返事を待っている。

以上、よろしく。

R。

リチャードはメールを読み返す。

そして〝熟読〟の前にある〝時間をかけて〟を削除する。嘘はつきたくないから。

彼は事務所やスポンサーにはCCを送らないことにして、宛先をタープ一人にする。

そしてもう一度本文を読み返すと、気持ちが少し大きくなって、送信ボタンを押す。

〝その番組はもう終わり　めくるめく未来〟という大きなマルチメディア会議にパディーと一緒に参加したのを彼は思い出す。あれはいつだっただろう、一九九三年？　午後のセッションの舞台に上がっていたとても若い男――ケンブリッジ大学卒――があるウェブサイト（〝ウェブサイト〟という単語がまだあまり知られていない時代だ）を聴衆に見せて、大きな衝撃を与えていた。この世に存在したことのない人々の訃報をでっち上げ、表示するサイトだ。

若い男は自他共に認める時代の寵児だった。彼は大きな画面にいくつもの画像を映し出した。墓石、骨壺、そうした〝死者〟のものだとウェブサイトに記された実在する人々の写真、その人の家族、ペット、身の回りの品物などの写真。男はそれと一緒に、サイトの訃報に対して一般の人から寄せられたメッセージも見せた。

本当に感動的でした、と男は言った。とても個人的で繊細な、本当に心から出た叫びでした。でも、どうしてなんですか？と聴衆からの質問の時間になったときリチャードは尋ねたのだった。〝故人〟の〝遺品〟である自転車やギターの写真を見て、世界中の見知らぬ人々が涙したのです。どうしてこんなことをしているんです？　わざわざこういうものを作った理由を教えてください。

こういうウェブサイトを見たときに人がどんなメッセージを書いたり送ったりするのかを実演するためです、と若い男は言った。人は感じることを好みます。感じなさいと言われることを好むんです。感じることはとても強力です。〝哀悼の夜明け〟にぜひ広告を出したいというオファーが既に多数寄せられています。

あなたのその、何でしたっけ、ウェブサイトに反応している人、その人たちはそもそも知っているんですか、悲しいエピソードとともにそこに載っている死者はすべて完全に架空の存在だと？とリチャードは言った。

死者のプロフィールは架空のモデルですと、ウェブサイトに初めてログインするときに提示する注意書きに小さな文字で説明しています、と男は言う。メッセージを送る場合にはサイトにログインしなければなりません。ちなみにそれは一種の副産物として、ウェブサイトの登録者について私たちが大量の個人情報リスト――データベースと言います――を手に入れることも意味しています。

でも、それは嘘をついているのと同じだ、と聴衆の中の別の人が言った。それだと人生について、人の死について、そして他人との感情的な結び付きについて嘘をついていることになるでしょう。

いいえ、私は物語を語っているだけです、と若い男は言う。感情的な結び付きは本物だ。そしてそれはとても、とても貴重なものだ。

でも、あなたはそれが本物だと偽っている、本物ではないのに、とマイクを手にした女が言った。

本物ですよ、と若い男は言った。本物だと思えば本物なんです。

リチャードの隣に座っていたパディーが立ち上がった。彼女はマイクが渡されるまで待った。

あなたがたった今現実と思考についておっしゃったことは、哲学的に言えば、興味深いと同時に破綻しています、と彼女は言った。とても抜け目がない。それは究極の不道徳ですよ。

いいえ、新たな道徳です、と舞台の上にいたタープは言った。頭上には墓場の巨大な画像が映し出されていた。

おめでとう、とパディーは言った。きっと大金が手に入りますよ。

ええ、私だけではありませんけど、とタープは言った。

私は先ほどの内容を見ただけで泣きたくなりました、と次にマイクを握った人が言った。その人物はあなたが作ったもので、別にその人が死んだりしたわけじゃないと分かってはいても、です。自分自身が死んだらどうなるのか、私が知る人たちもいずれみんな死ぬわけですが、そのときにどんな気持ちになるのかを感じることができました。ありがとうございました。

いいえ、こちらこそお礼を申し上げます、とタープは言った。ご意見をありがとうございました。

遠い昔の話だ。リチャードは信じられないと言いたげな様子で首を横に振っている。

遠い未来において、リチャードはマスターカードを使ってステーキのデリバリーを注文し終わったところだ。

最近はカードの決済が通るかどうか、試してみないと分からない有様だ。しかし今日の注文は通る。食事の後にはキャサリン・マンスフィールドの小説をネットで調べよう。こうなると何冊か読まないわけにはいかない。

彼は食事をとりながら、かつて訪れたサイトで配信停止の手続きをしようとする。そのサイトは一日三通の広告メールを送りつけてくるからだ。しかし〝配信停止〟のリンクを押すたびに、白紙のページへと連れて行かれてしまう。彼がデリバリーの箱を玄関脇のごみ袋に突っ込んでいると受信箱にメールが届き、その通知が部屋の反対側にいる彼にも分かる。彼はパソコンの前に慌てて戻ったりしない。どうせDibs.comからのメールだ。今日もまた、Dibs.comの広告力のすごさをどこかの誰かか何かに見せつけるために、彼が元々買いたいと思ったこともない商品に関する情報を送りつけてきたんだろう。

メールはタープからだ。

彼は座り、メールを開く。

タイトル：インスタントおじさん

ディック、メールどもども。本当に刺激的なニュースが一つある。自分が本当にキャサリン・マンスフィールドだと思っている女優を発見。本当に自分が彼女の生まれ変わりだと信じてる――そう、ちょっとビョーク的な思い込み。これは冗談じゃない。しかもびっくりするような雰囲気を持ってる。彼女が放つオーラは強烈だ。もっと本格的にあの作家の経験を実感するために自ら結核にかかろうとしたこともあるらしい！　ちょっとどうなのってレベル！　それとうれしいことに新しい脚本については既に続々とめざましい反応が返ってきている。スポンサー、下読みには大好評。テレビ局からは出演者の民族的多様性をさらに拡大するように要望が来ているから、ホテルの従業員とかホテルに泊まっている偉い客とかをいろいろ追加する予定だ。これについて何かいいアイデアがあれば大歓迎。いろいろなアイデアもありがとう。いろいろなアイデアはいつでも大歓迎だ。明日、直接会って、あなたからコメントをもらうのを楽しみにしている。ついでにもひとつ。一九四〇年代のスイスの療養所について調べているときに、〝睡眠療法〟と称して人を一年間断続的に昏睡状態にしていたという話を見つけた。それすると、目が覚めたときに病気が治っているだけじゃなくて、何と二十歳は若く見えるようになるって話。!!　ちょっと試してみたいんじゃないか、ディック？　:)　このネタも脚本に入れられると思う。もしも彼女が死なかった――あるいは死んだのが一九七〇年代だった――のだとしたら？　まさに思いもよらない展開！　そう、歴史を変えることができるかも。

では明日。

MT

タープはリチャードが送った元の文章をこのメールの下部から削除して、この返事を放送局、スポンサー、事務所の皆にもCCで送っていた。

インスタントおじさん。

ディック、メールどもども。

ちょっと試してみたいんじゃないか？

生意気な小僧め。

リチャードは息を吸う。

胸が痛む。

そして息を吐く。

胸が痛む。

足枷となる木の杭が刺さった馬の足。そのクローズアップの映像。

広げられた手紙にはよその言語で一つの単語が記されている。それが強烈な光を放ち、真っ暗な部屋を照らす。

大ホテルのエレベーターで働く小柄な少年。死に向かう女が再び現れる。今日はどんなふうに声をかけようか？　少年の額にしわが寄る。そこにしわができる瞬間をカメラがとらえる。

無駄になったイメージで頭の中をいっぱいにして、リチャードはノートパソコンを閉じる。

十一時五十九分。

駅の機械音声が列車の到着を告げる。列車が遅れたこと、そしてそれによって迷惑をかけたことをスコットレール社としてお詫びします、と機械音声は言う。

リチャードも申し訳なく思う。お詫びをしたい。タープが制作したドラマの登場人物のように自分がありきたりな存在であることを彼は知っている。でも何が言えるだろう？　申し訳ない、申し訳ない、申し訳ない。本当に申し訳ない。

彼は同時に、自分の姿が駅の両側に取り付けられている監視カメラで今もこの後も記録されることを知っている。そうしたカメラは何も知らない、表面的なこと以外には何も記録しないことも知っている。すべてのことを知る新たな方法の愚かさは監視カメラを見れば分かる、と彼は思う。

駅のどこにいるかは分からないが、監視カメラの映像に注意を払っているかもしれないし払っていないかもしれない人よりも自分の方がきっとすばやく動ける、という確信が彼にはある。それはまるでこれから監視カメラに映る自分の姿が既に後世の存在になってしまった——事件はまだ起きてもいないのに——かのようだ。映像は後世のもの。今ここにあるものではない。

今から自分がしようとしていることは後片付けが大変なことも彼は知っていて、それも申し訳なく思う。

彼には他にどうしていいか分からない。

申し訳ない。

彼は今、十歳。両腕を左右に大きく広げている。戦後の他の少年たちのように飛行機のまねをしているわけではない。違う。彼の腕は翼ではないし、今から飛ぼうとしているのでもない。彼は今、雲の高さ（時々前髪が濡れるほどの高度）に張った綱の上を渡っている。両腕はバランスを取るための長い棒だ。

彼は父親が釣りに使うリールの糸みたいに細いワイヤーの上でバランスを取っている。父親は戦争が終わって十年以上——息子にとっては自分の人生よりも長い時間——が経つ今も、夜中に大声を上げて目を覚まして立ち上がり、祖父母の部屋の大きな衣装部屋の扉に何度も頭を打ち付けている。

他方、リチャード自身は十歳の子供にはほとんど不可能な芸当——バランスの点でも、高さにおいても——を演じている。

リチャードは今三十代。後に妻となる女と一緒にベッドの中にいる。これはいつだろう？　三十年以上前だ。将来の妻は彼の腕の中で泣いている。大好きな季節、春が終わったからだ。

これから夏が来るんだから泣かなくてもいいじゃないか、と彼は言う。冬になったから泣くのなら理解できる。でも夏だよ？

どんな理由で泣こうと私の勝手でしょ、と彼女は言う。

彼は驚く。そんなのってありだろうか？　どんな理由で泣こうと勝手？　彼はそれが自分にも当てはまればいいのにと思う。彼はどんな理由でも泣くことができない。

将来の妻が彼の胸毛で涙を拭うと、実際、とてもエロチックな感触がある。二人が付き合いだした最初の頃は、セックスがきっかけとなって彼女が泣きだすことがよくある。そんなとき彼女は、死んだら毎年、木に咲く花となって戻ってくると言う。

もしも君が私より先に死んだら、と彼は言う。私は君と一緒じゃない人生の時間をすべて費やして、世界中の時差を最大限に活用するだろう。そうして地球上の春の地域を隅から隅まで旅して君を探す。

彼がそう言うと彼女はまた泣きだす。彼の恋愛感情はさらに高まる。

こうして春を約束した五年後、彼は二人が暮らす家で、ガラスの割れた勝手口の扉の方へ歩いて行く。何か（やかん？　猫？）が投げられてガラスが割れたのはその数日前だった。扉はジグソーパズルのように霜が張っているみたいに見える。一階で光が差しているのはその周辺くらいだ。彼は結局そのガラスを修理しないまま家を売ることになる。実際の季節がいつであれ、家は十年近く、冬の光の中で凍り付いたみたいだった。

今？　彼は駅で最後の列車を待っている。

季節は無意味だ。

いや――〝無意味〟よりもひどい。パディーは残骸になった。なのに時間だけは進んでいく。秋。次には冬が来る。その後には春。その後も。

彼はレールの先を見る。その整然としたパターン。彼はレールの周囲の地面を見る。整然としたレールと枕木の周囲にある石と草。

私も残骸だ、と彼は思う。ちょっと形が違うだけ。この世界もそこにいるすべての人も。残骸だ。

それなら、世界をもっと大事にした方がいいんじゃない?と幻の娘が頭の中で言う。そんなに私たちに似ているのなら。私たちみんなが文字通り残骸でできているのなら。

ダーリン、おまえは幻にすぎない、と彼は言う。

うん、分かってる、と彼女は言う。

おまえは存在していない、と彼は言う。

でもここにいる、と彼女は言う。

どっかに行ってくれ、と彼は言う。

そんなことできるわけない、と彼女は言う。私は父さんなんだから。

そのとき、線路の先に列車が現れる。それは近づいてくる。列車は彼の前まで来て止まる。扉のブザーが鳴る。

後方の扉が開く。列車を降りるのは二人だけで、彼はその横をすれ違う。少女と大人の女。一人は白人。もう一人は混血。大人の方は制服のようなものを着た上に厚いトレンチコートを羽織っている。少女が着ている学校の制服は、このスコットランド北部では薄着すぎる。二人に関する物語——それが何であれ——が火花を散らし始める。しかしそれは最悪の意味で、外見的な見せかけにすぎない。

そんなものは消してしまえ。

何という安堵感。終わり。永遠にすべてが終わりだと思うとほっとする。彼は二人の脇を通り過ぎる。二人は他のすべてのものと同じく残骸に変わった。今も実にありがたい障害物になってくれている。二人のおかげで駅の警備員——蛍光ベストを着た女が列車を出迎えるために現れていた——からは彼が見えない。

列車の下には体を入れるスペースはあまりない。この列車は下がかなり地面に近い。普段あまり目に触れない金属の部分には泥がこびりついている。機械も自然と接しなければならない。機械だって地球からは逃れられない。そう思うと少し心が慰められる。

彼は列車の下——何というのだろう?——下側にかがみ込む。下面。

地面に体を横たえれば頭がそこに入る——彼は車輪に目をやる。そして腹ばいになる。石。草。金属。彼は上向きになる。頭を車輪に近づけてレールの上に首を置く。

今から一分もしないうちに、蛍光ベストを着た数人が駅の事務所からホームの端に駆け寄ることになるだろう。

でも今は何も起きていない。一瞬の無。

さらにもう一瞬の無。

遅れている列車なら急いで駅を出そうなものなのに。

列車の下面から一種の真実が滴る。いや、もっと正直に言うなら汚水だ。彼は目を閉じる。

もうすぐ彼は時間を止める。

もうすぐ時間が終わる。

もうすぐ。


――


ねえ。

ねえ。おじさん。

彼は目を開ける。滴が一つ目に入る。それを拭おうと手を上げると手の甲が何かの金属に当たり、はっとして頭を動かすと、額を列車の下面に強く打ち付ける。

痛(いた)っ。

すみません。

彼は列車の下から頭を出す。

少女。本物だ。さっき列車を降りてきた少女が車両の最後尾でホームの端にしゃがんでいる。

彼女はまっすぐに彼を見ている。

そんなことするのは本当にやめてほしいんだけど、と彼女は言う。

二月。最初の蜜蜂が窓のガラスにぶつかる。
凜とした寒さの中、光が押し返し始める。しかし鳥の声がするのは一日の最初と最後だけだ
——光が現れるときと去るとき。
闇の中でも、空気の匂いが違う。街灯の光の中で、裸の木の枝が雨に光る。何かが変わった。
どれほど寒くても、その雨はもう冬の雨ではない。
日が長く（レンクスン）なる。
〝四旬節（レント）〟（復活祭の四十六日前の水曜から復活祭前日までのこと）という言葉はそこから来た。
ラテン語の二月（フェブルアリウス）は清める方法、神々をなだめる——多くの場合、焼いた生け贄によって
——方法を表す単語から来ていて、おそらく語源的には、ローマの清めの正餐を表すフェブルア
が元になっている。植物の月、太陽の回帰の月、雨の月、キャベツが芽を出す月、貪欲なオオカ
ミの月、一年の幸運、豊作、平穏を神々に祈るために菓子を供える月。
今よりももっと伝統がしっかり守られていた頃、スコットランドの高地地方では、二月は人々
が蠟燭（キャンドル）に火をともし、太陽を地上に呼び戻す月だった（聖燭節（キャンドルマス）（二月二日に蠟燭行列を行う）の起源）。この時

期には若い娘が前年に収穫した麦藁で人形を作って、それをゆりかごに入れ、その周りで歌を歌いながら踊る。命が戻ってきたという歌、蛇が目を覚まして巣から出てくるという歌、鳥が戻ってくるという歌、聖ブライド、あるいはブリギッド、あるいはキルデアのブリジッドの歌。キルデアのブリジッドはいろいろなものの守護聖人だ。アイルランド、豊作、春、妊婦、鍛冶屋と詩人、乳牛と乳搾り女、船員と水夫、産婆と非嫡出子。彼女は〝ブリッド〟と呼ばれるケルトの火の女神の一バージョンでもある。人々がかつて焚き火でたたえたブリッドは、聖なる井戸と土地を清めることもした。その水はいまだに病、特に目の病気を癒やす力を持っていると信じられている。

名前が何であれ、その聖女は宝石がちりばめられた父の剣を奪い、それを近くに住むハンセン病患者たちに与えた。彼らは剣から宝石を外し、それを売って食料を手に入れた。彼女は宝石が外された剣を父に返した。

そしてその後、修道院を建てる土地をアイルランド王に求めた。女性が共同で暮らし、慈善活動に専念するために。

しかし王は話を聞いていなかった。王は彼女の胸を見ていた。

じろじろ見ていることに彼女が気づいたと悟ると、王は代わりに彼女が肩に掛けている小さなケープに目を移した。

私が今身に付けているこのケープと同じ大きさの土地をいただけませんか?と彼女は言った。

王は笑った。いいだろう、と彼は言った。

彼女はケープを外し、地面に置いた。ケープは広がり始めた。それはどこまでも広がった。ブリギッドは隅をつかんだ。三人のブリギッドの分身が残りの隅を持った。四人は歩き始めた。一人は東へ、一人は西へ、一人は北へ、一人は南へ。

ブリギッド本人は北へ向かい、泥の大地を進んだ。彼女が進むところ、彼女の足が触れた地面はどこでも、何もない場所から花が咲いた。

2

さて、私たちのことを勘違いしないでください。

私たちはあなたのためを考えています。あなたはもっと世界とつながってください。世界は自分のものだと感じてください。私たちを通じて世界を見てください。あなたはあなた自身でいてください。私たちはあなたが少しでも孤独を感じないようにしてあげたい。あなたによく似た人を他にも見つけてください。

私たちが世界最高の知識の源泉であることを知ってください。あなたについてすべてを教えてください。あなたが行くすべての場所を教えてください。たった今、あなたがどこにいるのかを教えてください。この特別な瞬間をあなたが常に覚えていられるよう、写真を投稿してください。ちょうど十年前にあなたが投稿したものを見てください。記念日おめでとうございます！　あなたの過去の特別な瞬間を定期的に思い出してください。ちょうど十年前にお友達が投稿したものをご覧ください。あなたの人生はとても大事なものですから、私たちに記録させてください。あなたの存在がこの世界で意味を持っていることを知ってください。私たちにとってあなたがいかに大事か知ってください。あなたにとって何が重要かという問題に私たちが関心を持っていることを知ってください。それが私たちにとっても重要なのだと知ってください。あなたが健康で屈強でいるお手伝いをさせてください。

あなたの一歩一歩を数えさせてください。あなたの鼓動が速くなる理由を教えてください。あなたのDNAサンプルとお金をお送りください、そうすればあなたが何者なのか、ご家族が何者なのか、何者だったのか、歴史的にはどこから来たのかを知るお手伝いができます。私たちがそうするのは、あなたのお役に立つサービスとして百パーセント合理的な理由があるからであって、それ以外の理由はありません。

あらゆる交際ステータス――友人、交際中、独身、複雑な関係――を経験してください。あなたが何を買うか教えてください。ヘッドフォンでどんな音楽を聴いているのか教えてください。どんな服を着ているのか教えてください。私たちの広告をあなた好みにさせてください。あなたに合った内容にさせてください。ご自分についてもっと知ってください。真のあなたの姿を知るために、そして選挙で誰に投票するかを知るために、私どもが作ったゆかいな心理テストを受けてください。私どもだけでなく、他の人たちのゆかいなプロジェクトに生かすための有益な情報として、あなたを正確に分類させてください。

私たちをリビングルームに置いてください。日々の些細な問題を解決するお手伝いをさせてください――どこで食事をするか、休日にどこに泊まるか、ある映画をどこの映画館でどんなスケジュールで上映しているか、今どこでたくさんの人が楽しい時間を過ごしているか。ネットでちょっとしたものを注文するお手伝いをさせてください。キャットフード、園芸用品、子供のためのもの。子供に関することは何でも相談してください。私たちのことは家族だと思ってください。私たちはあなたが話すすべてのことに興味を持っています。画面を見るたびに、私たちに話を聞かせてください。おうちのすべての部屋で互いに何と言っているときも、画面を通じて姿を見させてください。私たち以外のものをご覧になっているのか教えてください。何時に起きて何時に寝ているのか、ネットで何をし、ネット以外で何をしているのか、どういうところにお金を使っているのかを教えてください。

私たちは今売っている携帯電話が前のモデルよりも動作が遅く、性能が劣っていてほしい。その方が、皆さんがさらに新しいモデルに早く買い換えてくれるから。

私たちについて嫌なことを言う——それが真実かどうかにかかわらず——有力者を攻撃する人を私たちは雇いたい。私たちの下で働く黒人やヒスパニック系の人には、自分たちは白人よりも少し重要性が低く、身分が不安定で、昇進の可能性も低いと感じてもらいたい。ただし人種・民族別データを扱う際には、有益なデータを提供してもらいたい。

私たちは言論の自由のために立ち上がりたい——特に、力とお金を持った白人のために。荒らし(トロール)による投稿をたくさんの人に読んでもらいたい。私たちは政府のプロパガンダを手伝いたい、そして選挙結果を歪めたいと同時に、民族浄化を組織し促進する人の邪魔はしたくない——二十四時間年中無休でそこに張り付いていることの便利な副作用として。

あなたの顔の重要性を知ってください。あなたの顔とあなたが写真を撮るすべての人の顔、そしてあなたの友達の顔とそのお友達が撮る顔をネット上に記録させてください。私たちのサイトでゆかいなデータのアーカイブと調査に使わせてください。

あなたの身が安全であることを確かめさせてください。私たちはあなたのプライバシーを尊重し保護します。プライバシーは人権であり、市民の自由であると私たちは信じています——特に、あなたに経済的余裕がある場合には。決定権を握っているのはあなただと請け合います。誰があなたの情報を見られるかはあなたが決められます。あなたはご自身のすべての情報にアクセスできます——あなたと、あなたに付きまとっている人なら誰でも。

私たちにあなたの人生を語らせてください。あなたの本にならせてください。あなたが持つ絆は私たちとの間だけにしてください。私たちを使えないのは不便だと感じてください。私たちのことを見てください。そして私たちから目を逸らした途端に、また見たい気持ちになってください。私たちのことを、リンチや魔女狩りや粛清のために集まった暴徒だと思わないでください——逆にあなたの仲間の方は、リンチや魔女狩りや粛清のために集まった暴徒かもしれないけれども。

私たちにあなたの過去とあなたの現在をください。私たちはあなたの未来も欲しいから。

私たちにあなたのすべてをください。

いつでも。はい、どうぞ。私の顔をどうぞ。

あなたが私の顔を欲しがるのも当然だ。それは〝今〟の顔だから。

〝私の顔〟というのは、このA4写真に写っている顔のこと。私が存在するという証拠。これがなければ私も存在しない。体がここにあっても、この紙切れがなければ私は存在しない。紙をなくしたら、どこにいようとどこにもいない。それは少しくたびれている——当然だ、ただのA4の紙切れなのだから——そして顔の写っている場所と折り目がたまたま重なっているせいで、私の顔にしわが寄り、インクの一部が剝がれ落ちている。

でも私はここにいる。顔写真の載ったこの紙切れが、私はこの国では許可なしに就学不可能、あるいは居住不可能、あるいは就業不可能と証明しているから、私は存在している。

私が資格を持たない分、あなたは資格を手に入れられる。

どうぞご心配なく。いつでもお手伝いしますから。

ちなみにこの顔、例のポスターにある絵に似てますよね——不審な行動を見かけたら通報してくださいというあのポスター。

私みたいな人を見かけたら警察に通報してください。私の顔は国家に関わる一大事だから。

いえいえ。どうってことありません。いつでも手を貸しますよ。

問題は大型トラックの側面にポスター風に描かれた顔に似たこの顔。スーツを着た一人の白人男が、国境で列を作るたくさんの人々――というか無人間――の前でポーズを取る姿。その絵柄が何を証明していたかというと、ポスターに描かれた人々は顔のない無人間だということ。白人男だけが人間の顔を持っていたということ。その男の顔だけが大事だった（二〇一六年の国民投票直前にEU離脱派のナイジェル・ファラージが作成したポスターへの言及）。

私の顔が表していたのは危機。

どういたしまして。いつでもどうぞ。

それはドラマ、映画で見かける顔。あるいは自分とは違う人に関する小説を読んでいるときに頭に思い浮かべる顔。文学を愛するあなたが読む本、あるいは時間つぶしのために読む本。感情を味わわせてくれる物語、本当に深い感動を味わわせてくれる物語を語る本。いや、それ以上だ。あなたが今生きている世界の歴史や政治についてとても大事なことを理解したと思わせてくれる本。

何てことありません。喜んで。あなたの周りは私の顔だらけだ。

足で踏まれて泥まみれになった私の顔。

海で死んで膨張した私の顔。

私の顔の意味とは、それがあなたの顔とは違うということ。

いつでもご用命を。どういたしまして。

ブリタニー・ホールが初めて少女の噂を耳にしたのは九月のことだった。その朝、職員用ロッカールームで一緒になった厚生係のステルはこんなことを言った。ねえ、ブリット、奇跡の時代はまだ終わってないみたい。どこかの子供がこのセンターに入ってきて――いや、あなたは信じないでしょうね。私だっていまだに信じられない。で、その女の子が所長にトイレ掃除をやらせたんだって。

　所長に何をさせたって？とブリットは言った。

その後重ねてこう言った。それに今、女の子って言った？

子供自体が珍しかったわけではない。主任入国管理官（CIO）はしばしば、見た目は明らかに子供――十三歳か十四歳――なのに大人と判断された人をここに送り込んでいた。しかしここは男性専用施設だ。

　しかも全部のトイレよ、とステルは言った。すべての棟のすべての部屋のすべての便器。独房も含めて。私は所長に恨みがあるわけじゃないけど、あの所長が便器掃除なんて、何が何だか。本当の話よ、子供なんだって。女の子。十二か十三。私は直接見たわけじゃない。直接見た人と話をしたわけでもない。でも、女の子がこの施設に入ってきた。それだけじゃない。所長のところまで行って、清掃会社を呼ばせて掃除をさせたんだって。かなり本気の掃除。タイルの隙間、ひび割れ、汚れ。被収容者の中で掃除を担当している人たちには落とせないタイプの汚れ。自動車修理工場で見るような大きな高圧洗浄機とか、蒸気洗浄機を業者が持ち込んで便器やらタイルやらその周辺やらを全部掃除して、その後にモップ掛けまでやったんだって。びっくり。施設の中は匂いが全然ましになった。棟の方に行くのを楽しみにしてて。全部の棟がきれいになったんだから。Hブロックは全部。被収容者の中には女の子の姿を見た人もいたらしい。学校の制服を着てB棟をうろうろしてたんだって。みんな〝どうなってんの〟って顔で、こわごわ様子を見てたそうよ。

嘘、とブリットは言った。

嘘じゃない、糞もない、とステルは言った。じゃじゃーん！　手品みたいに。警備員用トイレの壁まで。

まじ、とブリットは言った。

まじで目地も、ブリット。分かる？　まじ、とステルは言った。

あなたって詩人ね、とブリットは言った。自分では気づいてないと思うけど。

気づいてる、とステルは言った。才能を発揮する場面が最近少ないだけ。でも、今日はどうかって？　今日は屎尿（しにょう）、じゃなくて、詩の才能があふれてる。

彼女は「なんて美しい朝」（ミュージカル『オクラホマ！』（一九四三年初演）で用いられた曲の一つ）を廊下の先まで反響させながら去って

行った。そしてブリットに片手を振り、反対の手を監視カメラに向かって振って扉を開けさせた。
ステルは何年も前からここに勤めている。誰かの話では三年。長い方だ。年齢は三十歳くらい。ブリット自身は割と新顔だ。収人《ディート》（原文ではdeet(s)。「被収容者detainee(s)」の略）にはそれがすぐにばれる。望ましいことではない。**おめでとうさん。あなたもここに来て四か月、私と同じだ。あなたはまだ死んでないし、私も死んでない。二人とも死んでないね、DCOミス・ホール、**とシリア人の一人が毎日彼女をからかった（DCOは被収容者監護官の略）。意地悪な意図ではない。でも、意地悪な意図ではないというのも複雑だ。守らなければならない一線があるから。正しい反応というものが。笑って何か面白い言葉を返すのが一つ。もう一つは、何だその口の利き方は、という返答。どちらにするかは場合による。

ボディーカメラ。剃刀鉄線《レーザー・ワイヤー》。収人《ディート》。

（たとえばステルは〝収人《ディート》〟とは言わなかった。自身も黒人のステルは、毎日仕事が終わって家に帰るとき、黒人でないスタッフに比べてより厳しいチェックを受ける。誰もがステルを知っているのに。ステルは本当に辛抱強い。そうでなければ、彼女が毎日しているような仕事はやっていられないだろう。）

この建物に子供が来るなんて。

ブリットは実際、この建物に子供がいる光景を頻繁に思い描いている。というのも、この施設では収人《ディート》一人あたりの持ち込み可能な私物の制限重量をそんなふうにイメージしているからだ。二十五キロ。三歳か四歳の子供の体重と同じ。だから彼女は新しい収人《ディート》が到着するたびに、そのイメージを使うことにしている。あの荷物は幼い子供の体重より重いか軽いか？　というのも、もしもそれよりずっと重そうなら、没収されたときに収人たちはきっと暴れだすだろうから。

ここは抑留住区とも呼ばれているが、住宅団地とは趣が違う。どちらかというと、ブリットの父親が亡くなったときに話し合った財産に似ている。死んだ後に残されるその人の価値のようなもの。

おかげで私に給料をくれている職場が地下の世界みたい、と彼女は思った。生ける死者のいる場所。地下世界への門は、来客に与えるイメージをきれいに――あるいはひょっとして柔らかく――するために駐車場と建物正面の間に植えられて、四角形に整えられた生け垣の列だった。今では彼女は毎日、出勤と退勤のときにその生け垣に向かって会釈していた。地下世界とその他の世界の間に設けられた非武装地帯。

こんにちは、生け垣さん（私のために幸運を祈っててね）。

さようなら、生け垣さん（今日も一日終わったわ）。

施設に入るとき、彼女は知っていた。施設を出るときにも、彼女は知っていた。自分は出入りができる人間だ、と。一日が終われば出ていくことができる（あるいは夜勤が終われば）。

しかし、なぜかいつも――施設にいないときも――そこにいるような気がした。出て行くことはできるし、仕事が終われば実際、生け垣の脇を通り、道を渡り、駐車場を横切り、空港道路に沿って駅まで歩き、列車に乗り、家に帰ったのだけれども。

どんな仕事をやらされてるの？　仕事を始めて二週間が経った頃、母が尋ねた。

私はIRCの一つでDCOとして働いている。雇い主はSA4Aっていう民間警備会社。会社はスプリング、フィールド、ワース、ヴァレー、オーク、ベリー、ガーランド、グローヴ、メアンダー、ウッド、あと一つか二つの施設の運営をHOから委託されてる、と彼女は言った（IRCは入国者退去センター、HOは英国内務省の略）。

ブリタニー、と母は言った。あなた何語をしゃべってるの？

ブリットは馬鹿ではない。外国語は昔から得意だ。学校では何でも、努力せずにできた。大学に進学したかったが、経済的な余裕がなかった。無理無理。とてもじゃない。でも母はそのことを気に病んでいた。だからブリットは不満を言わなかった。家に帰るといつも、**仕事はどうだった？** うん、普通。**今日は何をしたの？** いろいろ、いつもと一緒。そして軽く笑う。

せめて笑いがあればいい、と母は言う。きつい仕事と笑いはセット。海辺と荒天がセットなのと同じ。

たしかに最近それを実感する、とブリットは言う。

そしてある日、母が言う。

ブリタニー、ディートって何？

ひょっとして本当に私は母の前で声に出して収人（ディート）と言ったのだろうか？ 収人（ディート）というのはトーキルの作った言葉だ。彼は被収容者をそう呼ぶ。でも、嫌な感じではない。トーキルは悪い人じゃない。

収人（ディート）、とブリットは最初の週に彼に言った。

実際にあるわよね。ディートっていう殺虫剤。

うん、と彼は言った。

けど、それならかっこ悪いのは私たちの方、と彼女は言った。向こうがディートなら。

うんうん、とトーキルは言った。

あの人たちをディートって呼んだら、こっちが虫ってことになる、と彼女は言った。

うんうん、とトーキルは言った。

私たちは蚊ってこと、と彼女は言った。

うんうん、とトーキルは言った。

彼女は笑った。

うんうん、とトーキルは言った。

トーキルはスコットランド人だ。だから名前が変わっている。

説明しよう、と彼は言った。この仕事はとにかく虫の好かないことだらけだ。収人(ディート)には注意しないといけない。こっちのしゃべり方までおかしくなる。本当に吐き気がしてくる。神経毒みたいなもの。肌から染みて中まで入ってくる。無感覚、無気力。今こんな警告をするのは、いざ自分の体に兆候が現れたときにすぐに対応ができるようにだよ、ブリタニア。

ブリタニー、ディートって何?と母は言った。

ああ、その。(笑い。) 俗語。詳細(ディテール)の略。

仕事はどうだった?

うん、普通。

今日は何をしたの？

いろいろ、いつもと一緒。（軽い笑い。）

せめて笑いがあればいい。きつい仕事と笑いはセット。

母はまた二十四時間ニュースチャンネルの方を向いた。そしてそこで起きているいろいろなことを見て、毎日しているように首を横に振った。

世界を危うくすることが次から次に起きてる、と母は言った。

ただのニュースよ、とブリットは言った。くだらない。

ニュースは大事だと母はいつも考えていた。テレビで目にするのが本当に起きていることではないというのは、今時誰でも知っている。でも母は違う。母はいまだにテレビを信じている。年配の人は皆そうだ。

この先どうなるのかしら、と母は言った。

母は本当の世界についてまったく知らない。きつい仕事、笑い。仕事場にあまり笑いがないということではない。まるで何かが壊れたような収人の笑い。一部のDCOが収人に向ける笑い。それはぞっとするような、威圧感のある笑いだ。声や物音は始終している。笑い声、泣き声、扉を叩く音、扉を蹴る音、悲鳴。にぎやかな仕事だ。監視カメラ担当、受付担当、面会室担当を除けば。連中を笑わせて、連中を泣かせて、連中を待たせる。収人が狂ったように笑うとき、トーキルはいつもそう言った。連中を待たせるのが仕事。ここは最初できたときには最長七十二時間勾留するための施設だったけど、今では人が何年も、何年も、何年も待たされている。

七十二時間？　三日。

大半の人は少なくとも二か月以上ここにいる。

こんにちは、生け垣さん。

さようなら、生け垣さん。

来る日も来る日も。

ところがあの日は？　施設全体にいつもと違う雰囲気があった。

妙な静けさ。

誰も笑わなかった。誰も泣かなかった。収人もDCOも、誰も扉を叩かなかった。

噂が広まった。

子供。学校の制服を着た少女がふらっと施設に入ってきたらしい。

第一、そんなことができるわけがない。この施設に関しては、あるいはどこの施設でもそんなことは無理。ふらっと入ってくるなんて。無理と言ったら無理。ここでは――ここの警備は非常に厳しいという部類ではないがそれでも――何重ものチェックが必要だ。身体検査、人物確認、写真撮影、人物確認、首からぶら下げる訪問者カードの交付、人物確認、スキャン、さらなる人物確認、セキュリティーゲート、扉、フェンス、扉、さらに三度の人物確認、それから各棟の受付で最終的な人物確認。

同じ子供が他の四つのＩＲＣにも入った――そして出てきた――という噂が広まった。

嘘、とブリットは言った。フェイクニュース。

その後、トルコとポーランドからの収入であるアドナンとトメクが入れられている部屋のトイレを見た。

それからB棟の他のトイレをいくつか。

どれも本当にきれいになっていた。

これって、何ていうか、大がかりなエイプリルフールのいたずらか何か？と彼女はデイヴに言った。今は九月なのに？　それとも会社(SA4A)が仕掛けたテスト？

デイヴは自分の目で少女を見たわけではなかったが、巡回の途中でいろいろな噂を仕入れていた。そして休憩時間にそれをブリットに教えた。ブリットはその後、午後は面会室の担当に回り、ラッセルからさらにたくさんの話を聞いた。ラッセルも彼女と同様に、噂は作り話だと考えていた。

噂によると少女は、いいか、ウーリッジの売春宿で呼び鈴を鳴らして、中に入って、何もされずに無事に出てきたこともあるらしい。

え、それも学校の制服を着たままで？とブリットは言った。

ブリットとラッセルは排水を流すように馬鹿笑いした。

噂によると、ポン引きのやつらは日頃から付き合いのある警官を呼んだらしい。**この娘を連行してくれ**って連中は言った。**頼むよ。この子は商売の邪魔だ。**何でかっていうと、少女は売春宿に入ってからわずか三十分の間にいくつかの部屋を回って、いいことをしている最中の客にその行為をやめるよう一人一人説得したっていうんだ。それだけでもすごく変な話なんだけど、その後、また玄関まで戻ってそこにいた男に扉の鍵を開けさせたらしい。すると十代とそれより幼い十五人の少女が一斉にそこから逃げ出した。命からがら逃げたんだってさ。

へえ。

うん。

また別の噂によると、自傷癖のある収人の一人——ブリットの知らない、C棟のエリトリア人——が顔を上げたら、目の前に、部屋の中にその少女がいたらしい。クソ聖母マリアみたいい（これはラッセルの言葉）にそこに立ってたっていうんだ。俺の閉じ込められているこの場所には全然希望がない、もう生きている理由がないって、自傷癖のあるエリトリア人は少女に言った。俺を生かしてるのは苦痛だけだって。そうしたら少女は何か返事をしたらしい。やつは少女の言葉を誰にも教えないんだが、なぜか生まれ変わったみたいに人が変わった。ラッセルとブリットは十分間、少女が言った言葉をあれこれ推測した。どれも下ネタばかりだった。嘘に決まってる、とブリットは言った。C棟にたどり着くまでに必ず誰かに放り出されるはずだもの。女の子に翼でも生えてるのかも、とラッセルは言った。天使みたいに空を飛んだのかも。後に続いて飛んでいくのは生理用ナプキンの翼たち。

また別の噂によると、少女の母親はウッド収容所の収人らしい。母親が内務省に捕まったのは、大学に願書を出したのがきっかけだった。イギリス育ちの彼女はパスポートを持っていなかったので内務省の人間に路上で捕まった。スーパーに十分間ほど買い物に出たところだったから、コートも羽織っていなかった。逮捕されたとき、買い物袋は路上に置きっ放しになった。母親が連れ去られてから数週間後、娘はウッド収容所に行き、その夜のうちに問題を解決するようゲートの前で職員に掛け合った。結局、ＤＣＯたちは母親の部屋の鍵を開け、建物の鍵を開け、警備システムを解除して、母親を外に出した。

そりゃそうでしょ、とブリットは言った。私たちはみんなそうしてる。向こうが丁寧にお願いすればこっちだって話を聞く。

ブリットとラッセルは排水を流すように馬鹿笑いした。

けど。

うん。

どうやら。

ウッド収容所にはセキュリティー上の問題があって、一部の収容者が外に出た。しかもそれを記録する映像はない。ところが、正面の門を向かい側から映している監視カメラには、夜中にウッド収容所から女性が他の二人と一緒に歩いて出てくる姿が映っていた。

ブリットは笑った。コメディーより笑える。彼女はいつまでも笑った。面会室であまりに大きな声で長い間笑ったので、収人に会いに来た人々が振り向いて彼女を見た。ブリットは笑うのをやめなければならなかった。

それから面会室内の巡回に戻った。収人が人と触れ合ったり、隣同士で座ったりさせてはならない。家族の隣に座ることは禁止されている。

しかし噂はその日、大きく膨らむばかりだった。

噂はHブロック全体に広まった。

少女が所長に言った言葉を誰か——秘書の一人——が扉越しに聞いたらしい。

女の子がここに来てまだ十分くらいしか経っていなかったと思う、とサンドラ（オーツの秘書）が女性職員用トイレでブリットと他の二人（と特別に女性扱いのトーキル）に言った。

個室の扉はすべて開いていて、他に誰もいなかったけれども、サンドラはひそひそ声でしゃべった。

あの子はすごく静かに、筋を通して話してた、とサンドラは言った。ずっと静かだったから、声はあまり聞こえなかった。けど、〝どうして〟というのは聞こえた。時々〝どうして〟と言ってた。私も別に盗み聞きしてたわけじゃなくて、警備員を呼ばないといけない場合に備えて様子をうかがってただけだから。でも、あそこに来るまでに何の問題もなく警備の人の前を既に通ってる。途中で止められなかった。彼らの前を通ったときと同じように、私の目の前を通っていった。あの子は私を正面からじっと見た。あのときのことはそれ以外に説明のしようがない。私は止めなかった。止める気にならなかった。彼女は奥のオフィスの扉をノックして、中に入って、椅子に座って、オーツさんを待った。彼女に続いてオーツさんが部屋に入った。私は引き留めて警告しようとしたんだけど、サンドラ、君は黙っていなさいっていう雰囲気だったからやめておいた。

それから、どのくらいかな、五分、十分経つと女の子がオフィスから出て来て、お邪魔しました、サンドラ、どうもありがとうございましたって言ったの。どうして私の名前を知ってたのか分からないけど、知ってた。女の子が帰った後、私はオフィスに呼ばれた。すると真っ赤な顔をしたオーツさんは私に、清掃業者に電話してすぐに掃除をしてもらうようにって言った。

噂によるとね、とサンドラは女性用トイレで声を潜めて言った。その少女は他のＩＲＣの施設にも行って幹部を説得して、ちゃんとしたトイレ掃除をさせるとか、そういう変わったことをさせているみたい。

女の子はどんな感じだった?とブリットは言った。

学校に通っている子供って感じ、とサンドラは言った。よくバスで見かけるような。

サンドラは皆を自分のオフィスに連れて行き、パソコンで監視カメラの映像を見せた。サンドラのオフィスは本当に快適――普通のオフィスのよう――だ。サンドラは皆にオーツのオフィスの中も覗かせる。部屋はとても広く、とてもいい家具が置かれている。

再生映像の中では、かなり小柄な少女の頭のてっぺんが部屋の中を動き回るのが見える。

少女はまるでそこにいるのが当たり前みたいに、ただ動き回った。止める者はいなかった。目の前の扉が閉まると少女は待ち、また何かの理由で扉が開くと先へ進んだ。映像を見るとそこで起きていることはすっかり明白で単純なので、とても〝謎〟と呼ぶことはできなかった。扉が開き、少女が中に入るというだけのことだ。

やがてブリットの勤務時間が終わった。

帰ってもいい時間だ。

彼女は列車に向かった。

座席に座り、窓の外を見た。視線は窓の外にあるものから、窓の表面にある傷と汚れに移った。ガラスの内側に付いたもの。ガラスの外側に付いたもの。それからまた、窓の傷の向こう側にある世界へ。

施設の職員の中には少女を知っていると言う者もいた。協同組合中学校に通う子供で、別の職員の子供の友達だ、と。

収人の中には、少女の噂を以前に聞いたことがある、彼女の正体を知っていると言う者もいた。少女はゴムボートでギリシアから来た生き残りだ、と。

いいや、違う。彼女は、途中で死んだ難民の骨が散らばる砂漠を横切ってきた。自分の小便を飲んで生き延びたんだ。

いいや、彼女は弟のマンチェスター・ユナイテッドのユニフォームを着て遠くから来たんだ。

少女の父親を知っている、と彼らは言った。父親はもう死んだ。間違った場所で、間違った時代に政治に関わった大物だった、と。

少女の母親を知っている、と彼らは言った。イタリア沖でボートから落ちて溺れた、と。

少女は空襲で焼け出されたんだ、と彼らは言った。一家は命からがら逃げ出した。一家はゲリラによってロバ代わりに使われて、何キロも、何日も荷物を運ばされて、初日に父親が立ち止まって休憩をさせてくれと言ったら、休憩したいなら休ませてやる、とゲリラが言って、その場で撃ち殺した、と。

そのとき、男たちの一人がこの話をするのに耳を傾けていたブリットは、後ろを振り向いた。そうせずにはいられなかった。そこにいたのは南スーダンからの収人のパスカルだ。彼はうなだれ、何も言わずに床を見ていた。調書によると、彼は目の前で父親と兄が首を切られたばかりでなく、どちらの首をボール代わりにするかを選ばされ、実際にそれでサッカーをやらされたらしい。

しかし帰り道の列車でブリットを驚かせたのは、少女を思い浮かべたときに頭の中に現れたイメージだった。

それは自分の母親の姿だった。

ブリットの母はその幻の中で、ウッド収容所の房に監禁され、戸惑っていた。母はプラスチック製の寝床に腰掛けて、床にある排水口を見ていた。実際、幻の中にいる母の顔を見たとき、排水口から立ち上る臭いがブリットの目に見えた。

誰もが知るように、ウッド収容所は女性にとって厳しい場所だ。見知らぬ人々とシャワールームで暮らすような感じ。いや、それよりひどい。身体検査も。報告書に記されることのない暴力。噂ではレイプも。当然、何件も。ブリットは噂を聞いたことがある。誰でも噂を耳にしている。火のないところに煙は立たない。それに、あちこちで性的労働をやらされた挙げ句にウッド収容所にたどり着いた女たちも皆証言している。あそこでの拘束は今までに経験したどんなことよりもひどい、と。

ブリットは頭に浮かんだイメージを振り払うために首を横に振った。

母は元気だ。

母は家のテレビで国会中継を見ながら、誰もいない部屋でこの先どうなるのかしらと独りごちているはずだ。

忘れよう。

そのとき彼女は今日、どうでもいい生け垣にさようならを言い忘れたことに気づいた。しまった。

彼女は迷信深い。どうでもいいことだと分かってはいるけれども。

彼女は暗緑色の小さな葉について考えた。生け垣の匂い。苦々しいけれども、いい匂い。比較的新しく、少しずつ間隔を置いて植えられた小さな若木は既に灌木くらいの大きさになっているが、そこから一つの連続した生け垣に育つのに時間はかからない——あっという間だ——と彼女は思った。

生け垣に向かって言うのと同じように、今、頭の中で言えばいい。

さようなら、生け垣さん。

今日も一日が終わり。

うん、でも。

何て一日だろう。

棟に現れた少女。

完全なる神話。

でたらめな話。

でも本当だった。どこのトイレも——少なくとも彼女が担当する範囲では——明らかに、徹底的に掃除されていた。

いいことだ。誰かが正しいことをしているんだから。

そろそろ潮時だったのかもしれない。

ある日の午後――

これはトーキルがブリットに聞かせる物語だ。ブリットが施設で働くようになるずっと前に、少しだけ今回と似た出来事があったときの話。トーキル自身がまだ新米だった頃のこと――

僕がここに来てからまだ六週間くらいしか経たない頃。時刻は四時。休憩時間で職員室にいたら、棟全体に妙な音が聞こえてきて、音はだんだんと大きくなった。それは、何ていうか、目の前に海があって、押し寄せてくる波が徐々に大きくなるみたいな感じ。気が付いたらそれは収人たちの声だった。収人の笑い声。僕らは互いに顔を見合わせた。それは頭がおかしくなった笑い方とか、薬物(ドラッグ)をやったときの笑い方とか、喧嘩しているときの笑い方じゃなくて、そういうのとは全然違う笑い方だった。それでみんな、〝どうしたんだ?〟って雰囲気になった。

だからみんな暴動鎮圧用の装備を身に付けた。

収人は使えるテレビの置かれた部屋に集まって、白黒の映画を観てた。連中の頭越しに画面が見えた。サイレント映画によく出てた、ヒトラーみたいな口髭を生やして山高帽をかぶった例の男が歩道の縁石に座って、毛布にくるまれた赤ん坊を抱えて、赤ん坊なんてどうしたらいいんだろうって顔をしてた。男は足元の道路にあった排水溝の蓋を外して、中に赤ん坊を落とそうとするんだが、警察官の姿が見えたものだから途中でやめる。そこで僕も連中と一緒に笑ってた。すごい笑い声。笑い声が建物全体に響いてた。僕らも一緒に笑ってた。ここではそれより前にもその後も笑う姿を見たことがない収人。以前、しゃべるのを聞いたことがない収人、英語がしゃべれなくて何も言わない連中、暴力的な連中。いつも独房に入れられてる厄介なイラン人まで笑ってた。みんな。子供みたいに。男は結局、排水溝に赤ん坊を捨てず、家に連れて帰る。これがまた何もかもが壊れてて、貧乏で汚らしい部屋なんだ。男は何とか赤ん坊にミルクを飲ませて、おむつ替えも覚える。やがて赤ん坊は賢い子供に育って、近所の家の窓ガラスに石を投げて割るようになる。父親代わりみたいになった貧乏男はガラス修理の仕事をしているから、被害に遭った数分後に新品のガラスを持って家の前に現れて、家の主婦から修理代をいただく寸法だ。

どうということはない映画さ、ブリタニア、子供と男、窓ガラスと石、そして警察官が登場する馬鹿みたいな話。映画が終わった後、この場所はそれまでに見たことのない風景に変わった。最後にはみんなが泣いてた。映画の後はまるでここが普通の場所みたいに、みんなが建物の中を歩いてた。

まあ、あっという間にまたいつもの、別の意味での〝普通〟に戻ったんだけど。

でもそのとき、塹壕で迎えたクリスマスはきっと少しそれに似た雰囲気だったんだろうなあと思ったのを僕は覚えてる。ポール・マッカートニーのクリスマスソングのビデオにあるだろ、戦場の兵士たちが敵味方一緒にサッカーをして、たばこやチョコレートを分け合ったって話。

ブリタニー・ホールがイギリスのIRCでDCOとして働きだして最初の二週間で学んだこと。

・収人がいよいよ切れそうになるときまでボディーカメラのスイッチを切っておくこと。人がおとなしくしているときに動画を撮影しても意味がない、とオヘイガンという名のDCOは言った。たとえばここにいる豚の金玉は今、何かギャーギャー言ってるが、そのうち壁に頭をぶつけ始めるからその十秒前には察知して、カメラのスイッチを入れないといけない。すぐに要領は分かってくる。いいや、こいつは問題ない。ただ暴れてるだけ。病気とかじゃない。俺たちに対する嫌がらせでそんなことをしてるだけさ。

・暴れた人は隔離すること。ベッドはなし。毎日二十四時間明かりは点けっぱなし。毎日二十四時間、十五分ごとにセキュリティーチェック。

・自殺警戒態勢下にある収人に対して、やりたければどうぞ、止めないよと言っても構わないということ。大半の人は職員の注意を惹くため、あるいは嫌がらせのためにそうしているだけだから。

・一部のDCOによると、収人を〝陰嚢(いんのう)〟〝豚の金玉〟〝ペニス〟〝ちんぽ〟などと呼んでも構わないということ。
・視察から戻ってきた統計部の話によると、収人たちは職員に好感を持っているということ。職員は全般に声を掛けやすく、話が分かるという調査結果。特に英語が話せない収人からの評価が高い。
・〝スパイスさん〟と呼ばれるDCO（名前はブランドン）の存在。彼は収人が本当に欲しがっているものを与えた。そして収人の中に子供がいたら、ブランドンか収人のどちらかが子供に合成大麻(スパイス)を味見させた。
・がんにかかっているクルド人収人には鎮痛薬(パラセタモール)を使わせてもいいということ。ただし週末で医者を呼べないときには、他の人と同様、月曜まで待ってもらうこと。
・所長は今、すべての部屋に三つ目のベッドを入れようと考えているということ。棟で働く者は皆、それがいいアイデアでないと考えていた。職員は繰り返し所長にそれはまずいと訴えてきた、とデイヴはブリットに言った。しかし所長は何を言われてもやる気らしい。**三人の男に一人の赤ん坊(スリーメン＆ベビー)じゃなくて、三人の男に一つのトイレだぞ。**それは古い映画のタイトルをもじった言葉だった（『スリーメン＆ベビー』（一九八七年）のこと）。どの部屋にもトイレはあった。**浴室付き(アン・スイート)の寝室だぞ。**ハハハ。トイレには蓋がなく、ほとんどの場合、便器とベッドとの間に仕切りなどはなかった。おかげで多くの収人はあまりたくさん食べることがなかった。というのも、まともな神経の持ち主なら、大便をする姿を人に見られたくはないからだ。

しかも収人は夜九時から朝の八時まで十一時間部屋に閉じ込められ、昼間は二回点呼がある。デイヴはそれが腸にはいい運動だと言った。

・いちばん気分の落ち込みが激しく、特に厄介なのはイギリスで育った収人だということ。その理由の一つは、他の収人がそういう人物とは仲良くしないからだ。俺もそういうやつを知ってた、とラッセルはブリットに言った。ここで会ったときに俺は言ってやったんだ。おい、ローリー、こんなところで何をしてるんだ？　小学校も中等学校も俺と同じクラスだったじゃないか。全部で十二年も、って。するとやつはこう言ったよ。俺はスーパーの前で職務質問を受けた。ポルシェのすぐそばに立ってたのが悪いんだってさ。俺はどこだか分からない警察署に連行された。真夜中に目を覚ましたらいきなり手錠を掛けられて、ここに連れてこられた、って。

　翌日、俺が事務所に行ってそいつの調書を探して読んでみたら、やつはガーナに強制送還されることになってた。その翌日にだよ。だから本人にそれを教えてやったんだ。

　ガーナだって？とやつは言った。ガーナのことなんて俺は何も知らない。行ったこともない。ガーナがどこにあるのかも知らない、って。

・ラッセルは悪い人ではないけれども、卑猥で下品な人だということ。デイヴは悪い人ではない。トーキルも悪い人ではない。トーキルは本が好きで、ゲイであることを除けば少しジョシュに似ている。彼は最初に勤務時間が同じになったときブリットに言った。有名な作家が一九三〇年代にこんなことを言ってる。人は動物を虐待すると罰せられるが、人を虐待すると昇進するって。あれは助言だったのか？　その言葉をどう受け止めればいいのか彼女には分からなかった。当時はトーキルのことをよく知らなかったから。その頃はまだ、何が面白くて何が面白くないのか分からなかった。職員室で誰かがジョークのようにこんな話をしたことがある。施設に届いた在留許可を読む機会を与えられることなく、飛行機に乗せられた収人の話。あれは面白い話なのか？　ＤＣＯの多くは笑った。別の誰かが皆にこんな話をした。オーケー、一人の収人が内務省に苦情を申し立てた。こんな苦情だ。私は母国で刑務所に入っていました。政府が私の考え方を嫌っていたのが原因です。母国の刑務所とイギリスのこの収容所は同じような感じです。ただしイギリスのこの施設では、まだ殴られたことがありません。手紙を受け取った内務省はこんな返事を書いた。ご要望とあればいつでもお力添えいたします（ニコちゃんマーク）。これはジョーク？意図としては間違いなくそうだ。大爆笑。

最近、ジョシュはどうしてるの？　あの人とおまえとはどうなってるの？と母はまた夕食のときに訊いた。

知らない、とブリットは言った。

余計なことを言ったみたいね、悪かったわ、と母は言った。

今はまだ九月。ブリットは自分の寝室にある自分のベッドの上でプライバシーを確保していた。最後に会った八月には一緒に寝た。ジョシュは最近腰を傷めているのでそういうことは珍しくなっていたが、実際そうした。悪くなかった。その後、ジョシュは今読んでいる歴史の本について長々と話した。ナチスが占領した街で男が親衛隊の一人に近づいていく。その親衛隊員はたった今、気に食わない人物の顔を拳銃か何かナチスっぽい武器で殴ったところだ。その市民――大学か学校の先生をしている老人、教授っぽいタイプ――は隊員に近づいて、やめなさいと言う。実際に使う言葉は、**あなたに魂はないのか**だ。すると隊員は振り向いて教授の頭をその場で撃つ。男はそのまま通りに倒れる。

ジョシュがその話を始めたきっかけは、二人でベッドに入る前にブリットが、施設に〝英雄(ヒーロー)〟

と呼ばれる収人がいると言ったことだった。名前は時にとても皮肉に響く、と。そしてジョシュが学者の頭を撃った男の話をしたとき、ブリットの頭の中に闇が出現した。

闇は分厚いカーテンのように目の前を覆った。由緒ある家か心霊番組に出てくる幽霊屋敷の古いカーテンのように。それはとてもリアルで、カーテンの素材の匂いまで嗅ぎ分けることができそうだった。

湿った、かび臭い匂い。

僕がよく分からないのは、とジョシュは言っていた。心的態度(エートス)はどうなのかという点。

何それ?と彼女は言った。

たとえば、タランティーノの映画なんかで、とジョシュは言った。いかつい感じの男が振り向いて誰かを撃ち殺す場面があったとしたら、観客は大体それを肯定的に受け止めるはずだ。普通僕らはそれを喜劇みたいなものだと思う。

喜劇ね、うん、とブリットは言った。

ブリットとジョシュは学校の同じ学年で、成績はトップだった。

そして仮にその人物が卑劣な悪役だとしても、いかつさという点では英雄(ヒーロー)みたいなものだと考えないといけない、とジョシュは言った。でも。だからといって、魂がない英雄なんてありうるだろうか? ていうか、魂のない人が英雄になれる? 僕らはそれをいいことだ——あるいは一つの理想だ——と考えるべきなのかな?

私はね、ジョシュ、はっきり言って、そんなこと考えてたら何もやってられない、とブリットは言った。

そして横になったまま反対を向いた。彼女は信じられないほどのダメージを受けていた。地獄のような頭痛。鼻の奥では腐敗臭がした。彼女は目を閉じ、また開いた。中も外も真っ暗だった。

やってられない？とジョシュは言った。そんなわけにはいかないよ。

彼はベッドから出た。

どんなわけにはいかないって？と彼女は言った。

やってられないなんて、と彼は言った。今そう言っただろ。でもたしかにそうだ。最近の君はやってる最中でも、いつも〝やってられない〟って態度。ほとんど何でも〝やってられない〟。君は〝やる〟ことをやめちゃったんだ。

そこからは喧嘩。君は人生を典型的な糞便にしようとしてる、とジョシュは言った。ジョシュは難しそうな言葉を振り回すのが好きだった。喜劇、心的態度（エートス）、典型、糞便。

何なのその言い方？と彼女は言った。

彼女がそう言うと彼は笑った。彼女は笑われたことで、全身に怒りが回った。

僕が言いたいのは、君には世界が自分の視点だけからしか見えてないってこと、と彼は言った。

それがどうしたの？と彼女は言った。それってつまり、このクソみたいな世界で私には他のみんなと同じように世界が見えてるってことでしょ。

それだと理不尽に独りよがりになってしまう、と彼は言った。君が悪いわけじゃない。最近始めた仕事のせいで、他の人よりもっとおかしくなってきてるんだよ。

私が始めた仕事はちゃんと給料をくれる、と彼女は言った。それはあなたの今の稼ぎより多い。あなたが仕事をしていたときの給料より明らかに多い。現実のお仕事。セキュリティーの仕事にはちゃんと結果が付いてくる。

（これは反則技（ロー・ブロー）だった。ジョシュは五月にオンラインの配送センターの仕事を一時解雇（レイオフ）されていた。）

　セキュリティーね、とジョシュは言った。君はそう呼ぶんだ。僕に言わせれば幻想を維持する仕事かな。

　どんな幻想？と彼女は言った。

問題は移民を排除することだという幻想、と彼は言った。

問題って何の話？と彼女は言った。

イギリス人であること、と彼は言った。イギリス人のアイデンティティー。

一体何が言いたいの？と彼女は言った。

僕らは自分たちを壁の内側に閉じ込めてる、と彼は言った。自分の足を撃ってる。偉大なる国民。偉大なる国家だ。

典型的な糞便を垂れ流してるのはあなたじゃないの、と彼女は言った。政治的に正しい（ポリティカル・コレクト）リベラルな都会人のたわごと。ネットとか新聞とかで仕入れただけの意見。あなた自身が典型的な糞便だわ。

どうしてそうなるのかな？とジョシュが言った。

その口調は穏やかだった。彼女にはその穏やかな口調が腹立たしかった。まるで彼の方が正しくて、彼女が間違っていることを言っているみたいだった。

いや、本当に、ブリタニー、本当に聞きたいんだ。どうして僕が糞便なんだい?と彼は言った。教えてくれ。理由を説明してほしい。一つでいいからちゃんとした理由を。

私がそうだと言ったらそうなの、と彼女は大声で言った。

ね?とジョシュはやはり本当に穏やかな口調で言った。それこそが僕が言った悪影響だよ。

バタン（寝室の扉）。

ブリットは階段の踊り場で服を身に付けた――ジョシュの母親か父親か兄が階段を上がってこないことを祈りながら。それから丸一分間踊り場に立ったまま待った。しかしジョシュが部屋から出て来て謝ることはなかった。

オーケー。

もういい。

バタン（玄関の扉）。

糞便、と家に帰るまで彼女はずっと考えていた。彼の家を離れるときも腹を立てていたが、角を曲がって自分の家が見えてきたときもまだ腹を立てていた。その日、再び仕事に行くと、両手が忌まわしい糞便まみれになった。手だけでなく靴にも。すべて拭い去ったと思ったときにもまだ、足首に汚れが残っていた。

常時監視対象の収人の一人が日々糞便を投げていた。注目を集めるためにいつもそんなことをするのだ。

何回手を洗おうと関係がない。掃除が終わっていてもいなくても関係がない。それはいつもそこら中にあった。

私は移民という罪で三年前からここに放り込まれている、と収人の一人が彼女に言った。こんなに長くこの場所に閉じ込めるのなら、私たちにも何かをさせてくれればいいのに。学位だって取れる。何か役に立つことができる。

役に立つ？と彼女は言った。学位？　ハハハ。

私は遠い国から助けを求めてここに来た、とクルド人の収人が彼女に言った。なのにこんな房(セル)に閉じ込められた。毎晩寝る場所はトイレ。同じ房(セル)にいるのは知らない人。宗教だって違う。

房(セル)じゃない、部屋(ルーム)よ。雨風がしのげる場所を与えられただけで幸運だと思ってよ、と彼女は言った。

一人の収人は床に横になっていた。頭は便器のすぐそばにあった。男はその角度から頭の上にある鉄柵と強化ガラス越しに、何かを逆さまに見た。

この刑務所では窓が開けることできないの？

窓を開ける、と彼女は言った。それにここは刑務所じゃない。設計は刑務所に似ているけど、特定の目的で建てられた〝入国者退去センター(IRC)〟。

刑務所に似た設計の入国者退去センターで暮らすていると空気を夢を見る、と収人は言った。

暮らしていると、と彼女は言った。あるいは、暮らすと。空気を夢に見る。

英雄（ヒーロー）というのが男の名前だった。ベトナム人。調書によると、運送用コンテナに七週間密閉された状態でイギリスに来たらしい。

上空を飛行機が飛んで大きな音が響いた。

正しい言葉を教えてくれてありがとう、ミス・DCO・B・ホール、と彼は言った。人に助けてもらうのはうれしいです。一つ教えてください。本当の空気をするのはどう気持ちですか？

空気を吸う、と彼女は言った。どういう気持ち。どうして床に寝てるの？　飛行機でも数えてる？

飛行機は二、三分に一度の頻度で建物を揺らした。

くまを見る、と彼は言った。

雲のことだ。

見てる、と彼女は言った。雲。馬の形をしてるとか？　地図みたいとか？　私も昔、そんな遊びをしてた。

男は彼女を見て、また視線を戻してよそを見た。

馬いない。地図ない、と彼は言った。

彼女はその夜、同僚の女性職員にトーキルを加えて夏の贅沢パーティー――コヴェント・ガーデンで酒とタパス――に出かけた。地下鉄から店まで歩く途中、渋滞にはまったスポーツタイプのアウディに乗るカップルを見た。二人は屋根を開け放った車で互いに大きな声を上げていた。

全部あなたの問題でしょ、と女は男に向かって叫んだ。

俺には全然関係ない、と男は女に叫んだ。

ブリットは顔を上げた。頭上の空は雲一つなかった。くま一つなかった。彼女は学校で習った地理の授業を思い出した。空気中に小さな粒子があるときにしか雲はできない。小さな塵、あるいは塩の粒。エアロゾル。地表から立ち上った水蒸気がそこに付く。冬に神が吐き出したような巨大な白い塊、あるいは小さくちぎった白い綿、あるいは汚れた灰色の雲堤は、空気によって形作られた塵と水でしかない。彼女は今、ベッドに横になり、アーテックスで塗装された天井を見ていた。アーテックスは石綿(アスベスト)だ。彼女の父親は石綿症から来る合併症で死んだ。なのにこのクソ天井にはまだ石綿が使われている。

どうでもいい。

今は九月。

この夏は暑かった。人々はあちこちで怒り、真っ赤に燃えていた。顔色が紫に変わるほどに。

全部あなたの問題でしょ。

今はもう涼しい。彼女も少し落ち着いた。くまに慣れつつあった。ハハハ。簡単なことだ。彼女は明かりを消し、予備の枕を頭の上に載せた。

そして眠った。夜が過ぎた。携帯のアラームが鳴った。彼女は目を覚ました。

ベッドを出て、きれいな服を身に付け、駅までバスに乗って、そこから列車で仕事場へ。

ある日、ＢＢＣの取材陣が駅の外にいた。その時々に注目されている問題について街頭インタビューをする人々だ。一人の男が長いマイクを彼女の鼻先に突きつけ、別の男が彼女に訊いた。

あなたにとってEU離脱（ブレグジット）がどのような意味を持つか教えてください。

彼女は施設にいる人々のことを考えた。

そして厚生係のステルから聞いた話を思い出した。最近では、収入の福利に関する問題はますます誰も話を聞いてくれなくなった。よそから来た人間はみんな移民で、合法的移民だって違法な移民と同じようにメディアや一般人に嫌われているから、みんないなくなれば何も考えなくて済むって思ってる、と。

いいんじゃないですか、別に、と彼女はマイクに向かって言った。

インタビュアーはさも彼女が重要な発言をしたかのようにうなずいた。

政府は粛々と手続きを進めればいいとお考えなのですね、と彼は言った。

ええ、と彼女は言った。それ以外の選択肢ってあります？　正直言って、クソどうでもいい問題ですよ。言葉が汚くてごめんなさい。ていうか、EU離脱（ブレグジット）より大きな問題が世界にはありますよね？　それなのに。まあ、そういうことです。

EU離脱に関する先の国民投票ではどちらに投票しましたか、とインタビュアーは訊いた。

いいえ、それは、どちらに投票したかは言いたくありません。それを言うことで私について何かを決めつけられたくありませんから。ただ一つ言いたいのは、私は当時まだ若かった、政治に意味があると思っていたってことです。それが今ではこれです。この果てしない。こういう状態が続くと、人の、ほら、魂がおかしくなりそう。私がどっちに投票したとしても、あなたがどっちに投票したとしても、人がどっちに投票したとしても関係ありません。だって最終的に誰も他の人の考え――自分とは違う考え――に耳を傾けることもないし、それを気に懸けることもないのなら、どっちに投票しても意味ありませんよね。あなた方マスコミだってそうです。いっつも私たちにどう思いますかって尋ねてばかり。私たちの考えなんてどうでもいいと思っているくせに。あなた方はただ喧嘩が見たいだけなんです。私たちに喧嘩をさせて、それを電波に乗せたがっている。おかげでどうなったと思います？　おかげで私たちの存在が無意味になったんです。あなたたちのせいで私たちの意味がなくなった。そして権力の座にある人たちがすべてを私たちの代わりにやってくれるっていう寸法です。民主主義のために。ええ、そう、見え透いてる。権力者はそれを金のためにやってる。おかげで毎日毎日、私たちは意味を失っているんです。

取材陣は彼女に礼を言った。それから名前を尋ね、職業を訊いた。

ブリタニー・ホール。ＩＲＣのＤＣＯです。

女性のアシスタントは言葉の意味を聞き返すこともなくメモをした。名前はブリトニー・スピアーズみたいに書いた。よくある間違いだ。出来上がったメモは間違いだらけだった。ブリトニー・ホール。ＲＣ　ＤＣ。

てことはやっぱり本当にどうでもよかったんだ――私が何者で、何の仕事をしていようと。

彼女は改札を通り、列車に乗り（無駄に時間をつぶしたせいで座席はもう空いていなかった）、仕事に向かった。

彼女は列車を降りた。駅からの道を歩き、空港を囲む剃刀鉄線のフェンスの間を進み、幹部・来客用駐車場を抜けた。

こんにちは、生け垣さん。

ブリタニー・ホールがイギリスのIRCでDCOとして働きだして最初の二か月で学んだこと。

・プライバシーの意味（つまり、自分は収入ではないということ）。
・第三者による施設視察が実施され、公式報告書がまとめられたときの影響。すなわち、面会室に新しい冷水機が設置されるということ。
・この国では常時三万人が勾留されていること。全国でその規模の収入がいることによってSA4Aの給与が安定すること。
・収入はまるで時差ボケしているみたいに棟の中をうろつくこと。勾留期間が長くなるほど、時差ボケは激しくなる。初めてここに来るとまず、出身地、宗教、言語など共通点のある人々と親しくなる。その後、友情は消える。そうした光景は何度も目にした。実際今共有しているのは大便、囲いのないトイレ、そして無期限にこの場所に閉じ込められている境遇だ。いつここから出られるかは分からないし、出られるかどうかも分からない。たとえ出られたとしても、次にまたいつここに戻されるか分からない。

・話しかけるべき収人をどう選ぶか、無視すべき収人をどう選ぶか。
・誰かをヘッドロックしている他のDCO、あるいは収人を落ち着かせるためにその体の上に座っている四人と天気の話をする方法。
・**連中がまた暴れてる。ここはホテルじゃない。ここが気に入らないなら母国（ホーム）に帰ればいい。毛布が欲しいなんて厚かましい**などと、何も考えずに言う方法。彼女の耳に自分が最後の台詞を言うのが聞こえた日は、何か恐ろしいことが起こっている自覚があった。しかし今ではその恐ろしいこと——死のように恐ろしいこと——がひどく遠い場所での出来事みたいに感じられる。まるでそれは自分に起きているのではない、強化ガラスの向こう側で起きていることとみたいだ。施設の窓で用いられているガラス。窓とはいっても、施設のものは実は窓ではない。窓に見えるようにデザインされているだけだ。

効果的な移民システムを維持していくには勾留が鍵となる。

HO（内務省を表す略語にも見えるが、「ホー」という高笑いにも見える）。

何人（なんぴと）も無期限に勾留されるということはなく、勾留が合法かつ適当であることを確認するために定期的に勾留の再審査が実施されている。

HO HO HO HO。

そしてこんなことが起きた。

十月のとある月曜日のこと。ブリットは列車を降りた。昼前。今日の彼女は午後の勤務だ。階段を降りて改札に進み、外に出た。

駅の外にある金属製のベンチに学童が座っていた。

すみません、と子供が言った。

私？とブリットは言った。

（今列車を降りた人はかなりたくさんいた。）

ちょっと手伝ってもらいたいことがあるんですけど？と少女は言った。

ブリットは携帯で時刻を確かめた。

あなたくらいの年の子は学校にいる時間じゃないの？と彼女は言った。

それ、とってもいい質問ですね、と少女は言った。

なら答えてちょうだい、とブリットは言った。

答えます、と少女は言った。でも少し待って。今は別のことを考え中だから。

何を考え中？とブリットは言った。

ＤＣＯってどういう意味か、と少女は言った。

え？とブリットは言った。ああ。

（少女の目はブリットの首掛けＩＤとちょうど同じ高さにあった。）

それは私が監護官（Custody Officer）だってこと、とブリットは言った。

Ｄは何の略？と少女は言った。

収容者（Detainee）、とブリットは言った。

Ｂは何の略？と少女は言った。

ブリットは自分のＩＤを手に取った。

それは私のファーストネーム、とブリットは言った。

ファーストネームが一文字でＢ？と少女は言った。すごくかっこいい。いいと思う、そういうの。

馬鹿なことを言わないで、とブリットは言った。Ｂは私の名前の頭文字。当たり前でしょ。

私も名前を最初の一文字だけにしようかな、と少女は言った。

ファーストネームは何？とブリットは言った。
Ｆ、と少女は言った。
ブリットは声に出して笑った。

本当の名前は？と彼女は言った。

フローレンス、と少女は言った。

へえ、あなたがフローレンスなら、私はマシーンかな？とブリットは言った（二〇〇九年にデビューしたバンド〝フローレンス・アンド・ザ・マシーン〟を踏まえて）。

少女は面白がった。ブリットは人に面白がってもらえたことが妙にうれしかった。

ねえ。名前がフローレンスだと、きっといつも周りの人に同じギャグを言われるでしょ、とブリットは言った。

たしかに。でもいつも言われるのは、君のマシーンはどこにいるんだい、フローレンス、とかそんな感じ。自分がマシーンだと言った人は今回が初めて、と少女は言った。

うん、でも私は実際マシーンね、とブリットは言った。必ずしもあなたのマシーンじゃないけど。で今、マシーンがあなたに言いたいのは〝学校〟ってこと。今は頑張って方程式とか何かの勉強をしているはずの時間じゃない？　どこの学校に行ってるの？　ていうか、どこの学校をサボってるの？

再び少女は笑った。ブリットは笑っている少女のブレザーに付けられた紋章を読もうとした。ウィーウント・スペー。ラテン語だ。生きている、生きる。彼らは生きている。後ろは分からない。

少女はポケットから何かを出し、ブリットに差し出した。ブリットは少女の隣に腰を下ろした。

それは古そうな絵はがきだった。何年も前に送られた絵はがきで、石が多く転がり、水量の少ない川と木々が写っていた。鮮やかな青色の川では、かなり遠くの方で三人の子供がパドルを漕いでいた。この青は加工してある。フェイクだ。実際の水はこんなに青くないだろう。ひょっとすると緑も色が足してあるかも。とはいえ、絵はがきに写された日は天気もよく、空はわずかに霞がかかっているが青く、雲は一つだけで、遠くには丘や山、木々、川沿いには石の多い土手、その奥には広い草地があった。はがきの下端には〃キンガシー　ジナック川とゴルフコース　五三三九W〃と書かれていた。そこがゴルフコースだと分かると、写真の中で遠くの方にとても小さな三人の人影を見分けることができた。おそらくゴルファーだ。

ふうん、とブリットは言った。誰から来たはがき？　反対側を読んでもいい、それとも個人的な内容？

どすき、と少女は言った。

どすき？　どすきってどういう意味？とブリットは言った。

どすきは〃どうぞお好きなように〃ってこと、と少女は言った。

ことあま、とブリットは言った。

ことあまってどういう意味？と少女は言った。

じゃあお言葉に甘えて、とブリットは言った。

私と同じしゃべり方！と少女は言った。

はがきは実際古いものだった。消印は数十年前のもの。ブリットが生まれる十年前のものだった。

一九八六年四月十六日午後五時三十分。インヴァネス郵便局。ヘイル・カレドニア社製絵はがき。親愛なるサイモン。キンガシーには土曜の夜五時半に到着。いい旅だった。こちらはとても暖かい。今日は日が照っている。月曜の午後にはインヴァネスに行く予定。観光バスでネス湖の見物。ではまた。デズモンドおじさんより。


彼女ははがきを少女に返した。

で？と彼女は言った。

絵はがきにあるこの場所って正確にはどこ？と少女は言った。

書いてあるでしょ、そこに、とブリットは言った。

それはつまりどこ？と少女は言った。

調べなさい、とブリットは言った。携帯とかパソコンとかで調べたら。今学校にいれば、簡単に調べられるんじゃないかな。

パソコンを使いたくない場合は？と少女は言った。

使いたくない理由は？とブリットは言った。

とにかく使いたくない、と少女は言った。

その理由は？とブリットは言った。

痕跡を残さないように旅をしたい、と少女は言った。

理由は？とブリットは言った。

それもそう、と少女は言った。理由という痕跡も残したくない。

どうしてそこまで痕跡を気にするの?とブリットは言った。

あなたは知ってるでしょ、と少女は言った。あなたはマシーンだから。とにかくどうやったらそこに行けるの? 真面目な話。この場所はこの国にあるの?

ご両親に尋ねないとね、とブリットは言った。

仮に、あくまでも仮定の話だけど、と少女は言った。人に訊きたくないとしたらどうかな。

どうして?とブリットは言った。

あなた以外の人には、と少女は言った。

あなたが尋ねている相手はマシーンよ、とブリットは言った。

いいえ、私はあなたに尋ねてる、と少女は言った。どうしたらいい?

そうね、その場所はスコットランドにある、とブリットは言った。

そうなの?と少女は言った。わお!

うん、とブリットは言った(九九・九九パーセントの確信だ。風変わりな地名からするとデヴォン州、そうでなければヨークシャーという可能性もあると最初は思った。でも裏にはネス湖とあった。ネス湖はスコットランドで間違いない)。

それってどこ、ていうかここからの行き方は?と少女は言った。ていうか、スコットランドがどこにあるかは知ってる。でもスコットランドのどこ? ここからはどうやったら行ける?

飛行機、それか列車、それかいちばん安上がりなのはたぶんバス、とブリットは言った。でもおそらくチケットを買うには大人の同伴が必要ね。もしもお金に糸目を付けないなら、ここからヘリでかなり近くまで行けると思う。行きたいのはずばりこの川ってこと？　なるほどね。分かる。あなたはどう見ても実力派のゴルファーだわ。いかにもイギリス中のゴルフコースをぐるぐる巡ってる感じがする。私はゴルファーを見たら一目で分かる。

少女は彼女の横で腹を抱えて笑った。

おたくの鳥さん（バーディー）は元気？　いや、わし（イーグル）かな。幽霊（ボギー）はどうしてる？とブリットは言った。

みんな元気です、ありがとう、と少女は言った。

ゴルフボールがさっきのその何とかいう川に落ちないように気を付けないとね、とブリットは言った。もう一度見せて。ジナック川。ちょっと中世風の名前。デズモンドおじさんはどうなの？　この人もゴルファー？　サイモンの方は？　二人は車を持ってないの？　どちらかに車で送ってもらえるかもね。

二人とも私は知らない、と少女は言った。二人のことはどうでもいいと思う。

どうでもいい？　どうでもいい人なんていない、とブリットは言った。

いいこと言うね、それ大事。ていうか、この絵はがきは単に一つの例にすぎなくて、私は今から自分が行かないといけない場所の名前が分かればそれでいい。

じゃあ、あなたにその絵はがきを送ってきたのは誰なの？とブリットは言った。その人たちに車で送ってもらったら？　あなたの家族は？

車でどこかに連れて行ってくれる家族がいない場合はどうすればいい？と少女は言った。

家族がいないってそれはどういう意味?とブリットは言った。

あなたは車を持ってる?と少女は言った。

車を持ってたらこんなふうに毎日列車に乗るかしら?とブリットは言った。

それは乗るかもしれない、もしも環境に気遣う人なら、と少女は言った。私をこの場所まで車で送ってくれない?

普段あなたの世話をしている人があなたをそこに連れて行くべきで、見ず知らずの人がそうするべきじゃない、とブリットは言った。あちこち車で連れて行ってなんて赤の他人に頼むのはおかしい。今は二十一世紀よ。これまでにも増して見ず知らずの人間は危険。私たちがこれほど危険だったことはない。あなたの世話をしている人は?

　里親(フォスター・ファミリー)、と少女は言った。

それでフォスターさん一家(フォスター・ファミリー)はどこに住んでるの?とブリットは言った。

その後、こう言った。ああ。里親(フォスター・ファミリー)。

私はこの場所に行かないといけない、と少女は言った。一種の命令。できるだけ急いで行かないと。

　里親(フォスター・ファミリー)の人が連れて行ってくれる、とブリットは言った。

少女は首を横に振った。

どうしてそんなにこの場所に行きたいの?とブリットは言った。向こうで何かやってるの?

そんなに急ぐ用事じゃないでしょ。はがきだって三十年以上前に投函されたものなんだし、ハハハ。

そこに列車で行く場合、と少女は言った。ロンドンでそこ行きの列車に乗るためには、どこの駅に行けばいい？

里母（フォスター・マザー）に訊きなさい。携帯で調べてもらったらいい、とブリットは言った。

あなたの携帯で調べてもらえませんか？と少女は言った。

ああ、とブリットは言った。じゃあこうしましょう。調べてあげるから、あなたも私の頼みを聞いてくれる？

それいいかも、と少女は言った。

じゃあ取引成立、とブリットは言った。というか一応、約束ってことで。

彼女は携帯を取り出した。仕事にかなり遅れていることに気づいたが、地名を入力し、表示された内容を少女に見せた。

毎日ここから直通列車が出てる、とブリットは言った。それか――この場所まで行くといい。ここは、さて……どういう場所でしょう？

彼女はエディンバラの上に指を置いて少女に見せた。

どこの首都？とブリットは言った。

マシーンってみんなそんなに先生みたいなの？と少女は言った。

それがマシーンってものよ、とブリットは言った。それで思い出した。仕事に行かなきゃ。オーケー、じゃあまずそこまで行って、そこまで行く別の列車に乗り換えてね。

私たちが今日出かけたら、と少女は言った。今日中にたどり着ける？

あなたが今日出かけたら、ええと、分からないな、とブリットは言った。たぶん今日中には無理だと思う。列車だと。飛行機なら大丈夫、うん。かなり北の方だから。

ああ。

少女の顔から元気がなくなった。

一日で途中までは行けるから、翌日、残りを旅すればいい、とブリットは言った。でも私も、家出少女に力を貸したり、けしかけたりするわけにはいかない。家出はやめた方がいい。

私は物事から逃げるタイプじゃない、と少女は言った。

よかった。さてと、とブリットは言った。じゃあ今度は私のお願い。

お願いって?と少女は言った。

私はあなたのために一つのことをしてあげた、とブリットは言った。お返しに私の言うことを聞くって約束したわね。

私は〝それいいかも〟って言っただけ、と少女は言った。

私に約束してほしいの、とブリットは言った。普段あなたの世話をしている人に電話をして、今いる場所を言って、これからしようと思っていることを説明してあげて。

それは無理、と少女は言った。

どうして?とブリットは言った。

携帯持ってないもん、と少女は言った。

彼女は立ち上がり、駅の正面に向かって走りだしていた。

里親さんの名前と電話番号を教えて、そうすればあなたが今いる場所を私から伝えておくから、とブリットは後ろから呼びかけた。学校の名前を教えて。少なくとも。

来て！と少女は言った。早く。乗り遅れちゃう。

私はどこにも一緒に行けない、とブリットは言った。

少女が自分はチケットを持っていないと改札にいる男に説明する声が聞こえた。男はとりあえず改札を開けた。少女が走りながら礼を言うのが聞こえた。ブリットはまた携帯を取り出して、電話をかけようとした——どこに電話をすればいい？　誰に？　九九九？（英国の緊急電話番号）　消防署？　警察？　救急車？

携帯の画面から顔を上げたときには、少女は階段を上がり、プラットホームの方へ姿を消していた。

ブリットは首を横に振り、仕事場に向かって歩きだした。

そして空港道路を三分歩いたところで立ち止まり、きびすを返した。

彼女は駅へと走って戻り、閉まった改札の前に立った。

入れてくれませんか、急いで、お願いだから？と彼女は改札担当の男に呼びかけた。

男が近づいた。

チケットは？と男は言った。

今さっきあなたがここを通した子供を捕まえたいの、と彼女は言った。

ここを通るには有効なチケットが必要です、と男は言った。

むかしむかし、ある朝のこと——それはまだ今日なのだが——ブリットは仕事場に向かっていた。ところが今はイギリスの地図で上の方へ向かう列車に乗り、向かい側の席に座るフローレンスという名の少女がこの中には目に見えない生き物がいるのだという話をしている——

少女が指差しているのは二人の間にあるテーブルに置かれたペットボトルの片方からわざとこぼした水だ——

それで彼は最初の顕微鏡を作ることを思い付いた、と少女は言っている。元々布を作る仕事か何かをしてた人だから、布の材料となる糸がどういうものかを拡大して見てみたいと思ってたの。

それでガラスの研磨の仕方を覚えてレンズを作った。

嘘。本当に?とブリットは言った。

うん、本当に、と少女は言う。彼はガラスを磨いて、極めて小さいけど強力なレンズを作った。

それを使えばものが何百倍も大きく見えるレンズを。

〝極めて〟、とブリットは言う。

次に発明したのはそのレンズを目のそばに固定するための、木でできた装置、と少女は言う。

それは誇張なしにこのくらいの大きさしかなかった。だってレンズもすごく小さかったから。でも、レンズは確かに小さかったけど、それを通して見ると小さなものが大きく知覚できた。

〝知覚〟、とブリットは言う。難しい言葉（ビッグ・ワード）。

母さんはいつも言ってる、世界（ワールド）は一般的に小さくするより大きく（ビッガー）する方がいいって、と少女は言う。それでそのオランダ人は思った（オランダの博物学者レーウェンフックのこと）。よし、これでどんなものでも大きくして見ることができるって。で、一六七〇何年のある日、ランチを食べてるときに、そこに胡椒（こしょう）が振りかけてあった。彼は思った。レンズを使ってこの胡椒の粒を見たら、きっと周りが尖っているか、ハリネズミみたいに棘だらけになっているに違いないって。だって舌の上でそんな感じがするから。目に見えない針が刺さってるみたいに感じるでしょ。そこで彼は胡椒の粒をいくつか一か月くらい水に浸けておいた。それから、裸眼の二百倍くらいに拡大できるレンズを通して胡椒の入った水を見た。すると水の中をたくさんの小さなものが泳いでいるのが見えた。彼はそれを分子（モレキュール）みたいに動物子（アニマルキュール）と呼んだ。それで今度は胡椒の入っていない水でもう一度試した。それでもやっぱり動物子はそこにいた。つまりその生き物は、胡椒のせいでそこに入ったわけではないってこと。

彼はもう一つすごいことをした。トンボの目を通して周りを見るためにレンズを使ったの。まず、既に死んでいるトンボの目を切開して——

たしかに死んでるってどうして分かるの?とブリットは言った。

——気持ち悪いこと言わないで。それで目の一部を切り取ってレンズの上に置いた。そして、レンズとトンボの目の一部を両方同時に通して窓の外を見た。すると街の風景が見えた。でも、何かのアプリで加工したみたいな風景だった。同じ風景が違う角度で何度も繰り返されているせいで奥行きみたいなものが生まれていた。おかげで私たちは今、昆虫の目から見た世界がどんなふうなのかを知っている。

彼が他に観察したものの一つは、自分の歯から取ったバクテリア。そして雨水。コーヒー豆から取った油も見た。カエルの卵も。それで、それでとにかく私たちは今、微生物がどんなものか、細胞（セル）がどんなものかを知ってる。おかげで、人間が裸眼で見られるものは現実に存在しているもののほんの一部でしかないってことが分かった。で、ここには——

（テーブルの上にこぼれた水）

——私たちの目には見えない生き物がたくさんいる。目に見えないからといって何も存在しないわけじゃない。本当に、本当にたくさんいる。そしてもし、たとえば松の葉——普通の松葉、どこの松林にもある松の木に生えた無数の葉の一つ——を見てみたら、もしもそれを切って内部の構造を拡大して見られるようにすれば、絵画みたいに、あるいはステンドグラスのように、それか古代ローマ人が作ったモザイクか、蝶の羽みたいに見える。そこに細胞（セル）の構造があるのが見えると、松葉が巧妙にデザインされていることが分かる——冬には日光を栄養に換えられるよう、そして夏の暑い時期には水分を逃がさないように。だから松は一年中緑でいられる。

生物学の基本。ブリットも既に知っていること。あるいはかつて知っていたけれど、卒業後に忘れていた内容だ。学校を卒業するためにはそのくらいのことは知っていなければいけない。しかしブリットはじっと少女の話に耳を傾けている。雲の隙間から差す午後の日差しが時々ドラムのようなリズムで電柱に遮られながら列車の窓に当たり、ブリットの姿も光で奏でられている楽器のようだ。

正直に言うと、もしも今までに生きた時間を全部遡り、すべての月曜日を一つ一つ確認したとしても、今ほど幸福な月曜の午後は一度もなかったとブリットは百パーセントの自信を持って断言できる。

彼女は今、自分とは何の関係もない子供と一緒に列車に乗り、理由も分からないまま、いずことも知れぬ場所へ向かっている。

無期限に収容されている人間を給料のために監視する職場にはいない――

というのも、見ることは理解のための第一歩でしかないから、と少女は言っている。何らかの理解の単なる表面、表層でしかない。

――そしてもう一つ。〝房（セル）〟という言葉に他にも意味があることをブリットが思い出したのはずいぶん久しぶりだ。〝房（セル）〟だらけの建物で働いていることを考えれば、ずっとそれを意識しなかったのは奇妙だけれども。

彼女はキングズクロス駅でエディンバラ行きの列車に後方から乗り、子供を探しながら前の車両に移動していった。少女は五両目で見つかった。少女は一人でテーブルに向かい、ブレザーを脱いでシャツ姿になっていた。

列車は郊外へ進み、あたりの風景が開けた。ブリットは人々の荷物に紛れて車両連結部に立ち、扉のガラス越しに少女を見ながら、携帯で職場の番号を出した。

そして〝電話をかける〟を押した。受付係が出た。彼女は一歩後ろに下がって、ステルにつなぐように言った。

電話はステルのオフィスの留守番電話につながった。このまま伝言を残すと、今オフィスにいる別の人間に聞かれてしまうかもしれない。

そこで彼女は電話を切り、ステルの携帯に電話をかけた。するとそれは留守番電話につながった。もしもし、と彼女は言った。ステル、私、ブリットよ、ねえ聞いて。今、あの少女と一緒に列車に乗ってる。先月施設を掃除させたっていうあの女の子。たぶん例の子。きっとそうだと思う。で、私は今列車に乗ってる。女の子と同じ列車。ここから彼女の姿が見える。それで私、その、私――

彼女は携帯を口元から離した。

その数秒間、列車の音が留守番電話に録音されただろう。

彼女は1のボタンを押した。

伝言を録音し直す場合は2を押してください、と留守番電話の音声が言った。彼女は2を押した。そして携帯を口元から離し、敷いた線路の上を流れる空気の音を自分の声に重ねて録音させた。

それから携帯をコートのポケットに戻し、自動扉が反応する場所に足を出した。

少女は目の前に広げていた学校のノートから顔を上げた。

席取っておいたよ、と彼女は言った。話の続きも。

その口調はまるで、二人がまだ会話の途中だったかのよう——まるで数時間前までロンドンで別々の列車に乗っていた人間ではないかのよう——だった。

今後わずか五回の核爆発が世界のどこかで起これば、と彼女は言った。永遠の核の秋がやって来て、以後は季節がなくなっちゃう。

そんな偏執症的(パラノイア)なでまかせ、誰から聞いたの？とブリットは言った。

でまかせじゃない。未来のための誠実な警告、と少女は言った。今、海水温が高いこと知ってる？　知らなかったらネットでも調べられる。調べるのは簡単。私の未来ってだけじゃなくて、あなたの未来でもあるんだし。

ネットを使うのは好きじゃないのかと思ったけど、とブリットは言った。

賢い使い方しかしない、と少女は言った。

現代のソクラテス気取りね、とブリットは言った。

古典を引き合いに出すのなら、現代のカッサンドラにしてほしい、と少女は言った。

賢いのね、とブリットは言った。

そうかな、と少女は言った。そこそこ賢いとは思う。あなたもたぶんそう。

ああ、私も結構賢いわ、ありがとう、ブリットは言った。

賢いマシーン、と少女は言った。

それは私のことね、とブリットは言って、少女が取っておいてくれた座席に座った。

テーブルの上にこぼした水の中に生き物がたくさんいるという話を少女がしたとき、通路を挟んだ反対側の席でテーブルに向かっていた女がぞっとした表情になった。

列車内で二人の周りにいる人々は画面を見たり、画面を耳や鼻に近づけたり、膝の上に置いたりしていた。

ブリットと少女は少し前から、少女が〝ラッキー13〟と呼ぶゲームをやっていた。

どんなゲームかっていうと、私が十三個質問をして、二人ともそれに答えていく。分かった？と少女は言った。

分かった、とブリットは言った。

あなたの好きな色、歌、食べ物、飲み物、服装、場所、季節、曜日は何？　動物になれるなら何になりたい？　鳥なら？　昆虫なら？　特技は何？　どんなふうに死にたい？

ああ、最後の質問を考えるのはすごく気が重い、とブリットは言った。これ、誰が考えたゲーム？

私、と少女は言った。ゲームの名前に〝ラッキー〟が付いているのは最後がその質問だからなの。

好みの死に方があることがどうして〝ラッキー〟なの？とブリットは言った。

選択の可能性をあれこれしゃべっていられることがどれだけ幸運（ラッキー）なのかが分からないようなら、と少女は言った。あなたは本当に、本当に幸運（ラッキー）だとしか言いようがない。

少女の答えは次の通りだった。

好きな色は青緑色（ターコイズ）。

好きな二曲はノーネームの「セルフ」（ブリットは最近は音楽シーンを追う時間がないので、ノーネームというアーティストを聞いたことがない）とニーナ何とかの「ウー・チャイルド」（ブリットはこちらも知らない）（ブリットが知らなかったのはニーナ・シモン）。

好きな食べ物はピザ。

好きな飲み物は朝食時のオレンジジュース。

好きな服装は今年の誕生日に手に入れた、花柄が刺繍されたジーンズ。

好きな場所は家。

好きな季節は春。

好きな曜日は金曜。

なりたい動物は桃色妖精（ピンクフェアリー）アルマジロ（どうやらそういう生き物がいるらしい）（通常日本語ではヒメアルマジロと呼ばれるが、ここは英語をそのまま訳した）。

なりたい鳥は十二月の夜中にさえずるコマドリの一羽。

なりたい昆虫はトンボ。その目のことを知っているから。

最後から二つ目は引っ掛け問題、と彼女は言う。だってたいていの人は特技がいくつもあって、それを考えてもらうのが目的だから。

そして彼女は、愛する人の誰よりも先に死にたい。みんなの死を悲しむのが嫌だから。

反対側の席の女が、この列車を自分の家の寝室かバスルームだと思っているかのように、小さな爪切りで爪を切り始める。

別の誰かが携帯に向かって大声でしゃべり始めるので、列車の中がその人のオフィスみたいになる。

少女はブリットが座ったときに読んでいたノートをぱらぱらとめくる。表紙には油性ペンを使って大文字で〝熱い空気（ホット・エアー）〟と書いてある（英語の「ホット・エアー」には「ほら話、でたらめ」の意もある）。地理の課題か、ひょっとしたら理科か。対流。少女は何かを書き込み、古い民謡を口ずさんでいる。ブリットが背もたれに寄りかかり、目を閉じると、爪を切る音と男の声に混じって、少女が歌う古い歌が聞こえる。

〝庭で摘んだ薔薇は新鮮、ああ、私を裏切らないで、ああ、私を置いていかないで〟（「ある朝早く」あるいは「走れ並木を」という邦題で知られるイギリス民謡）。学校では今でも子供たちにあの古い歌を教えているのだろうか？　とても幸せそうに聞こえるけれども、裏切りを歌った歌。

実際に裏切られたのは歌い手の女の子ではないから幸せそうに歌えるのだろう、と彼女は思う。けど桃色妖精（ピンクフェアリー）アルマジロ。

トンボ。

十二月にさえずる鳥。

この少女がウーリッジの売春宿に乗り込んだ――そして無事で出てきた――と噂の子供と同一人物だなんてありえない。

次は私からあなたにラッキー13の出題、とブリットは言う。第一問。ご家族のことを教えて。

駄目、と少女は言う。次の質問をどうぞ。

あなたのお母さん、とブリットは言う。お母さんについて何か話して。それかお父さんのことでも。

それはプライバシー、と少女は言う。でもそんなのとは関係ないことを教えてあげる。

何?とブリットは言った。

さっき私がキングズクロス駅まで乗った列車では、向かいの席に友達といた男の子が携帯に表示された絵文字をこんなふうに読み上げてた。

ハートマーク、ハートマーク、ハートマーク。

ハートマーク、ハートマーク。

ハートマーク。

ハートマーク。

じゃあ次の問題、とブリットは言った。彼氏はいる?

プライバシー、プライバシー、プライバシー、と少女は言う。プライバシー、プライバシー。

プライバシー。プライバシー。あなたは?

どうかな、とブリットは言う。兄弟か姉妹はいる?

それはプライバシー、と少女は言う。あなたは?

一人っ子、とブリットは言う。お母さんから教わったっていうさっきの話、小さくするより大きくする方がいいという話、あれはとても有益だと思う。うまいことを言うのね。人生についてお母さんから教わった別の話を教えて。

うーん、と少女は言う。

うん、私の家庭生活だってプライバシー、とブリットは言う。でもあなたの人生がどんなものかを少しは教えてくれて、交換に私の人生を教えるってことをしないと、友達になったり、互いに知り合ったりするのは難しいんじゃない？

マシーンと友達になるわけ、と少女は言う。それは無理。危険。

待って、いいことを考えた、とブリットは言う。こうしたらどうかな。まず私が誰か、自分の家族について作り話をする。次にあなたが自分の家族について同じことをする。私は母がどうしてブリタニーっていう名前を付けたかを話すわ。

ブリタニーってあの地名みたいな？（フランス語で「ブルターニュ」と呼ばれる半島・地方のことを英語ではブリタニーと言う）

そう、とブリットは言う。でもみんなはブリットって呼ぶ。

私も地名、と少女は言う。イタリアの都市（「フローレンス」はフィレンツェの英語名）。あなたの場合は二つの違う場所って感じに近い。イギリス（ブリテン）とブルターニュ（ブリタニー）。

どうしてそうなったかというと——ええと——うちの母は、いい、これは嘘じゃないんだけど、地理の教科書だからなの、とブリットは言う。笑わないで。本当の話なんだから。母は子供の頃、学校の戸棚の中で長い時間を過ごした。長い間その中にいて、誰かが戸棚を開けるのを待っていた。自分自身も開かれるのを楽しみにしてた。特に、そこに書かれていることを愛してくれる人、世界についてそこに記されているたくさんの事実を学びたいと思っている人によって読まれたいと思っていた。母は地図ではち切れそうになっていた。地名、国や都市の座標、樹木や雲の形成についての説明。川、谷、山、平野、海、浸蝕、そうしたことに関する無数の事実を体の中に収めておくのに必死だった。

じゃあ、お母さんは今ではもう地理の本じゃなくなったの？と少女は言う。

ブリットは今この瞬間に家にいる母の姿を思い浮かべる。

二十四時間ニュースチャンネル。**この先どうなるのかしら。**

今ではもう引退してる、と彼女は言う。母は、その、ちょっと時代遅れになった。教科書としてはね。

それは残念、と少女は言う。あなたの話はちょっと悲劇っぽい。

そうね、とブリットは言う。

そしてそう言いながら、母について自分がした馬鹿げた話で涙が出そうになっていることに気づく。

彼女は涙を食い止めるために目を大きく見開く。

同時に一種の恥ずかしさを感じる。母、馬鹿げた物語。何かを感じたときにそれが複雑な形で顔色に現れる母。娘だから調子を合わせてはいるものの、ブリットにしてみれば全然怒るような話ではないことに腹を立てる母。

誰かの手の中で——優しく——開かれている本という形で母を思い浮かべるだけでブリットは

涙が出そうになる。

お母さんはそもそもどうやって戸棚の外に出たの？と少女は言っている。どうやって子供を産むの？　本がどうやってあなたを産んだの？　あなたが本じゃないのはどうして？　お父さんは？　お父さんも地理の本？　それとも種類が違う？　歴史の本とか？　数学？　詩集？　足し算してできたあなたはどういうものなの？

いいえ、今度はあなたの番、とブリットは言う。誰かの話を聞かせて。お母さんはどう？　私も母の話をしたから。自分のお母さんでなくてもいい。お母さんなら誰でも。

少女は首を横に振る。

私の物語は海の藻屑と消えた、と彼女は言う。おしまい。

それはあなたのお母さんのこと？とブリットは言う。

少女は悲しげにブリットを見る。

お父さんは？とブリットは言う。

少女は悲しげにブリットを見る。

気の毒に、とブリットは言う。

少女は悲しげにブリットを見る。

それは本当の話？とブリットは言う。

あなたが私から聞きたがっている物語としては本当、と少女は言う。でもリアルな次元で言うと、あなたには何も教えない。あなたはプラスチック製の流線型の快適な椅子に座って、肘掛けに組み込まれた穴にコーラを置いて、暖かいシネコンで好きなだけくつろぎながら、先入観に満ちた物語を勝手に何でも想像していればいい。

うわ、とブリットは言う。あなたって桁外れ。どこでそんなしゃべり方を覚えたの？

次はまたあなたの番、と少女は言う。どうぞ。私の先入観を覆すような話をよろしく。

ええ、でもあなたの話は短すぎ、とブリットが言う。

短編（ショート・ストーリー）だもん、と少女は言う。

その後、子供を連れたカップルに席を譲るため、ブリットと少女は二人座席に移る。一家はニューカッスルで下車し、車内はまた静かになる。車掌が検札に回ってくる。彼はブリットに、今回は罰金を課さないけれども二度と不正乗車をしないようにと言う。そして乗車駅を尋ね、罰金を上乗せしない正規運賃をカードで払わせ、去り際に笑顔を見せる。

車掌は少女の方を一度も見ない。当然、チケットを持っているかと尋ねることもなければ、代金を誰が払うかも訊かない。

車掌が車両から出て行って扉が閉まる音が聞こえると、ブリットは少女に向かって眉を上げる。

ずいぶん慣れてるのね、フローレンス、と彼女は言う。

私は何もしてない、と少女は言う。

実際、チケットは持ってるの？とブリットは言う。

私は時々透明人間になる、と少女は言う。一部の店、レストラン、チケットの列、スーパーマーケット、駅とかで何かを尋ねようとして声を出してしゃべっているときでも、私の姿は人に見えないことがある。みんなの目には私が見えない。特にある種（しゅ）の白人には若者とか、黒人や混血の人の姿が見えていない。私たちなんて存在していないみたいに。

先月、私たちの上司のオフィスにあなたが入ることができたのはそういうことなのね、とブリットは言う。

二人で同じ方向を向いて座っている今だと、奇妙にもその話を持ち出しやすかった。少女と向かい合って座っているときには、何かが邪魔になってブリットはその話を切り出すことができなかった。しかし正面から向き合っていない——二人とも進行方向を向いている——今はすんなり言うことができる。

あれはあなただったんでしょ？

少女は窓の方を向き、また昔の歌——今回は「トネリコの森」（ウェールズ民謡）——を口ずさみ、ノートをぱらぱらとめくった。

レセプの前をすんなり通ることができたのはそういうことね、あそこでは受付（レセプション）のことをレセプって言うの。そして監視カメラの目もくぐった、とブリットは言う。人間にはとても無理なことだと思っていたけど。でも、これで分かった。あなたは透明人間だったんだ。

少女は窓の外を見ている。

私がいちばん知りたいのは、とブリットは言う。私たちみんなが知りたいのはね。私たちっていうのは職場のみんなのことだけど。あの上司に訊きたいことはたくさんあるんだけど、そんな機会はないのよ。で、あなたは彼に何て言ったの？

少女はブリットに背を向けたままだ。何も言わない。

ねえ、あなたは知らないかもしれないけど、とブリットは言う。あなたがあの人に何を言ったにせよ、施設は本当にトイレ掃除をしたの。あの夜、清掃業者を呼んで、スチームクリーナーでトイレをきれいにした。すごい一日だった。あの日。掃除が終わった翌日、とブリットは言う。施設ではあんな一日は他になかったって、友達のトーキルが言ってた。職員も含めてみんなが、その、何て言ったらいいのか、あんなふうになったのは。

清潔（クリーン）、と少女は言う。

そう、とブリットは言う。

施設がしたのはそれだけなの、と少女は向こうを向いたまま言う。トイレ掃除だけ。

それは質問ではないみたいな口調だ。しかしブリットは今、一緒に列車に乗っているのが施設の規則をひっくり返した少女だと九九・九九パーセントの確信を抱く。

ブリットはあせらず、話題を変える。そして少女が手に持っている学校のノートを指先でとんとんと叩く。

〝熱い空気（ホット・エアー）〟、とブリットは言う。学校のノート。

学校とは直接関係ない、と少女が言う。これは私の、私の知り合いからもらったもの。私は時々いろんなことを思い付くから、それを書き留められるように。

少女はブリットにそれを見せるが、最初のページを一秒の数分の一しか覗かせない。ページのいちばん上に〝あなたの熱い空気（ホット・エアー）の本〟と下線が添えられた見出しがあって、その下に誰かが

〝昇れ、わが娘、上へ〟と書き、さらにその下に何行か手書きの文章が続いていた。

もう少しゆっくり見させてくれる?とブリットは言う。

駄目、と少女は言う。

他には何が書かれてるの?とブリットは言う。

熱い空気（ホット・エアー）のこと、と少女は言う。プライベートな熱い空気（ホット・エアー）。

列車はまもなくベリック・アポン・ツイードという場所に着く、と車内アナウンスが告げる。

もうすぐスコットランド、とブリットは言う。

でも私はパスポートを持ってない、と少女は言う。

パスポートは要らない、とブリットは言う。この国境には不要。少なくとも、今のところは。

〝今のところは〟ってどういう意味?と少女は言う。

え、スコットランドとイングランドの国境ってこと、とブリットは言う。当然だけど。

何が当然?と少女は言う。

違う国だから、とブリットは言う。

それ見えるかな?と少女は言う。

スコットランドのこと?とブリットは言う。

じゃなくて、違いのこと、と少女は言う。

そして窓の方に体を寄せる。

ていうか、既にスコットランドに入ってるかもしれないんだけど、とブリットは言う。

国境なんて見えなかった、と少女は言う。あなたには見えた？　違いが全然分からないんだけど。

歴史を遡ると、とブリットは言う。どこに行くにもパスポートなんて必要なかった時代があった。人はどこにでも行けた。それもそんなに昔のことじゃない。

それは歴史の本だったお父さんから聞いた話？と少女は言う。

私の父が、とブリットは言う。歴史の本。母にそんな話をしたら、きっと馬鹿受けね。

少女は体の向きを変えて話を始める。

〝この国境が二つの土地を分けている〟と言う代わりに、さっきあなたが〝お母さんは地理の本だ〟って言ったみたいな感じで、〝母は二つの国で、父は国境です〟って言ってみたらどうかな。

それはうまくいかないでしょうね、とブリットは言う。母親は途中に線があって邪魔だって文句を言うだろうし、父親はきっと自分の両側にある国と同じ大きさになりたいって言いだす。新しいタイプの離婚手続きが生まれるだけね。

あなたの両親は離婚してる？と少女は言う。

それはプライバシー、とブリットは言う。

たとえば仮に、と少女は言う。〝この国境が二つの土地を分けている〟と言う代わりに、〝この国境が二つの土地をくっつけている〟と言ったらどうかな。違いを持った二つのとても興味深い土地を国境がつないでいるわけ。国境を越える場所では、いや、越えたときには人が持つ可能性が二倍になるっていうのはどう。

能天気（ナイーブ）な考え方、とブリットは言う。いろいろな点で。

十二歳だもん、と少女は言う。当然でしょ？　でも聞いて。仮に。仮の話。紙の冊子とかカメラに目を写したり、指紋を押しつけたり、顔の情報や何かで自分が何者であるかを証明する必要がなかったとしたら。自分の目で見たものとか、手で作ったもので自分が何者であるかを証明できるとしたら――

あるいはどんな変顔ができるかでもいいかも、とブリットは言う。そんなことしたら全面戦争。舌丸め戦争が始まる。

舌丸め戦争って何？と少女が言う。

遺伝的体質が原因で舌を丸めることができる人に対する戦争が起こる、とブリットは言う。攻撃を仕掛けるのは遺伝的にそれができない人たち。逆かもしれないけど。いずれにしても戦争になる。あなたは正面から見てUの字みたいに舌を丸められる？

少女はやろうとする。ブリットは笑い、手本を見せる。

へえ、でもあなたにそれができて私にはできないからといって、私は別に戦争を起こしたいとは思わない、と少女は言う。

でも私の話を信じてほしいんだけど、とブリットは言う。突き詰めればそういう遺伝的な無作為パターンみたいなものに行き着く。

何が行き着くの？と少女は言う。

憎悪、とブリットは言う。

少女はため息をつく。

ブリタニー、あなたのせいで私の想像力あふれるアイデアがすべて台無し、と彼女は言う。

たしかに、とブリットは言う。

公正(フェア)じゃない、と少女が言う。

その通り、とブリットは言う。

悲観的なのね、と少女が言う。

嘘がつけないだけ、とブリットは言う。

非人間的、と少女は言う。

それが私の仕事、とブリットは言う。

仕事は変えられる、と少女は言う。

老いたるマシーンに新しい芸を覚えさせるのは無理（「老いたる犬に新しい芸を覚えさせることはできない」という英語のことわざを踏まえている）、とブリットは言う。

内蔵された老朽化（通常は機械等が一定年数で故障するよう故意に仕組むことを意味する言葉）、と少女は言う。いずれ錆びる。でも心配ご無用。あなたが錆びたら、私たちがちゃんと油を差して、調整して、新しい仕事ができるようにアップグレードしてあげる。

いずれお手前を見せてもらいましょう、とブリットは言う。

いずれ見せます、いずれ見せます、運がよければトンボの目みたいにいろいろな角度から、と少女は言う。またゼロから始めればいい。私たちは回転(リボルブ)する。

進化の間違いでしょ、とブリットは言う。

いいえ、回転、と少女は言う。革命みたいに。私たちは新しい場所へと転がっていく。

じゃあ反逆かな、とブリットは言う。あなたが言ってるのは反逆のことね。

私が言ってるのは回転、と少女は言う。

いいえ、違う、とブリットは言う。

違わない。私たちは世界をぐるぐる回すの、と少女は言う。みんなそれぞれに違った形で。

彼女はブリットに背中を向け、また窓の方を向いて暗闇を見つめる。まるで遠くの光の正体を見定めようとしているかのように。

それからしばらくして少女は眠る。子猫か子犬のように、眠るときはあっという間だ。眠りは少女の活動をぱったりと止め、少女はブリットにもたれるように眠りに落ちる。その間、列車はまったく違う国の闇の中を進む。ブリットがその存在は知っていたけれども、訪れたことのなかった場所だ。

いやはや、このブリタニー・ホールはどうだろう。

彼女には文字通り、今の自分が信じられない。

私の頭がまた働きだした。

機知もあるし、面白いことも言えてる。

反応も素早い。

本当なら今は職場にいるはず。今日は月曜だ。

なのに生け垣もなければ、地下世界もない。今いるのはここ。一人の子供——ただの子供ではなく、何と例の伝説的な子供——が隣に座っているだけではなく、彼女の右腕にもたれてぐっすり眠っているので、ブリットとしては見知らぬ子なのに、今までに人や物に対してこれほど守ってやりたいという気持ちになったことはない。親戚でもなく、今朝会ったばかりの、他人の子供なのに。

彼女は横から手を伸ばし、少女が脇に挟んでいる〝熱い空気(ホット・エアー)〟ノートを取る。そして片手で開き、ぱらぱらと中を覗く。

女の子らしい筆跡で短い文章——短い物語のような——がたくさん書かれている。

一つの文章にはたくさんのウェブサイトやソーシャル・メディアの声がまとめられている。実際、とても滑稽で鋭い文章だ。思わず笑って体が震え、少女が目を覚ましそうになる。

また別の文章には世間にあふれる極右と極左の意見が書かれている。少女は文字の大きさをさまざまに変え、一部は大文字でそれを書き写している。いかにも学校に通う子供がやりそうな能天気(ナイーブ)なことだが、機知も感じられる。ブリットはそれを見て考え込む。

今世界で起きていることをわずか十二歳の少女でも見抜くことができる。

壁のようにぎっしり書かれた一つの段落がある。記されているのはツイッターっぽい猥褻な言語だ。その後には本当に素敵な物語がある。おとぎ話みたいな物語だ。一人の少女が死ぬまで踊ることを村中の人、そして何百万ものネット上の人々が望むけれども、少女がそれを断る話。

彼女はノートを閉じ、少女の学校用鞄の上に置く。ピンク。

ブリット自身の好きな色は青。

好きな歌はアレッソの「ヒーローズ」(でも、アデルの「私たちが若かった頃」も好きだ。ジョシュと自分が学校に通っていた頃、ジョシュが腰を痛める前のことを思い出させてくれるから)。

好きな食べ物は焼いたもの、あるいはバーベキューソースがたっぷり付いているものなら何でも。

好きな飲み物はウオッカ。

好きな服装は素っ裸(でも子供にそんなことは言えないので、代わりにオールセインツの青いドレスということにした)、好きな場所はフロリダ。十歳のときに両親と一緒に行った場所だ。好きな季節は冬。好きな曜日は金曜。なりたい動物は雌ライオン。鳥はチョウゲンボウ。昆虫はクモを食べられる何か。

特技? 発明。

好きな死に方? ベッドで眠ったまま、何も知らずに。

トレーニングシューズに組み込まれていてただ歩くだけで充電できる装置は天才的なアイデアだと思う、と少女は言っていた。今すぐ誰かが作って売ればいいのに。今の仕事をやめてそれを作ったらいい。それと、私とあなたはいちばん好きな曜日が同じ。それから。私たちが季節なら、私はあなたの後を付いていく。

あなたは私のおしまいを意味する、とブリットは言った。あなたが私にとどめを刺す。

いいえ、あなたのおかげで私が可能になる、と今ぐっすり眠って彼女にもたれている少女は言ったのだった。

それから午後はずっと、青いものを身に付けた人が通路を通るたびに、少女は彼女を小突いて青と言った。

この十年、ブリットが好きな何かに関して十秒以上気に懸けた人が誰かいただろうか？

それはまるでおとぎ話に迷い込んだような気分だった。

これはぜひ母に携帯メールを送らないといけない。**私は今おとぎ話の世界にいる。この先どうなるのかしら。**

おとぎ話にこれほど接近するのは少し危険な気もする。

私はどういう役を演じることになっているのだろう？　年上で賢くて、この子に助言をする役だろうか？

私は魔法？　あるいは魔法を必要としている？　私はこの子に嫉妬してる？　魔法にかけられている？　森で迷子になった？　若くて愚かな私が今から何かを学ぼうとしている？　本当に大事な何かを守る役？

悪役、それとも善玉？

彼女が窓の外の闇に目をやると、そこには自分の顔しか見えない。

（二日後、南に向かうときには、外に海が見えて彼女は驚く。北へ向かうこのときにはそこに何があるかまったく分からなかった。）

この子が今どこにいるか心底心配している人がどこかにいるはずだ。

誰か連絡すべき相手を探さないと。

そして、職場の仲間はこの話を聞いても、きっと信じてくれないだろう。

そして、きっと少女の両親は私に感謝するだろう。少なくとも両親の一人は。

これで昇進ということもあるかもしれない。

彼女は寝ている少女を起こさないよう慎重に携帯をポケットから出す。

そして夏の喧嘩以来初めてジョシュにショートメッセージを送る。

ねえ、ジョシュ、私。折り返しでラテン語の翻訳をお願い。ウィーウント・スペーってどういう意味?

SA4A社IRC所長バーナード・オーツとフローレンス・スミスは九月のあの日、こんな会話をした。

——こんにちは。

——こんにちはって一体——

——今日はいくつか質問があってここに来ました。

——何だって?

——では。まず。最初の質問。

——誰なんだ君は?

——あなたによってここに勾留された人たちのトイレがどれもすごく汚れているのはどうしてですか?

——ト——?(大きな声で)サンドラ! サンドラ、すぐにここに来てくれないか?

——オーケー、じゃあ、今からはこうします。私の質問に答えられない、あるいは答えてくれない場合には、しつこく訊くことはせずに、次の質問に移ります。じゃあ次の質問。ここに人が連れてこられるときとか、ここから人を連れ出すときとかに、実際には犯罪者でもないのに手錠を掛けるのはどうしてですか?

——グレアムが君をここに来させたのか? トイレのことを質問しろって、あいつ、あいつらに言われた?

——オーケー、どうも。次の質問は二つ。人をここに連れてくるとき、真夜中に連れてくるのはどうしてですか? しかも真夜中なのに窓を真っ暗に加工してあるバンを使うのはどうしてですか?

——それとも人事課のエヴィーか? エヴィーに言われてここに来たのか?

——オーケー、じゃあ、次の質問はこれ。どうしてここの部屋の扉は内側に取っ手がないんですか?

——君はどうして——君は家族ユニットの方に入ってるのか? ここでそういう学校みたいなまねをするんじゃない。ここは課題学習をする場所じゃない。関係者以外立ち入り禁止だ。

——オーケー。どうしてここは刑務局管轄なんですか? ここの職員は、拷問や戦争や食糧不足のせいで自分の国にいられなくなった難民を相手にして働いているんじゃないんですか?

——やめなさい、そういう質問は。何をメモしているんだ?

——オーツさん、あなたのやっていることは法律違反だと知っていましたか? 法律には、この国で起訴前に合法的に人を勾留できるのは七十二時間までと定められています。

——君はここに入ってきてはいけない。ここに入るのは禁止されている。身元確認を経ないと。

ここに入ることは許されない――

――もう一つ訊きたかったのは。昨日ネットで読んだんですけど、自国で拷問に遭った人をこみたいな収容所で勾留するのも違法だと高等法院が判断したそうです。その後、内務省が拷問という言葉の意味をさらに狭めたという記事も読みました。だから、詳しい人に一つ訊きたかったんです。拷問という言葉の狭い意味って何ですか？　そして拷問という言葉の広い意味って何ですか？

――オーケー、私から君にお願いだ。出て行ってくれ。さあ。私は丁寧にお願いしている。このオフィスから出て行ってください。さあ、これで二回丁寧に、出て行くように頼んだからね。記録に残してくれたかな？　私の指示に従わなければ、警報を鳴らす。よろしい、今、警備を呼んだ。すぐにみんなが――（大きな声で）サンドラ。**サンドラ**、ここに来てくれ。**サンドラ**。どこに行ってるんだ――まったくどこに――

――オーケー。じゃあ、質問はあと少しだけ。困っている人がよその国に移り住むのは本当に犯罪なんですか？

――これは今撮影しているのか？　録音してる？　君のためにその質問を書いたのは誰だ？これはどういう話なんだ？

――どういう話かというと、十二歳の女の子があなたのオフィスの椅子に座って、あなたの仕事場について質問しているという話。私はネットで公開されている記事や本に書いてあることを読んだり理解したりできる年齢だから、そういうものをたくさん読んでる。その理由の一つは、個人的に自分の人生に関わる問題だからというのもあるけど、どっちみち私にとって興味深い問題だからということもある。そしていろいろ読んでいるうちに、あなたみたいな責任ある立場の人にいくつか質問をしたくなった。

——責任って何に対して？　私に何の責任があると言いたいんだ？　カメラはどこ？　ニュースか何かなのか？　新聞か？　パノラマ？（英国の時事ドキュメンタリー番組）、チャンネル4の人間なのか？

——あなたの話がどういうものなのかは、私が今日した質問に対してどう対応するかで決まると私は思う。何かをするのか、何もしないのか、前向きに対応するのか、後ろ向きなことをするのか、今よりひどくするのか、今よりましにするのか。とにかく、現状についていろいろ情報を与えてくれたことに感謝します。

——情報？　情報を与えたってどういう意味だ？　何の情報？

——失礼します、ありがとうございました、オーツさん。

——おい。**おい。**いつ私が情報を与えたって言うんだ？　**おい。**

長い話を短くすると、昨晩、少女はエディンバラ動物園近くのホテルに泊まろうと提案した。

そして実際にそうした。

ブリットは一晩中、獣か何かの〝オー、オー、オー〟という声を聞き、朝は耳慣れない鳥の声を聞いた。

でも、こんなことがあった。今朝、朝食を済ませた後にフロントに行き、ブリットがカードを出そうとすると、そこにいた女がそれは要らないという様子で手を振った。

六十八号室のフローレンス・スミスさんとご一緒の、六十二号室にお泊まりのお客さんですね、と女は言った。

はい、とブリットは言った。

お支払いは不要です、と女は言った。よい旅を。

しかし女は唖然としたような表情を浮かべていた。自分がそんなことをしている驚きが顔に到達する直前のような表情だ。

その後、二人は駅に行った。

改札の男がフローレンスのためにゲートを開けて一礼をし、ブリットも一緒に通す。列車内で検札に来た女車掌は、二人以外の客のチケットをチェックした。列車に遅れが出ると、車掌がまた車両に来て、二人のいるテーブルの横で立ち止まり、まるで特別な客であるかのように遅延を詫びた。

ねえ、あなたと私、と車掌がまた車両を出ていった後ブリットは言う。この調子だと私たち二人で世界を征服できるんじゃないかな。

世界であろうと何だろうと、私は征服することに興味はない、とフローレンスは言う。

私は自分の居場所から逃げ出して、どこかの楽しいサーカス団に加わったみたいな気分、とブリットは言う。一体全体どうやってるの?

私は何もしてない、とフローレンスは言う。

二人が絵はがきにあった町の駅に着いたとき、物語を見失い頭の混乱した老人がさらに列車を遅らせる。

列車がまた動こうとするとき、ブリットが駅の出口で振り返ると、フローレンスが長いプラットホームの端にいるのが見える。

彼女はプラットホームを走る。

両脚を大きく上げて、とフローレンスが言っている相手は、取り乱した様子で線路の上に寝る男だ。まずその横に座って、それから、一、二、はい、両脚を上げて。

三人の駅員も男の方へ走ってくる。老人は泣いている。両腕はだらりと垂らして、まるで自分の腕が体に触れることに耐えられないかのようだ。駅員が二人プラットホームから飛び降り、男をプラットホームに上げる。それから後は男の腕を放そうとしない。

この人はなくしたんだって——何をなくしたって言ったっけ？とフローレンスは言っている。

何かを線路に落としたらしいの。何だったっけ？

私の、ええと、私のペン、と男は言う。

ペンだって、とフローレンスは言う。落としたのはペン。

手に持っていたペンが落ちたんです、と男は言う。ペンを持ったままうっかり手を振ったら、ペンが宙を舞って、そのペンはとても思い入れのある品だったから、ああ、うう。

ペン、と駅の警備員らしき女が言う。

はい、と男は言う。

線路に降りるのは法律違反だし危険です、命を落とすこともあるし、大きなけがを負うことだってある、と女は言う。被害は自分だけにとどまりません。今出ていった列車に乗っている人もみんな被害を受けます。ここで働いている私たちは別にしてもね。表に出ることはないけれど、私たちが失業したらまたそれで被害を受ける人もいる。列車は既に遅れているのに、事故のせいで一帯の列車運行にさらに大きな影響が出る。すべての原因はあなたが落とした一本のペン。さっきの話は聞いてましたよ。そのペンはどこです？　あなたの命と私の仕事を奪っていたかもしれないペンを見せてください。

これでしょ、とフローレンスが言う。

そして男にボールペンを手渡す。ブリットはそのペンに見覚えがある。それは昨夜泊まったホテルに無料で置いてあったものだ。

ブリットは笑う。

ホリデーインのペン？と女が言う。

ああ、よかった、と男が言う。思い入れがあるんです。

この人にはとても大事なものなの、とフローレンスは言う。

男は再び泣き始める。

そんなふうに腕を押さえなくてもいい。もう放しても大丈夫です、とフローレンスは言う。

老人を押さえていた二人の男は腕を放す。そして自分たちが今そうしたという事実に少し驚いた表情を見せる。それをきっかけに三人の駅員が偉そうな口調に変わる。そしてまず、老人のしたことは犯罪だと言う。女は警察を呼ぶと言って、携帯を取り出す。

フローレンスは女に優しい目を向ける。

犯罪というより落とし物の相談ですよね、とフローレンスは言う。何かがなくなって、それが見つかった。別に悪いことはしてない。誰にも迷惑はかからなかった。

女は彼女を見てから、泣いている老人に目を移す。

たしかに、私も今回の件では誰にも迷惑はかかっていないと思う、と女は言った。

女の表情は今、自分がそう言ったことに当惑しているようだ。

こういうことか、とブリットは思う。こういう感じなんだ。

駅員は全員同じ、脳震盪を起こしたような表情を見せる。そして扉をくぐって建物の別の場所へ消える。ブリットとフローレンスは泣いている老人に付き添って駅の正面まで行く。そこで老人は袖で洟をかみ、ひどいことをしたと詫びる。それから駅前にあるベンチに腰を下ろし、昔から駅は人が行き来する場所――つまり感情を帯びた場所――だから好きなのだという話をし、それに続けてあるとき、自分の故郷の町でよく使っていた駅を離れるときに経験したことを話し始める。彼は長い間その町に戻っていなかったのだが、両親が亡くなってからずっと置きっ放しにしていたものがどうなっているか確かめに町に帰り、駅を出たとき、背後で誰かが歌を歌うのが聞こえて、それが何の歌か分からなかったのだが、聞き覚えはあった、でもタイトルが思い出せない、歌っているのはいい声だった、とそのとき歌のタイトルを思い出した、「さようならを言うたびに」（ジャズのスタンダードナンバー）だ、背後で足音が聞こえる、だから後ろの人に自分を追い抜かせるために歩を緩めた、追い抜いたのは若い女だった、歌っていたのがその人だったとしてももう歌ってはいなかったし、そんな古い歌を歌うにしては――あれほど感情を込めてそういう歌を歌うにしては――若すぎたし、服装も違った。

老人は話をやめた。

よかった。かなり退屈な話だったから。

涙が再び頰を伝い始める。

ブリットは仕事用の笑みを浮かべる。棟で人――職員でも収人でも――が泣いているときに使う笑顔だ。

コーヒーでもどうです？と彼女は言う。

コーヒー飲みます？とフローレンスが男に言う。

この人は酔っ払ってる、とブリットは言う。コーヒーを売ってるバンがあるわ。

私は酔っ払いじゃない。それにあのバンではコーヒーは売ってない、と男は言う。

いいえ、売ってる、とブリットは言う。車の側面にコーヒーって書いてある。

ブリットはバンまで行く。

彼女が戻ってきたとき、ありがたいことに老人は泣き止んでいる。

あなたは映画作家なの？と彼女は老人に言う。

まあね、と彼は言う。

それは映画作家だっていう意味、それとも違うっていう意味？と彼女は言う。

しかし彼は顎でフローレンスの方を指し示す。今度は老人の代わりにフローレンスの方が泣いている。

この子に何をしたの？とブリットは急に保護者ぶって言い、あやうく老人の頭を殴りそうになる。

この人が図書館は閉まっているって言うの、とフローレンスは言う。

ブリットの恐ろしい形相を見て老人は数歩後ろに下がる。

いや、そうなんだ、と男は言う。本当の話だ。火曜は休館日で。

じゃあ、何の問題もない、とブリットは言う。

そしてフローレンスの肩に腕を回す。

泣くようなことじゃない、と彼女は言う。別の図書館に行けばいい。もっと大きな町の図書館に行けばいい。

ここの図書館には絶対に開いててもらいたかった、とフローレンスは言う。

必要なことがあれば何でも携帯で簡単に調べられる、とブリットは言う。私のポケットには図書館が入ってる。ほら。何を調べたいの？

私は絵はがきにある場所に行かないといけない、とフローレンスは言う。それから、その町の図書館に行かないと。他には何も聞いてない。それ以外の伝言は受け取ってない。

ブリットは少女の肩を抱き、コーヒートラックの方を向く。

あそこの女の人、見える？と彼女は言う。

フローレンスは涙を拭ってそちらを見る。

あの人、知り合い？

フローレンスは首を横に振る。

でも、向こうはあなたを知ってるみたい、とブリットは言う。

どうして？とフローレンスは言う。

向こうからすぐに、あの子の名前はフローレンスかって訊かれたの、とブリットは言う。

あの人は誰？とフローレンスは言う。

妙ね、あの人にも同じ感じのことを訊かれた、とブリットは言う。コーヒーを買いに行ったら、コーヒーは売ってないって言われた。

その後、こんなことを言ったの。あそこで連れの老人の横に立っている少女はひょっとしてフローレンスという名前じゃない？って。

それで私が何も言わなかったら、今度は私のことをじろじろ見てこう言った。

さっきあの〝映画作家〟さんとは少し話したけど、〝SA4A制服〟さんは普段はどういう人なの？って。

だから私は言った。

あのね、〝コーヒートラックじゃないコーヒートラック〟さん。今は私の〝普段〟じゃない。私の〝普段〟はずっとずっと遠いところにある。それはつまり、私はどんな人間にもなれるってこと。どんな人間であってもおかしくない。

三月。 かなりきつい天候になることもある。ライオンのように荒々しく始まり、子羊のように穏やかに終わる月。冷たく人をあしらう春。まだ雪かと思わせる花を開かせる月。スイセンの頭を紙のような鞘が覆う月。兵士の月。三月（マーチ）の語源は、ローマの戦争の神マルスだ。ゲール文化においては冬と春の境目。古期サクソン文化では、風の強さから、荒々しい月と呼ばれる。

しかしそれは長くなっていく月でもある。昼間が長くなり始める月。狂気と予期せぬ穏やかさの月。新しい生命の月。グレゴリオ暦以前、新年は一月でなく、三月から始まった。地球が春分点を越えて北半球がまた太陽の方に向き始めるのを祝うと同時に、受胎告知を祝う季節。聖母マリアの前に天使が現れ、処女である彼女がよき精霊によって受胎することを告げる。

驚き。明けましておめでとう。あらゆる不可能なことが今、可能になる。

空気が軽くなる。出発、始まり、入り口の匂い。何かが変わったことを儀礼を通じて空気が教えてくれる。蔦の合間から覗くサクラソウがこちらを歓迎するように葉を広げる。日常の世界を切るように色が入る。ムスカリの深い青。列車に乗る人の目を引く荒野の鮮やかな黄色。鳥が止まる葉のない木も冬とは違う。枝は今、固くなり、小枝の先は小さく燃える蠟燭のように輝く。

そして雨。古い木にこの春初めて開く花の兆候。森の中でもつぼみの奥にあるその光が見える。夜、街灯の下でもそれが分かる。

三月の晴れた日、夜明けに起き出すと、春のエッセンスが詰まった空気の塊を捕まえることができるらしい。それを蒸留して得られる金のオイルは、万病に効くと言われている。

そう言ったのは芸術家のタシタ・ディーンだ。一九九〇年代半ば、三十歳でフランスのブールジュ国立高等美術学校で一年間創作に専念していた彼女は今こそ、子供の頃からずっとやりたいと思っていたことに取りかかる頃合いだと判断した。雲を捕まえ、保存し、うまくすれば蒐集（コレクション）するのだ。

彼女は熱気球で上空へ行き、袋で雲を捕まえる計画を立てた。

でも当然、雲を捕まえ、保存し、所有することはできない。

それに春の熱気球は雲のない日でなければ飛ぶことができない、とその後分かった。

そこで彼女は気球で上空に行き、雲の代わりに霞を捕まえることにした。

そして確実に霞を見つけるため、山の多い南の方へ行った。グルノーブルに近いランサンヴェルコールの朝はいつも霞がかかる。

気球は上昇した。空はきれいに晴れた。地元の人の記憶にある限りで、一年のこの時期には経験したことがないほどの空の澄み方だった。雪に覆われた山の上で彼女が袋に収めたのは純粋な澄んだ空気だった。

彼女が空気を捕まえることを選んだこの日は偶然にも、錬金術師が大地から天に向かう露を集めるのに最適としたタイミングだった。古代の錬金術によると、すべてを治す万能薬を作るには、千日かかって集めた露を蒸留しなければならないらしい。

ディーンは空気を捕まえる旅について、三分にも満たない短い映画を作った。タイトルは「一袋の空気」。

巨大な熱気球が空に上がる。上空に行くにつれ、地面に映る影が映画のコマの中でどんどん小さくなる。そこに芸術家の手が現れる。透明なビニール袋の中に空気が入る。そして手の中で袋の口がねじられ、結ばれる。それ自体が小さな気球のようだ。それから彼女はまた新しい袋を出して同じことをする。別の空気を捕まえ、袋の口を結ぶ。同じように。

映画は純粋な冗談と幻影が融合した作品だ。しかしその中で、息が飛躍する。錬金術と変成が気分を幸せにする。何か馬鹿げたどうでもいいこと——そして考えようによっては魔法——が目の前で起きる。

そして三分間の白黒映画が終わると、後に残るのは人間と空気との物語だ。私たちが普段ほとんど意識もせず、考えることもないもの。私たちがそれなしには生きていけないもの。

3

百四十秒間、生々しい現実描写を。

黙れ　黙りやがれ　誰かこの女の口をテープで塞げ　こんなやつはひどい目に遭わされて当然　売女　死ねブス　藁　おまえはクソ　おまえなんて誰も相手にしない　セックスしない　結婚しない　うせろ　さっさとうせろ　おまえはタンポン　おまえはめさわり　レイプされて放置されて当然　おまえの娘はレイプされて当然　キッチンナイフで刺されて当然　おまえは壊れたレコード　大げさな同情　パヨク　おまえの家を知ってるぞ　おまえの子供がどこの学校に通ってるか知ってる　黙れ　自分で口を閉じないなら閉じさせてやる　何様のつもりだ　おまえが攻撃されるのは自業自得　めちゃむかつく　めちゃめちゃ　おまえの性で吐き気がする　おまえなんかレイプされろ　尻のアナに突っ込まれろ　尻のアナに突っ込まれてついでに口のアナにも突っ込まれろ　それから氏ね　死ね　自分で逝け　とっとこ死ね　デブ　ブス　でっかい張形（ディルド）で誰かに突いてもらえ　おまえは典型的なイスラム教徒の黒人のおかま野郎　死んでも許せん　おま

えみたいなやつらが西洋世界を壊してる　くだらないやつら　おまえは病院でジミー・サヴィル（英国BBCの人気司会者だった人物だが、死後、子供を含む多数の人物に性的虐待や強姦を行っていたことが判明しスキャンダルとなった）にレイプされればよかった　おまえの体に障害があるのは神様に嫌われている証拠　おまえが今度夜道を歩いていたら痛い目に遭わせてやる　おまえも子供も　びびれ　異民なんてクソ　ヘイトメールでも読んでわが身を省みろ　おまえは嫌われて当然　おまえの顔はちんぽこ　おまえの顔は知りの穴　おまえは小児性愛者　おまえみたいな存在には耐えられない　おまえはサイテー　施設に強制収容されるべき　暴力集団外国からの侵略者　臭い飯でも食ってろ　デブ　あほ　売女　くず　尻軽　裏切り者　裏切り者　偽善者　おまえの子供も死ね　おまえは人生の失敗者　誰が見ても無価値なクソの塊　床用ワックスでも飲め　消毒薬でも飲め　汚らしいホモ　移民　俺のちんぽでもしゃぶってろ　豚ブス　消えろ

それは一年のうちで、すべてが死んでいる季節のことだった。〝死んでいる〟というのは、もう二度と何も生き返ることがなさそうに見えるという意味。

空は巨大な閉じた扉だ。雲は鈍い金属。木々は裸で折れている。地面は硬く、草は死んでいる。鳥はいない。野原は轍を残したまま凍り、何マイルにもわたって地下に死が広がっている。いたるところで人がおびえていた。食料は尽きそうだった。納屋はほぼ空。

伝統的にはこの時期、賢人、長老、若い男、若い女――仮面と熊の毛皮で土の中からよみがえった古の祖先に扮した人々――が集まり、この世に再び生命をもたらすために一人の乙女を選び、神々に対する生け贄として、死ぬまで踊らせることになっていた。

伝統によると、神々は死が好きだ。彼らは純粋な死を好む。乙女は純粋であればあるほどよい。そして通常、選ばれた乙女は踊りも非常にうまかった。生け贄として特に見栄えがする娘が選ばれた。

その日が来た。村中の人間が集まった。賢人は自らの体を、希望を意味する銀色に塗った。誰もが見物に訪れた。三百歳の女も未開墾の土地を杖で探りながらやって来る。皆が拳を空に振り上げて踊り、雰囲気を盛り上げる。

それから若い女たちの踊りが始まった。

見る者をうっとりさせる踊りだ。女たちは時計回りに踊る。乙女たちは振り付けをした機械のように一体となり、一人一人はその部品と化す。それは回転しては止まり、また止まっては回転した。

最後に輪が開き、選ばれた娘が現れる。若くあでやかな、未来ある乙女。踊りは彼女に向かって開かれると同時に閉じられる。

ここからの筋書きはこうだ。乙女が地面に倒れる。そして獣のように両手で地面を叩き始め、次に激しく踊り、死ぬまで体を振り回す。

その後、皆で祝う。そこからすべてがまた成長を始めるからだ。

ところが実際に起こったのはこういうことだった。

中心にいた少女は腕組みをし、首を横に振った。そして立ち上がり、かかとで地面を打った。

私は象徴じゃない、と少女は言った。

踊りが止まった。

音楽も止まった。

村人たちが息を呑む音が響いた。

少女はさらに大きな声で言った。

私はあなたたちの象徴じゃない。皆さん、どっかに消えてください。それか別の物語を自分で探してください。私に踊らせたって、他の誰かに踊らせたって、皆さんが求めているものは手に入りません。

村人たちはどうしていいか分からず、晴れの舞台に立ち尽くしていた。肝を潰している者もいた。退屈そうな顔の者もいた。乙女の中にはその娘でなければ自分が代わりに死ぬまで踊らされるのではないかと慌てる者もいた。

そんなの必要ない、と少女は言った。さあ。みんなでもっといい方法を考えましょう。

何人かの村人が怒り始めた。横目で様子を見守る者もいた。二人ほどはうれしそうな顔をしていた。先祖の一人は熊の仮面を取り、額の汗を拭った。たとえ短い時間でも、こうした衣装を身につけるのは大変だ。

もっと血なまぐさくない方法で春を招くことができる、と少女は言った。人間を生け贄にせず、天候や季節と実りある関係を築くための方法が。いずれにせよ、こんなことをしているのは、暴力に快感を覚える人が何人かいるからにすぎない。一人か二人は必ずそういう人がいる。いつでも。そして他の人はみんな、自分も仲間に加わらないと、次は自分が生け贄に選ばれるんじゃないかと心配になる。

舞台上の村人を囲むように劇場の座席に並ぶ観客の一部も怒りだす。彼らが見に来たのは伝統行事だ。舞台の上でやっているのは入場料に見合うものではない。批評家たちは首を横に振る。批評家たちは小さなペンで iPad の画面に激しく文章を書き付ける。そして iPhone を激しくタップする。

人は行儀のよい暴動が好きだ。

しかし神々は笑った。

神の一人が仲間に向かってうなずき、目に見えない神サイズの手を伸ばし、少女をすくい上げ、同じ姿のままで変身させた。それは一瞬のことだったので、村人も観客も何かが起きたことに気づかなかった。しかしその一瞬で神は少女に全身を覆う鎧を与えた。少女は神の息吹のような真の強さが全身に満ちるのを感じた。

真の強さは、自分の息よりも大きなものが体の中で生きているのを感じることにある。

そのとき三百歳の女が前に出た。この老女ならこの状況をどうするべきか知っているだろう。

お嬢さんや、おまえさんのことを少し私たちに話しておくれ、と老女は古の声で言った。

しかし少女は笑っただけだった。

おばあさん、あなたもよく知っていると思うけど、それをするのは私を完全に消す第一歩になってしまう、と少女は言った。だって、私が自分について何かを語るのをみんなが聞いた途端に、私は私でなくなるから。私はあなたになってしまう。

群衆がざわつく。

彼らはきっとあなたの話を聞かせてほしいと言うでしょうと母が私に教えてくれました、と少女は言った。母は言いました、**でも教えては駄目。あなたは誰の物語でもないのだからと。**

三百歳の女は大変な努力をしてさらに少しだけ腰を伸ばした。そして何か不快な匂いを嗅ぐように、鼻の穴を膨らませた。

どのみちおまえを生け贄にすると言ったらどうする?と女は言った。おまえにその気があろうとなかろうと。

少女はのんきに笑った。

やれるものならどうぞ、と少女は言った。どうぞ殺して。きっと最後はそうなる。でもあなただって私と同様に知っているはず。私はまだ若くてあなたはすごく年寄りだけど、今はあなたより私の方がずっと年上で、ずっと賢いということを。

舞台上の全員、舞台袖の全員、そしてネット上にいる数百万の視聴者全員が息を呑んだ。

少女はさらに大きな声で笑った。

さあ、と少女は言った。思いっきりやってみて。それで事態はよくなるかしら。

コーヒートラックのダッシュボードの時計で十二時三十三分——しかし時刻など誰が気に懸けているだろう？　リチャードはおそらく人生で初めて、時間から自由になっている。彼は死後の世界で目を大きく見開き、喜びにあふれている。制限速度時速五十キロのところを約百キロで走る車（ほとんど運転席に座っているようなものなので速度計が読める）の中、彼を挟むように左右に女が座っている。いちばん近い街まで車で送ってもらっているところだ。アルダという名の女は他の二人をどこかへ連れて行くらしく、一緒に乗っていくかと彼にも尋ねてくれたのでイエスと返事をした。そして今は全員が前部座席に座っている。というのも、トラックの後ろには器具と棚に挟まれた床の上しか座る場所がないからだ。ペンをくれた少女は助手席と扉の間で小さくなっている。彼自身は二人の女の間で変速レバーを股に挟んでいる。車がオートマチックだったのは運がよかった。そうでなければ少し困ったことになっただろう。

座席はとてもいい。明るい茶色の本革製。こういうトラックは内装がおしゃれだ。キャビンの扉はレトロな感じで、開き方が普通の車やトラックとは反対向き——ヨーロッパ大陸風——だ。でも、ハンドルは当然右側にある。受け狙いとも言えるが、印象的なことに変わりはない。

あそこにあるのは何?と彼は言う。丘の上。城かな。

あれは城じゃない、とコーヒートラックの女が言う。あれはルースヴェン軍営(バラック)。コーヒートラックの女の名はアルダ・ライアンズだ。駅の前でそう教えてくれた。町の司書の一人らしい。

ジャコバイト軍の反乱が終わった場所、と彼女は言う。カロデンの戦いの翌日、焼かれた。

何の翌日?とリチャードは言う。

カロデン、と彼女は言う。

聞こえなかったわけじゃないんですよ、とリチャードは言う。カロデンね。あれはとてもいい映画だった(英国BBCは一九六四年にカロデンの戦いを再現する映画を制作した。ピーター・ワトキンス制作脚本)。

カロデンというのは映画だけじゃない、とアルダが言う。戦いよ。そして戦場。

ええ、とリチャードは言う。映画にもなった。とてもいい映画だ。ピーター・ワトキンス。スコットランド人に対するイングランド人の最後の戦い。

ええと、と彼女は言う(とても司書らしい口調だ)。ハノーファー王家支持者対ジャコバイト軍。でも人は単純化を好む。時間が経つにつれ、話は単純になっていく。ルースヴェン軍営は一七四六年四月に焼け落ちた。ジャコバイト軍の残党はカロデンの戦いの翌日、軍営に集まった。次にどうするかを考えるため、機を窺(うかが)っていた。そこに〝いとしのチャールズ王子〟からの伝言が届く。もう戦いは終わった、あとは各人が自分で身を守れって。そこで彼らは敵軍に使わせないよう軍営に火を放って逃げた。

ワトキンスは核攻撃に関する映画も作った。ＢＢＣが影響を恐れて放送しなかった映画、とリチャードは言う。『ザ・ウォー・ゲーム』。

私も覚えてる、とアルダが言う。『カロデン』も覚えてる。

カロデン、とリチャードは言う。カロデン。

とてもいい作品だから『カロデン、カロデン』というタイトルにしたのかしら、とアルダは言う。

今のはあなたの言い方を繰り返してみただけです、とリチャードは言う。私は今までずっと間違って発音してました。カロデンって（正しくは「ロ」の位置に強勢がある）。

あなたあの映画を観て、しかもいい映画だったって言ってるのに、とアルダは言う。どういうこと？

私の隣にいるこのカッサンドラ、と警備員の制服を着た若い女が言う。この子、核攻撃については一家言あるみたいよ。私は昨日聞かされて怖くなった。

永遠の核の秋、と少女は言う。あと五回核爆発が起きたら地球全体で、秋が唯一の季節になる。

五回。それだけで？とアルダが言う。

ひょっとしたらそれより少ない回数で、と少女は言う。私は今十二歳で、世界の気候変動にブレーキをかけるにはあと十二年しか残されていないことを考えると、私の年齢の人間がそれを止めるために急いで何かをしないといけない（国連のＩＰＣＣ（気候変動に関する政府間パネル）は、二〇三〇年までにＣＯ２排出量を半減させる必要があるという報告書を、この小説の舞台となった二〇一八年に出した）。

君の名前はフローレンスじゃなかったかな?と老人が言う。

私にはいくつもの名前を持つ能力がある、と少女は言う。

私も、とアルダが言う。

私がカッサンドラって呼んだのはこの子があの伝説の予言者みたいだからよ、と警備員が言う。

未来について正しい予言をしたけど、誰にも信じてもらえなかった女のこと。

警備員は少女の友達か家族らしい。名前はブリット。ブリット・エクランド（スウェーデン出身でイギリス在住の女優）みたいな名前。（でも外見はブリット・エクランドには似ていない。残念ながら。

女性差別。感情的知性に欠けた男。

その通り。でもちょっと自分に厳しすぎるかも、と幻の娘が言う。）

あのルースヴェンって場所、とリチャードは言う。あそこはきれいですか？　実は今、いい場所を探しているんです。

映画のロケに使う場所?と少女が言う。

いいや、と彼は言う。最近亡くなった友達のために。どこかいい場所を探して、そこから思いを――ここで一度うなずいて――伝えたいと思って。彼女のためにきれいな場所から、空に向かって。今思えば、私がそもそもこんな北の土地に来たのはそのためだった。

そういうことならもっといい場所があると思うけど、とアルダが言う。

友達が亡くなったのはいつ?と少女が言う。

八月、と彼は言う。

割と最近ね、とアルダが言う。ご愁傷様。

ありがとう、と彼は言う。彼女は脚本家でした。私の作品で何度も脚本を書いてくれた。一緒に仕事ができたのは幸運でした。最高の脚本家でしたから。あなたたちはまだお若いから彼女の作品はあまり観たことがないでしょうね。一九六〇年代、一九七〇年代、一九八〇年代、あの頃テレビを観ていれば彼女の作品を目にしたはずだ。必ずね。観れば決して忘れることもない。仮に忘れても、頭のどこかには残っている。とても優れた才能だった。目立たない役割ですが。

アルダは通り過ぎた遺跡の方を親指で指す。

あそこはたしかにきれい、と彼女は言う。でも歴史がね。あまりきれいとは言えない。

ああ、と彼は言う。そうですね。

ある民族が別の民族を組織的に支配する、とアルダは言う。戦い、破壊、敗北。

そのお友達は何かに敗北した?と少女は言う。

彼女は〝敗北〟とはまったく結び付かないなあ、と彼は言う。

じゃあ、あそこはやめておきましょう、とアルダは言う。あの軍営は前に一度か二度焼けた城の上に造られたもの。一七四六年以降はずっとあの状態。あの上にまた何かを建てても、きっと別の人が燃やすと思ったんでしょうね。合同法（イングランド王国とスコットランド王国が合併し連合王国となることを定めた法（一七〇七年））以後、新たなイギリス政府はまずあの軍営を造った。新たな土地でお金を稼ぎたかったから、軍を配備した。ここは約一世紀の間、軍事区域だった。特にカロデンの戦い以後は。その後は狩猟用区域。鹿猟園（ディア・パーク）。

山が多くて人が住むには向きませんね、とリチャードは言う。とはいうものの、それがスコットランドの高地地方（ハイランド）の美しさでもある。どこも人がいなくて美しい。

彼はコーヒートラックの女アルダの首筋が紅潮するのを見る。赤みは上着の襟元から耳へと広がる。

いいえ、ここは昔はにぎやかだった、と彼女は言う。間違いなく人がいた。今よりずっとにぎやかだった。強制退去（クリアランシズ）がここに与えた影響が、他の北の土地に比べてひどかったというわけじゃないけど。

クリアランス、とリチャードが言う。

クリアランシズ、とアルダが言う。この単語もちゃんと記録しておいてね。

店じまいするときの在庫一掃（クリアランス）セールみたいな意味？と少女が言う。

イングランドの支配階級が腐敗した地主どもと一緒になって高地地方（ハイランド）の人口を強制的に削減（カット・ダウン）したの、とアルダは言う。わずか二百年前のこと。二百年なんて歴史的に言えば一瞬。強制的に削減（カット・ダウン）したというのはどういうことかというと、藪とか茂みを刈り込む（カット・ダウン）みたいに人を扱ったってこと。そして書類には、一帯の土地を改良していると書いた。**野蛮人を鎮定している**って。ここに暮らしていた人たちは賢かった。そうだったに違いない。この土地で農業を営むのはとても大変だから。でもうまく問題を解決して、何世紀もの間、困難を乗り越えていた。ちなみに私はそんな、しつけの悪い野蛮人の子孫。

映画作家って言いました？　つまり映画監督みたいな？と警備員のブリットが言う。

彼は女の方を向いて首をかしげ、皮肉を込めて言う。

ええ、映画監督みたいな。

へえ？と彼女は言う。本当に？

主にテレビです、と彼は言う。何かのばちが当たったんでしょう。テレビで先進的なことをやるとそれが何かの罪みたいに思われていた時代の人間です。

彼女はかつてテレビで観て今まで忘れたことがないという映画について長い話を始める。しかしリチャードは途中から話を聞かない。というのも、トラックの車内で低い音量で流れていたラジオから、古いポップソングが流れ始めるからだ。太陽の季節の喜びと楽しみを男が細い声で歌う。もうすぐ自分は死ぬ、だから友達全員に別れを告げるという内容。それを聴いてリチャードはこんな出来事を思い出す。

一九七〇年代。七三年？　七四年？の夜のこと。パディーからの電話で彼は目を覚ます。

ダブルディック、今すぐあなたの助けが要る。できれば。助けてくれる？

午前二時四十五分。雨の中、彼は手を振ってタクシーを止める。

まだ思春期に至らない双子の片方が玄関扉を開ける。

君のお母さんに電話で呼ばれた、と彼は言う。何があった？

午前三時にしては大きな音量で、壁の向こうから音楽が聞こえている。

来てくれたのね、とパディーは言う。よかった。私たちじゃどうしたらいいのか分からなくて。

私の寝室がいちばんひどいんだけど、子供たちの寝室でも裏から音が響いてて。少しだけ気が抜けるのはバスルーム。でも三人一緒にバスルームで寝るわけにはいかない。

歌が終わる。曲も終わる。

終わった、とリチャードが言う。

パディーは眉を上げる。

歌がまた始まる。

ああ、とリチャードは言う。

パディーと双子の一人が笑う。皆の背後の寝室にいる双子のもう一人も笑う。

何なの?とリチャードは言う。

今ヒットチャートの第一位にある曲、と双子の一人が言う。

テリー・ジャックス。「そよ風のバラード（シーズンズ・イン・ザ・サン）」、ともう一人が遠くで言う。

電話はしてみたんだね、とリチャードは言う。

ダイヤル・ア・ディスク（一九六〇年代から九〇年頃まで続いた電話サービスで、特定の番号をダイヤルすると電話でヒット曲が聴ける）にね、と階段の前にいる双子の片方が言う。

双子は二人でどっと笑う。

電話はした、とパディーは言う。呼び鈴も鳴らした。裏口も玄関もノックして、壁も叩いた。窓に石も投げた。どうやらほぼ確実に留守ね。

夕方の四時半頃からずっとあの調子、と寝室にいる双子の一人が言った。

そのうちレコード針がすり切れる、とリチャードが言う。

ダイヤモンド製だよ。何日もかかるかも、と一人目の双子が言う。

警察は?とリチャードが言う。

パディーは馬鹿にしたような目を彼に向ける。

母さんは警察を呼ぼうとしないし、僕らが警察を呼ぶのも許してくれない、と寝室にいる双子の一人が大声で言う。

もしも家の中で誰かが死んでたらどうする?と彼は言う。

仮に人が死んでても母さんは僕らが警察を呼ぶのを許さない、と双子のもう一人が言う。

もしも家の人が中にいてまだ死んでないんだとしたら、僕がお手伝いしてあげたい気分だ、と寝室の双子が大声で言う。

歌が終わり、また始まる。

でも仮にハードウィックさん一家が本当に死んでいたとしても、ともう一人の双子が言う。テリー・ジャックスが不死の存在だってことは確かみたい。

それから四十年以上が経ち、リチャードはその後のことを思い出す。家の陸屋根に登り、窓を鉄梃(かなてこ)でこじ開け、誰もいない家に忍び込み、音を頼りに居間に進み、レコードプレーヤーのアームを上げ、ターンテーブルからシングルレコードを取り上げ、パディーの家に持ち帰ったこと。そして彼女が朝の四時にレコードの穴に鉛筆を通して四人でそれを眺め、インスタントのコーヒーにクリーミングパウダーを混ぜて飲んだこと。双子の一人が大きくしたガスの炎にぎりぎりまで四十五回転レコードを近づけて遊んだこと。

それからリチャードはまた、開けたままにしておいた窓から中に戻り、〝この「そよ風のバラード」はちょっと季節が多すぎる〟というメモと一緒に、半分に折ったレコードをプレーヤーの近くの床に置いた。

彼は人が侵入した痕跡を残さないよう、窓を閉めて掛け金を掛け、裏口から出て、ドア枠上の横梁で見つけた鍵で施錠し、それをパディーに渡した。

次にテリー・ジャックスが墓場からよみがえったときのために、と彼は言った。

双子の二人が笑った。

彼は今笑う――別の国で見知らぬ人たちと旅をしながら。

まるで六〇年代が再来したかのようだ。

テリー・ジャックスは生きていた。

ハハハ！

彼はうれしそうな顔で、警備員の格好をした女に微笑む。女はとても不審そうな表情を見せる。

その話を思い出して驚いたのは、何十年も前の出来事なのに、双子に対する愛情が実際によみがえったことだ。ダーモットのかわいい笑い方。優しいパトリックが両手で顔を覆って笑う様子。

制服の女は明らかに、彼が何か返事をするのを待っている。少女も彼の反応を見ている。しかし誰が何の話をしていたのか、彼には分からない。

人の行動の理由は時によく分からない、と彼は言う。私たちにできるのは精いっぱいの努力をすることだけだ。その状況下でできる努力を。そしてそれと同時に、できるだけその場を楽しむこと。

その場を楽しむ余地なんてあまりなかったと思う、と警備員は言う。どう考えても、ナチが今から頭めがけて銃を撃とうとしているんだから。

ナチ？

ああ。

リチャードは何かを言って取り繕おうとする。

ひどい時代だった、と彼は言う。本当に。あの時代を生きなくてもよかったと思うと、いつもほっとする。最近はいつもテレビでやってるね。いつも同じ昔のビデオ。同じ顔。同じ悪党どもが〝ユダヤ人から物を買うな〟と叫んでる。ペンキでスローガンを書き付けられた同じ商店街。脅され、ひどいことをされて泥の中を歩いて列車に乗る人たち。あるいは列車から降りてくる人たち。ヒトラーが大声を上げる同じ古いフィルム。まるであのひどい歴史が一種の娯楽のようだ。あの毒。あの怒り。あの野蛮。あの喪失。あれで私たちは何かを学ぶと思いますか。いや、無理だ。私たちは学ぶのでなく、繰り返し（リピート）モードで再生するだけ。部屋の隅っこでビデオを再生させておいて、自分はそれと無関係に生活をする。ひどい時代、でもそれを救うのは簡単。いくつか単語を入力すれば画面にそれが出てくる。ついさっきラジオで流れていた歌と似たようなものです。何十年も前の曲が今の歌みたいにスーパーマーケットで流れていたりすると私は同じことを考える。まあ、実際今の歌だ。それはまるで。まるで足枷を付けられた馬みたい。自由に前に進むことができず、何かを引きずっているみたいだ。

女の警備員が礼を言う。

どういたしまして、と彼は言う。

彼は横を向いて、線路から助け起こしてくれた少女にウィンクをする。トラックの前部座席は混み合っているので、少女は扉に強く押し付けられていて、顔の向きを変えることさえままならない。

大丈夫かい、そこ？と彼は言う。

大丈夫、と彼女は言う。私はこの状況下でできる精いっぱいの努力をしてる。同時にできるだけこの場を楽しんでる。

全員が笑う。

その瞬間、すれ違った車の運転者はきっと、リチャードが映像に収めたいと思う光景を目にしていただろう。

おかしな子、と警備員が言う。

面白いでしょ、と少女が言う。

頭がおかしい、と警備員は言う。

するとトラックの中が静かになる。聞こえるのはラジオから流れる「ファイナル・カウントダウン」というタイトルの歌だけだ。アルダは手を伸ばしてラジオのスイッチを切る。

これでいい？と彼女はリチャードに言う。

すみません、と彼は言う。別に文句を言うつもりはなかったんですが。

けどほら、と彼女は言う。あなたの言う通りかも。ラジオを消したら、足枷から完全に自由になれた。

彼女はアクセルを踏み込む。トラックは速度を上げる。

トラックは結構速度が出るものだ。

あとどのくらい？と少女がまた尋ねる。

戦場、とアルダは言う。うん。

戦場に行くんですか？とリチャードは言う。例の戦場に？

あとどのくらい？と少女が訊く。

どのくらいか教えてあげて、と警備員が言う。

遠くない、とアルダは言う。

あと何分、何時間、何日、何週間、何か月という単位で教えてくれない？と少女が言う。

そうね、私の見積もりだと、ううん、とアルダは言う。伝説一つと昔の歌が二曲くらいかな。

歌？とブリットが言う。この人まさか、歌を歌うつもり？

元々〝スローガン〟って言葉はゲール語だったって知ってた？とアルダは言う。あなたの彼氏がその言葉を使ったので思い出したわ。軍隊の叫びを意味する単語。軍隊の叫び（スルアグ・ガリム）。スローガン。ときの声という意味。スローガンって昔も今も要するにそういうこと。権力を奪い返すときも、〝とにかく離脱〟も、〝ユダヤ人から買うな〟も、〝アイム・ラヴィン・イット〟も、〝ジャスト・ドゥー・イット〟も、〝どんなに小さなものでも役に立つ〟も。

この人は私の彼氏じゃないんだけど、と警備員が言う。

私はどの言語で時間が経過しても構わない、と少女が言う。とにかく時間さえ潰れれば。

一九七六年四月一日。他の日と変わらず、いつもの可能性に満ちあふれた一日。人の心をとても不安にさせるニュースの日（本書六四頁で言及のある〝マグワイアの七人〟に対する判決が下された日）。**語りの戦略と現実**の日。**共生**の日――その言葉の意味が何であれ。とりわけ、予想もしていなかったとてもいいセックスの日。これこそ自分が今までずっと待ち望んでいたものだ、とリチャードはようやく理解する。それが愛だ。普段は到底そこに手が届かないと感じられるが、それでも希望を持って旅を続けることこそが。

　どうして私のことを〝ダブルディック〟と呼ぶのかな？　彼はセックスの後、彼女のベッドで彼女の腕を枕にして言う。

ダーリン、何がどうしてってって？とパディーが言う。

（パディーは彼の隣で――本人の表現を借りるなら――妖精と戯れている。）

私の精力が絶倫だという褒め言葉？と彼は言う。

何の話？と彼女は言う。ああ。〝ダブルディック〟。ハハハ。

個人的にそうだと思いたいのは当然だとして、と彼は言う。でも初めて会ったときからずっとだから何年にもなる。今日初めて経験した絶倫加減と関係ないのは明らかだ。空想の中で体験していたのでない限りは。そうだとしたら今、あなたはきっと少しがっかりしているんだろうけど。

彼女は笑う。

ああ。ああ、やっぱり、と彼は言う。

あなたのあそこ（ディック）とは関係ないわ、ディック、と彼女は言う。

ついでに言うと、私は世間並みにいいセックスが好き。今日のはとてもよかった。ありがとう。

でも、ダブルディックというのは昔のチャールズ・ディケンズの短編から取ってきた名前。

ああ、と彼は言う。それなら僕の方が少しがっかりだ。

あまり有名な作品じゃない、と彼女は言う。でも、あなたと同じ名前の青年が出てくる物語。

リチャード？　それともリース？とリチャードが言う。

リチャード・ダブルディックの物語、とパディーは言う。初めて会ったとき、あなたはリチャードって自己紹介したんだけど、私はそれ以前にこの短編の主人公以外、リチャードという名前の人に会ったことがなかった。だからあなたの名前を聞いた瞬間、頭の中で自然にダブルディックという苗字が付いてきた。これからもずっとそう。そして今では、それがあなたの名前になった。

と脚本家は全裸の男に言う、とリチャードは言う。それはどんな話？

お決まりの紆余曲折はいろいろあるんだけど、とパディーは言う。まずその青年がいる。名前はリチャード・ダブルディック。彼は軍隊に入って兵士になる。偉大な兵士というわけじゃない。

偉大な何かを成し遂げるわけでもない。人生のスタートは不運だった。ひどい子供時代。彼は不幸で、人生に迷い、やけっぱちになって面倒ばかり起こす。ところが一人の将校が彼に目をかけ、親しくなり、悩みを聞き、家族のように接してくれる。あっという間にダブルディックは一線級の戦う機械になる。そんなとき上官が戦闘で死んで、リチャード・ダブルディックは心が折れる。彼は絶対に仇を取ると誓い、復讐に一生を捧げると言う。

そして。年月が経つ——

だね、とリチャードは言う。いつも年月は経つ。

——そして彼は恋に落ちる、とパディーは言う。彼は美しい女性を心から愛して、その人と結婚する。妻の家族に会いに行った青年は、それが愛する隊長を殺した将校の一家であることに気づく。

ああ、とリチャードは言う。

うん、と彼女は言う。

それで彼はどうする?

そこが問題、とパディーは言う。問題はいつもそこのところなのよね。だって、そのとき青年が取る行動があるからこそ、この物語が偉大なものになるんだから。青年は恨みを捨てる。過去の出来事は水に流すことにする。そして物語は予言的に終わる。片方の側の息子が他方の側の息子と肩を並べて、共通の敵と戦う姿。そこではフランス人とイギリス人が同じ塹壕にいる。戦争は終わらない、と物語は言う。でも敵意は終わる。物事は時間とともに変わる。人生において固定していて、変わることがなくて、蓋がかぶせられているように見えるものも、変化するし、蓋が開くことがある。あるとき考えられなかったりありえないと思っていたことが、時間が経てば大いにありえるものに変わる。

私が物語を読んだのは子供の頃。十三になったばかりだった。それは私が学校に通う最後の日だった。当時の私の人生には可能性は皆無。父は死んだばかりで、家にお金はなくて、私たちは働きに出なければならなかった。十一歳の妹も。私たちは頭が悪かったわけじゃない。みんな。父も頭はよかった。無駄になったけど。作っている道の上で死んでいるのが見つかった。道路工事の現場ってこと。私たちに他の可能性はなかった。警察なんてやくざなろくでなし。ひどい時代だった。姉も一人、その年に死んだ。マギー。結核。十九歳。賢くて面白い人。くるりと振り向いて、気の利いたことを言う姿が頭に浮かぶ。踊りが好きで、うれしそうにキスをする恋人が一人か二人いた。姉と私はとてもよく似てた。街のスタジオで一緒に写真を撮ってもらった。当時はまだ写真に手で色を付けてた。そして家族の中でも姉と同じ赤が頰に塗られたのは私だった。おかげで、私にも未来がないという意識が強まったのだけれど。

そういうわけで私はそのとき図書室にいた。図書室の暖炉には火が入っていなかった。修道女(シスター)はあまり暖かさにこだわりがなかったから。火が入っていなくても火床には少し熱が残っているんじゃないかと期待して私は暖炉のそばに座ってた。本を手に持ってこう考えていた。椅子に座って本を読むなんて今日が最後になるかもしれないって。

私たちは自分の本を持っていなかった。家に本はなかった。

私は最初に手が触れた一冊を棚から取った。これが最後なのかもしれないと思って、一つの物語を最初から最後まで読む決意を固めていた。そしてページをめくりながら、私の人生はあの暖炉と同じく空っぽだと思った。自分はあの火床に落ちている灰だ、と。

でも、時間の工場は不思議なところ。これもまたディケンズの言葉だけど。私たちは時に運がいい。少しの力添えとわずかな運があれば、歴史に定められた何か――あるいは何ものでもない存在――以上のものになれる。私たちが今ここにいるのは他の人の力と恩寵のおかげ。少なくとも私はそう。**手を貸してくれた他人に感謝**、これが床に就くときに私が唱える祈り。**そして私もたくさんの私みたいな人にとってそんな他人になれますように。**

私がここにいるのは間違いなくあなたの恩寵のおかげだ、とリチャードは言う。

あなたが今手を置いている場所は普通恩寵と呼ばれる場所じゃないと思う、とパディーは言う。でも、さあほら、ディック、今からダブルにしてみない？

名前に追いつく努力が必要だな、と彼は言う。

その後二人は『ハード・タイムズ』に関するジョークを作り、彼女は〝ダブルディケンズ〟という名にふさわしい架空の滑稽な性戯を考案する。それからパディーは紅茶を飲みたいと言って彼を階下に行かせる。彼が紅茶をトレーに載せて二階に戻ってきたときには、彼女はもうシャワーを浴びて再び服をまとっている。そして二人は紅茶を飲む。

そんなことがあった。

彼は片目を開けて時刻を確かめる。速度計の隣の時計では十三時四分。アルダという名の女が歌う歌は、無意識が言語を持って歌を口ずさんでいるみたいに響く。

彼は目を閉じる。

十三歳の幼いパディーが一冊の本をお守りのように胸に抱えて、火のない火床の隣に座っている。

彼女はあまりにもやせているので、体の向こうまで透けて見える。

背後には、果てしなく遠くまで子供たちが列を作っている。服はとても粗末で、落ち葉で作った衣装のようだ。工場の機械の奥にある油の塊やべとべとした繊維を掃除できるのは子供の小さな手だけで、子供の肺の中も既に油だらけだ。でも彼らの肺に手を入れて掃除してくれる手は存在しない。

ありがたい、あんな時代はもう終わった、と彼は思う。

ありがたい、今の世界は昔よりよくなった。

頭の中をアップデートしなさい、と子供のパディーが言う。

その口調は幻の娘にとてもよく似ている。

今この瞬間も坑道に子供たちがいる、と彼女は言う。今この瞬間。この十三時四分。あなたも知っているはず。子供たちはコバルトを採掘している。環境に優しいとかいう電気自動車のために。

ぼろぼろになったハローキティのTシャツを着た子供たちが今この瞬間、奴隷小屋のようなところに押し込められて、触った途端に害がある金属を手に入れるため、古いバッテリーをハンマーで叩いている。

埋め立て地の山で生ゴミを食べている子供たち。

セックスで金を稼ぐ、あらゆる年齢の子供たち。今この十三時四分にも、彼らは利用され、映像に撮られ、交換され、また映像に撮られ、その頭の上で金がやりとりされている。両親がどこにいるのか分からない数千人の子供たち。両親が生きているのかどうか、また親に会えるのかどうかも分からない。アメリカ合衆国の凍えるように寒い倉庫に監禁された子供たち。今この瞬間。あなたが今、**昔よりよくなった**と言ったその世界で。この国のあちこちで親から離されている子供たち。世界を旅してここまで来て、消えてしまった子供たち。この国で生まれ、暮らしている子供が数十万人いることも忘れては駄目。昔と変わらない貧困が形を変えただけのイギリス的貧困の中、霞を食べて生き延びている子供たちのことも。

千の千倍の千倍いる私たち。縫い物をするその子供たち、いや、その私たち——パディーの言う子供の背後に子供たちが何キロも先まで列を作っている——がもたもたしていると、工場の経営者どもが私たちの手を針の下に持っていき、足をペダルの上に持っていって強く踏ませて、手を縫わせる。私たち子供が製造に関わっていないTシャツは存在しない。普通の板チョコもそうだ。私たちがそのお金に深く関わっていない歴史は存在しない。私たちは工場。私たちは生きたまま食べられている。だから子供は飢えた幽霊になる。そして哀れなやせたあなたたちから栄養を奪う。それが事実。

しゃべっている声は間違いなくパディーだ。

ということは、幻の娘はひょっとして最初からパディーだったのか？

そう考えたとき、頭の中のぼろを着た子供が彼に向かって炎を吐く。子供の手が燃え上がる。彼女は彼の注意を惹こうとしてその手を振る。残り火が指の間から滴り落ち、足元の地面で小さな光のかけらとなって花開く。

何でも自分一人の問題だと思わないで、ダブルディィック、と彼女は言う。目を覚まして、お願いだから。

十三時五分。彼は目を開く。

目を開いたのは、さっきまで続いていた歌がやんだからだ。

車は丘を一つ越え、きれいな視界が眼下に広がる。湖、橋、きらきらと光る街。

私たちが今いる場所はどこ？と彼は言う。

いいい
あなたは今までどこにいたわけ？とアルダは言う。

あなたの歌声が子守歌みたいに響いたから、と彼は言う。無意識がそれ独自の言語を持っているみたいに。無意識なのか潜在意識なのか、私にはいまだにその区別が分からない。とにかく、そのどちらかが歌っているみたいに聞こえたんです。

それは一応褒め言葉として受け止めるけど、さっきのは意識的で日常的な、とてもリアルな言語、とアルダは言う。でも、お言葉はありがたく、うん。そういうのは何て言うんだっけ？ロマンティシズム？

癒やしの歌ね、と女警備員が言う。ネットで売れるんじゃない？　一稼ぎできるかも。

ありがとう、とアルダは言う。でいいのかな。

私たちが今いる場所はどこかというと目的地の近く。違う?と少女は言う。

せっかちな子だね、とリチャードは言う。子供にせかされると大人は弱い。

いくつか用事があるから町に寄る、とアルダは言う。今日はこんなにたくさんの人を車に乗せる予定じゃなかったんだけど。

彼女はリチャードの方を見る。

お友達が亡くなったっていうさっきの話だけど、と彼女は言う。一つ訊きたいことがある。ひょっとして何年も前のテレビドラマと関係ある人なんじゃないかと思って。タイトルは『アンディー・ホフヌング』。違う?

リチャードは額をこすり、手のひらで目を押さえる。

これは夢なのかな?と彼は少女に訊く。

ゲール語のことでアルダを怒らせて、子供呼ばわりすることで私を怒らせるのは、眠りながらできることじゃないと思う、と少女は言う。

じゃあ、私が今ここにいることは間違いない、と彼は言う。でも、実はまだ寝ているのかも。眠っているときでも人を怒らせることはできるからね。

彼はアルダの方を向く。

『アンディー・ホフヌング』は私が作りました、と彼は言う。

あなたがリチャード・リース監督なの、と彼女は言う。

そうです、と彼は言う。

！

彼女の反応に驚いた彼は、お決まりの〝何かのばちが当たったんでしょうね〟を付け加えるのを忘れる。

『トラブルの海』、と彼女は言う。

そうです！と彼は言う。

『パンハルモニコン』、と彼女は言う。

『パンハルモニコン』、と彼は言う。ええ、ええ。

子供のときあれは大のお気に入りだった、とアルダは言う。うん、十代の頃。

最近は『パンハルモニコン』を覚えている人なんていません、とリチャードは言う。私自身も『パンハルモニコン』のことは忘れてましたよ。

私はあれが大好きだった、と彼女は言う。亡くなったお友達というのはその脚本を書いていた人？　さっき話していたのは。新聞で記事を見たわ。

そうです、と彼は言う。友達でした。

お気の毒に、と彼女は言う。私は新聞で記事を見て、あのドラマの脚本を書いたのはこの女の人だったんだと思った。パトリシア・ヒール。

そう、彼女です、と彼は言う。実を言うと、『パンハルモニコン』のアイデアは、『アンディー・ホフヌング』に関する下調べをしている中で生まれました。『アンディー・ホフヌング』のためにたくさんの時間を費やして図書館でベートーヴェンについて調べたり、音楽を聴いたりしているうちに、彼女は面白い話を見つけたんです。自動演奏機械のために音楽を一つ書いてほしいとベートーヴェンに依頼する男の話を。

パンハルモニコン、と少女は言う。マジック・ザ・ギャザリングのデッキに入ってるカードみたいな？

リチャードは瞬きをする。

ベートーヴェンというのは十八世紀から十九世紀にかけて活躍した作曲家で、と彼は言う。そして——

ああ、うん、べ、ー、ト、ー、ヴ、ェ、ン、が誰かというのは知ってる、と少女は言う。私が訊いてるのはその自動演奏機械のこと。弟の持ってるカードゲームの中にパンハルモニコンって名前のカードがあって、何かの絵が描いてあるの。けど、どうぞお構いなく。ベートーヴェンは十八世紀から十九世紀にかけて活躍した作曲家で、それから？

これだけ次々にみんなのことを怒らせているんだから、やっぱり私は間違いなく目が覚めているんだろうね、とリチャードは言う。

そして『パンハルモニコン』について覚えている限りのことを皆に話す。

ベートーヴェンには友達がいた。メトロノームの発明者だ。その男がオーケストラを丸ごとまねることのできる機械を作った。そしてその機械を人々にお披露目する際に演奏させる曲をベートーヴェンに作ってほしいと頼んだ。ベートーヴェンはその求めに応じた。

曲の長さは十五分程度、とリチャードは皆に言う。『ウェリントンの勝利』と題されたその曲は、フランスとイギリスの戦いを音で表現していた。当時は大人気となった。今ではあまり覚えている人がいない。曲の中では「統べよ、ブリタニア（ルール）」と国歌が、「彼はいいやつだ（ヒーズ・ア・ジョリー・グッド・フェロー）」と対置されている。「彼はいいやつだ」は元々フランスの曲でイギリスのものではなくて、有名な公爵を歌う内容だ。公爵は戦争に行って殺されて、その墓から一本の木が育ち、そこに鳥が止まる。そんな歌だ。

ベートーヴェンは単に機械が出す音を人に聞かせるだけでなく、初期のステレオ効果も生み出せることを聴衆に披露できるような曲を発明家のために書いた、とリチャードは皆に説明する。というわけで曲が両側から聞こえてくるんです、と彼は言う。文字通りに。曲の一部は右から聞こえて、別の一部は左から聞こえる。それでどちら側が勝ったかが分かる。大砲の音をまねている太鼓は、片方の側で反対側よりも早く消え去る。

で、パディー、みんな彼女、私の友達のことをパディーと呼んでいました、本人もパディーと名乗ってた。で、パディーはそれをすごく面白がった。そしてそれをネタに使って、あるイギリスの村で道を挟んで起こった争いに関する脚本を書いたんです。中央分離帯の草地に車を停める権利をどちら側が握るかという争い。そして一方がその〝権利〟を独占したときに何が起こるかという問題をね。

残骸、とアルダは言う。車の残骸。あれはすごい。燃えるアイスクリーム販売車。あれは再放送すべきね、今すぐ。あれは時代を越えた作品。ていうか、時代にぴったりの作品。まるで脚本家が未来を見通してたみたい。

頭がよかったんです、とリチャードは言う。頭がいいんです。

私はあの少年の役が好きだった、とアルダは言う。

あの俳優はその後たくさんの映画に出て、いろんな役を演じました、とリチャードは言う。『恋』『エクウス』『ミッドナイト・エクスプレス』。それからハリウッドに渡ったんですが、どうなったかはよく知りません。

あの子はすばらしかった、とアルダは言う。

デニス、とリチャードは言う。

そう、デニス、とアルダは言う。チェロを弾く子。学校には乱暴な子がいるから、怖くてチェロを持って行けなくなる。

そして道の反対側に住む女の子——互いに好き合っているエレオノーラ——と一緒に丘の上から町を見下ろす。彼女の家族はイタリア系でアイスクリーム販売車を持っているのだけど、近所の人がそれに火を点ける。二人は燃える車から煙が上がるのを見る、とリチャードは言う。二人とも自分の住む側が草地を使う権利を持っていると大真面目に議論する。危うく喧嘩になりそうなくらいだ。ところがそこでレオ——デニスはエレオノーラのことをレオと呼ぶ——が急に笑いだす。ここから見下ろすと町で起きていることが馬鹿みたいに見える、と彼女は言う。すると彼も同じように笑いだす。そしてエンディング。二人は並んで道の突き当たりに立ち、隣人同士が道の反対側にある家に石を投げるのを見ている。女の子が歌を歌い始め、男の子が別のメロディーを奏で、やがて二つのメロディーが合わさって一つの曲になる。

そして一瞬、とアルダが言う。信じられないことに一瞬、二つのメロディーが出会い、ぴったりと重なり合うと、人々は石を投げるのをやめて、二人の方を振り返り、歌に耳を傾ける。そのまた一瞬後に、彼らはまた互いの家に向かって石を投げ始める、とリチャードは言う。そして二人の親が群衆の中から出て来て、それぞれが住む側へと子供を連れ戻す。

チェロは焼け焦げた車とそれを囲む煉瓦の破片とともにコンクリートの上に置きっ放しになる、とアルダは言う。

とても印象に残るエンディングだ、とリチャードは言う。

あれはエンディングじゃない、とアルダは言う。

いや、あれがエンディングです、とリチャードは言う。

エンディングはデニスとレオが二人きりで列車に乗っている場面、とアルダが言う。二人は村を離れる。世界に出て行く。手に手を取って。

ああ、とリチャードは言う。ああ。あなたの言う通りだ。その通りです。その通りだった。

昔風の六人掛けの車室（コンパートメント）、とアルダが言う。扉は閉じていて、ガラスの向こう側で二人が何を話しているのかは聞こえない。そこはもう二人きりの世界。二人は外を見て、誰かに見られていないか、尾（つ）けられていないかを確かめる。それから列車が動きだすと、二人は互いに抱き合って、一緒に変なダンスを始める。その後、列車の外側が見えて、上空から見た村、村から出て行く列車が映し出される。カメラがどんどん上に移動すると、鳥のような目から見てすべてがいかにちっぽけなことかが明らかになる。

リチャードは微笑む。

神の目（ショット）、と彼は言う。あの場面には、他の部分を全部合わせたよりもお金がかかった。あのショットにはとても苦労したんです。自分が忘れていたのが信じられない。私よりよくご存じですね。ドラマを作ったのは私なのに。

レオを演じた少女はどうなったの？とアルダは言う。

トレーシー何とかって子供ですね、と彼は言う。『キャリー・オン・エマニュエル』とか、粉末洗剤のコマーシャルとか。その後はよく知りません。

私たちの文化の豊かさ、とアルダが言う。

女警備員が「彼はいいやつだ（ヒーズ・ア・ジョリー・グッド・フェロー）」のメロディーに合わせて替え歌を歌い始める。

熊が山を越えた、と彼女は歌う。熊が山を越えた。熊が山を越えた。でもそれは時間の無駄だった。だってその先にはまた山があるだけだったから。山があるだけだったから。山があるだけだったから。だから熊は家を出ないことにした。

コーヒートラックに乗る全員が先の歌詞を推測しながら歌に加わる。

トラックは大きなスーパーマーケットの駐車場に入る。

着いたの？と少女は言う。ここが目的地？

違う、とアルダは言う。

私は別にその、子供みたいな振る舞いをするつもりはないんだけど、そろそろ、ていうか、距離はあとどれくらい、時間はあとどれくらいとか、しつこく尋ねるつもりはないけど、と少女は言う。

距離とか時間とか、この子に教えなさいよ、と女警備員はアルダに言う。

距離は紐の長さと同じくらい、遠さはおおよそあなたたち二人を連れて行く場所と同じくらい、とアルダは女に言う。

そして扉を開ける。彼女は車の前を回って助手席の扉を開け、落ちそうになった少女を受け止める。

四人は駐車場でコーヒートラックを囲むように立つ。

じゃあ、リースさん、ここがインヴァネスよ、とアルダが言う。あそこから町に行くバスが出てる。町まで歩きたくなければね。悪いけど、ここから先は付き合えない。〝今日のドラマ〟シリーズを作った人と会えたなんて信じられない。いい一日だった。

私にとってはいい一年でした、と彼は言う。いや、十年分の幸運かな。

それってすごい確率?と彼女は言う。

そして遠慮気味に彼をハグする。彼も遠慮気味にハグを返す。

彼は女警備員に別れを告げる。

じゃあね、と女は言う。

彼は少女に目をやる。

君には借りができた、と彼は言う。

ていうか逆に、と彼女は言う。伝統に従うと、あなたの残りの生涯に対して私が公式に責任を負うってことになる。でも、私は伝統なんてあまり気にしないから、運がよかったと思って。

君に会えたのは運がよかった、と彼は言う。

そしてポケットからホリデーインのペンを出す。

私がペンをもらうことで、君の責任はチャラってことにしよう、と彼は言う。

しかし少女はもう未来に向かって歩きだしている。

三人は彼を置いてスーパーマーケットに向かう。自分の生涯の物語に投げ返された彼は一人、見知らぬ町の駐車場に立つ。

スーパーマーケット入り口の上にある時計で一時三十三分。

一人の男がレモンをじっと見ている。

レモンの皮にはぷつぷつと穴が開いている。少し鳥肌の立った、あるいは荒れた皮膚のようだ。ヘタのある側はローマの美術館にある完璧な美女の像（アポロンから逃げるダフネの像。ベルニーニ作）の乳首のよう。像の手は、ボルゲーゼ美術館で木の枝に変化しつつある。

変身した女性の像だ、と父さんは言ってます。楽しく過ごしています。でも隣にあなたがいてほしい。

私は女性を差別する年寄りだ、と彼は思う。

しかも昔は女性を差別する若者だった、と幻の娘が言う。当時はそれを楽しんでたんじゃない？　違う？

仕方がないじゃないか、と彼は言う。あまり叱らないでくれ。

叱ってない、と彼女は言う。

昔は何も分からなかったんだ、と彼は言う。

〝先生、宿題はうちの犬が食べちゃいました〟っていう下手な言い訳みたい、と彼女は言う。静かにしててくれ、と彼は言う。今忙しいから。

何に忙しいの？と彼女は言う。

レモンのレモン性に迫ろうとしてるところだ、と彼は言う。

というのも、死んでいたかもしれないけれども実際には死んでいない男——男がスーパーの果物売り場で色つやを見つめているレモンは、どこかで育てられ、どこかからどこかに運ばれ、ここに搬入され、この売り場に山積みにして売られ、腐る前に使われる——にまつわる物語のこの瞬間の中に、きっと一つの教訓があるからだ。

でもその教訓はまだ理解できない。

彼の目は容器に盛られたばら売りのレモンから、黄色いネットに詰められたレモンの山へと移る。彼はばらのレモンを一つ取る。そして手の中で重さを確かめ、鼻に近づけてみる。匂いがしない。彼は表面の蠟に親指の爪を少し刺し、もう一度試す。すると匂いがする。遠く高いところから漂うレモンの匂い。甘いと同時に苦い匂い。

視覚、嗅覚、触覚。ただレモンがそばにあるだけで、さまざまな感覚において生命がよみがえる。これこそ彼が今感じるべきものだ。

でも今彼の頭にあるのは、元妻の友達がクリスマスに元妻にプレゼントした小さなレモンの木だ。それは結婚生活末期、妻子が彼のもとを去る前のクリスマスのことだった。ひょろっとした若木に一つだけなったカッコー大のレモンはそれを生んだ細い木に比べて巨大で色鮮やかで重量があったので、果実が実ることが怪物的な出来事に見えた。

あの木が届いたときは天国のような匂いがした。その後、花はすべて落ち、葉もすべて落ち、また葉が出て、また葉が落ち、また何枚か葉が出た。しぶとい木だった。ついに枯れたのは二人が出ていった後の冬のことで、そのときになってようやく、何か月にもわたって一度も水をやっていなかったことに気づいたのだった。

そう、レモンの木は暑い場所、乾燥した国でも育つんじゃなかっただろうか。水は必要ないはずだ。

そんなことは、今彼が考えたいと思っていることではなかった。

今考えたいのは、そうだ！　命だ！　刺激だ！

そして女！　赤の他人！　女がハグしてくれた！　自分のドラマを観ていた！　自分のことを知っていた！　いい一日だったと言ってくれた。自分が今までやってきたことを知っていた！

自分よりも詳しく作品を覚えていた！

いや。

彼が今考えているのは葉を落とした木のことだ。

このレモンがスーパーマーケットの商品でなかったら、印象が変わっていただろうか？　巨大工場のような温室で化学物質を振りまいて大量生産したレモンでなく、葉の付いたシチリア産の有機栽培レモンだったら？　本当のシチリア島で暖かな空の下、木になっているレモンを見ていたら、印象は違ったか？

彼は自分のせいで枯れた果物の木を思い出す。

自分は一体何をしているのだろう？

とりわけ今、こんな場所——異質な地方——で何をしているのか？　人々は奇妙で純粋な母音で独特な英語をしゃべりながら彼の周囲を歩き、通り過ぎていく。彼の方は人生のどん底の後に高みを経験したばかりで、その底はまだ足元にある。別のことが起きた結果、少しの間だけ数本の枯れかけた細い枝でカモフラージュされた落とし穴の下にはまだそのままどん底がある。友達は死んだまま。家族も彼のもとを去ったまま。作品はまだずたずた。果物の木は永遠に枯れ、彼の人生は冬の砂漠？

スーパーマーケットの時計で一時三十四分。

頭の上でスーパーが流している曲は、星に手を伸ばし、高い山に登ろうと皆に呼びかけている。ほらほら、ミスター・ドラマ、と幻の娘が言う。芸術の王様なんでしょ？　一体何してるの？　何をしてるわけ？

彼は手の中のレモンを見る。

そして手の向こうに現れた、名前は何だったかな、そう、ブリット、例の警備員を見る。

彼女は果物の並ぶ通路を走って往復する。そして正面入り口から出てそこに立ち、また駆け戻り、小走りでレジとスキャンエリアの後ろを進む。

彼女は狂ったように駆け回っている。頭上で流れている歌のように半狂乱だ。そして彼を見つける。

彼女は走ってやって来る。何かを叫んでいる。

みんなは？と女は言う。

え？と彼は言う。

一緒じゃないの？と女は言う。みんなは一緒じゃないの？

誰のこと？と彼は言う。

みんなはどこ？と女は言う。どこに行ったか見てない？　最後に二人を見たのはいつ？

あなたと一緒にいるのを駐車場で見たのが最後だ、と彼は言う。十分前かな。

嘘をついてるの？と女は言う。あなたもグル？

え？と彼は言う。グルって？　二人はトラックに乗ってるんじゃないかな。

彼は女と一緒に駐車場に出る。二人はコーヒートラックが停まっていたと思う場所に行くが、トラックの停まっている列を見つけることができない。あるいは車はもうない。

ここにあったのに、と女は叫ぶ。

そして二台の四輪駆動車の間に残された空きスペースに立つ。

ここよ、と女は叫んだ。車はここにあった。

女は半泣きになっている。そしてトラックのあった場所でピンク色のダッフルバッグを振り回し、片方の四輪駆動車の側面に何度も当て、車のアラームが鳴り始める。女はそれにも気づかない。

あなたには分かってない、と彼女は言う。これはあの子の学校鞄なの。あの子にはこの鞄が必要。だから信用したのに。あの子がこんなことをしたなんて信じられない。あの子がこんなことをするなんて信じられない。

そんな遠くまでは行ってないはずだ、と彼は言う。携帯で呼び出したらいい。

あの子は携帯を持ってない、と女はわめく。

二人は例の戦場に行くんだろう、と彼は言う。タクシーで行けばいい。タクシーを呼べば。

女警備員は携帯を取り出す。

女は彼に再び戦場の名前を訊く。

その日の午後、それからかなりの時間が経ち——戦場での出来事、SA4Aのバンの登場、大声の叫びと警官の出現などがあって——目の前で何が起きているのか分からず、頭を整理しようとしてポケットに手を入れたとき彼は初めて、スーパーの果物売り場で自分が握り、何らかの教訓を探して見つめていたレモンがそこに入っていることに気づく。

それは十月のこと。

今は年が明けて三月だ（前節は二〇一八年、本節は二〇一九年のことになる）。

リチャードは今、インヴァネスとカロデンを結ぶ道をよく知っている。何度もそこを往来し──この地方の人は〝往復〟ではなく〝往来〟と言う──新たなプロジェクトのためにインタビューを繰り返し行なってきたからだ。映画のタイトルは、予定では『千の千倍の人々』。

親愛なるマーティン

申し訳ない。

君から依頼のあった映画は撮れない。

不二

R。

彼は匿名性を守るため人々をシルエットで撮影する。雰囲気を出すため、戦場の駐車場に停められたコーヒートラックでの撮影だ。彼は小さなカメラを持ってそこへ行き、それを三脚にセットする。そこにインタビュー相手が来る。二人はトラックの中、提供されたことのないコーヒーの値段表の下で丸椅子に腰を下ろす。彼はインタビュー相手を自分以外の人間が見た目で決して特定できないように光を調節し、ボタンを押す。

録画します。

あなたがここに連れてきた人たちは、知った顔ばかりの村や小さな町でとても目立ってしまうんじゃありませんか?と彼は最初のインタビュー相手に言う。

私たちのネットワークは地方全体に広がっています、とシルエットは言うだろう。そのシルエットはアルダ――彼が初めてこの地方に来たあの日、コーヒートラックを運転していた女――だ。でも、ここはある意味便利です。観光客が多いから。それに、地元の人が優しいということも重要。仮に意地悪な人がいたとしても、そう、世界を旅して生き延びて、いろいろな苦労を乗り越えてここまで来た人なら、土地の人――それがどこであれ――の意地悪なんてせいぜいうるさくたかってくる蚊みたいに感じる程度です。

アルダは本名ではない。

彼女はリチャードに本名を教えない。

往古同盟（オールド・アライアンス）ネットワークのメンバーは皆、女性はアルダ・ライアンズ、男性はアルド・ライアンズを名乗る。

彼が元のアルダにキンガシーの図書館気付で電子メールを送ったとき、誰かがそれを彼女に転送し、返信メールの中で彼女がネットワークの名前の起源を教えてくれた。

私が十五歳のとき、と彼女からのメールに書かれていた。あなたの作った『アンディー・ホフヌング』をテレビで観て、とても面白いと思って、ベートーヴェンの「アン・ディー・ホフヌング」が入ったカセットテープを探した。そして聴いてみた。図書館に行ってドイツ語の歌詞を調べ、ドイツ語辞書で意味を解釈することまでした。それから列車に乗って、棚に『リスナー』誌（BBCのテレビ、ラジオ番組を紹介する週刊誌）が並んでいるアバディーンの街に行って、あなたの友達のパディーが『アンディー・ホフヌング』の脚本執筆についてインタビューで答えた内容を読んで、なぜそのタイトルにしたのかを知った。

私は曲のタイトルがその男の名前になった経緯が面白いと思った。**希望に捧げられた**という意味の曲のタイトルが実際の人間になったという部分。パディーが言葉に人間の形を与えたことが興味深かった。

あなたの主張によると、と彼はインタビューの一つで言う。これまでに二百三十五人の逃亡、あるいは勾留施設からの脱出を手伝ったということですね。この数字に誇張はありませんか？

実を言うと、数は二百三十五人よりずっと多いと思います、とシルエットが言う。

他と同様にアルダ・ライアンズと名乗るこのシルエットは、元々往古同盟によって助けられた中の一人で、今はまた別の人を助けるために往古同盟で働いている人物だ。

勘違いしないでほしいのですが、この仕事は簡単ではありません、と彼女はカメラに向かって言う。本当にとても難しい仕事です。

女のしゃべり方は美しい。思慮深く、苦労して習得した英語だ。

どういうふうに難しいんです？と彼は言う。

要するに、と女は言う。目に見えない存在である私たちは、また別の目に見えない存在になるということ。私は以前、何の権利も持っていなかった。今も何の権利も持っていない。私は肩に恐怖を背負って、世界の向こう側からあなた方が自分たちのものだと言うこの国に来た。私は今でも恐怖を背負って生きている。今ではこんなふうに考えるようになりました。恐怖は私の付属品なんだ、と。私がどこで何をやろうと、恐怖はずっと、死ぬまで私に付いてくる。私はあなた方の国に来るまで必死に闘ってきました。ところがあなた方から最初に渡された手紙にはこう書いてありました。**ようこそこの国へ。私たちはあなたを歓迎しません。あなたのことは、歓迎されざる人物としてわれわれの好きな形で扱わせてもらいます。**私がここに来るまでに闘ったいくつもの苦難なんてどうでもいい。私の魂にとってはあのときがどん底でした。そしてそのとき、私の本当の闘いが始まった。でも、私は運がよかった。人に助けてもらえたのだから。誰でもない人間にもいろいろな種類がある。目に見えない人間もさまざまです。他の人よりももっと平等な人たちもいる（オーウェル『動物農場』の「一部の動物は他の動物よりももっと平等である」という詭弁的ルールを踏まえた言葉）。英語の決まり文句で言うなら、馬の口が言っているのだから間違いない（「馬の口」は「いちばん確かな筋、張本人」の意味）。

でも、それは悪循環ですね、とリチャードは元のコーヒートラックのアルダに言う。だって、既にその人物を消してしまった体制からその人を消しているわけだから。

アルダは笑う。

別の言葉を借りるなら、と彼女は言う。私たちは彼らに主導権（ヘゲモニー）を取り戻させているんです。

どういうことです？と彼は言う。

その一つの手段として、往古同盟のネットワークを通じて、北はサーソーから南はトルロまでイギリス中のメンバーが不可視にされた人々のために働いている。私たちは彼らを排斥しない、と彼女は言う。それは確かに一種の循環です。でも、そこに〝悪〟の要素はない。

あなたがやっていることは現実世界のシナリオとしては実現可能に思えません、とリチャードは言う。

でも人間的なシナリオです、と彼女は言う。これほど現実的なシナリオは他にない。少なくとも、現実世界に生きる人間について語っているのであれば。

緊急援助ですね、と彼はアルドを名乗るシルエットに向かって言う。男が連れているスプリンガースパニエルは海から上がったばかりでびしょ濡れで、ネアン海岸（ビーチ）から砂を引きずりながらコーヒートラックの中に入ってきて、前脚に頭を乗せて寝そべり、インタビューの間ずっと濡れた犬の匂いを漂わせる。

恒久的な援助ではない、とリチャードは言う。いい面もありますが、悪い面もある。

どんな援助も援助には変わりない、とアルドは言って手を伸ばし、犬の頭を撫でる。なあ、アルド？（犬にも変名がある。）

いや、そうとは言えません、とリチャードは言う。

援助を受ける身になれば分かる、とアルド（人間の方）が言う。

教えてもらえませんか？とリチャードは言う。勾留施設からあなたたちが救い出した人が今どこにいるのかを。

彼がそう尋ねる匿名のアルダ／アルドの全員が肩をすくめるか、首を横に振る。

あなたはこういう活動によってどのくらいの金銭的報酬を得ているのですか？と彼は一人一人に訊く。

すると彼が面白いことを言ったかのように、アルダ／アルドの全員が笑う。

ネットワークを維持するお金はどうやって手に入れているんですか？と彼は一人一人に訊く。

彼らは影になった首を横に振る。

元のアルダはある夜、カメラのないところで彼に言う。馬鹿を言わないで。見たら分かるでしょ。私たちはボランティア。みんなが自分にできることをしてる。みんな何か役に立つことができる。自分の技能をみんなと共有するの。大した労力じゃない。大した負担にはならない。いつだってみんなに行き渡るだけの物資がある。やりくりする力もある。やり方は必ず見つかる。自分だってそうでしょ。この映画を作るための資金は、過去に手に入れたものを売り払うことで手に入れたんだから。古い中国のお皿やつづれ織りと引き換えに、『千の千倍の人々』を作るのと同じこと。

リチャードはこの映画を作る資金をどうやって準備したかを彼女に話していた。取り組む予定だった別の作品の契約を破棄した賠償金のことも。彼は十年以上箱から出すこともなく倉庫に置きっ放しになっていた両親の骨董品をひっくり返して、人が喜んで現金に換えてくれそうな品を掘り出したのだった。

でも、やりくりが利かなくなったらどうするんですか?と彼は言う。この手法では長続きするはずがない。

うまくいかないときもある、と彼女は言う。とてもまずい事態が起きることもある。でも、私たちは何とかする。大体は他の手段が見つかる。最近では仲間の一人がまた家を抵当に入れた。おかげで少し時間が稼げる。それが尽きたらまた考える。私たちは運がいいの。その幸運をみんなで分け合ってる。そういう仲間だから。

警察は?と彼は言う。警備会社とか?

私たちは法律を犯してはいない、と彼女は言う。少なくとも今のところは違法なことはしていない。困っている人を助けているだけ。私たちがしていることを万一彼らが違法だと言いだしたとしても、何も変わらない。私たちは同じことを続ける。国中にボランティアはいるんだし。国中でみんなが不可能なことを変えようとしてる。不可能なことを可能にするためには数千キロの移動が必要だけど、みんなで一度に一センチずつ事態を動かしてる。そして確かなのは、あなたの映画のタイトルを借りるなら、喜んでその手伝いをしてくれる人が千の千倍もいるってこと。

もう少し正確にはどうでしょう?と彼は言う。どちらかというと仲間は千の千倍というより、三十五人くらいでは?

ああ、組織はまだできたてだから、と彼女は言う。まだ始まったばかり。でも自分たち以外の人がひどい目に遭わされていることに本当に心を痛めている人は多い。たくさんの人がそれをどうにかしたいと思っている。

でも、現代では頭を低くして隠れて（アンダー・ザ・レーダー）生きることはできない、と彼は言う。

でも、そうしている人もたくさんいる、と彼女は言う。

何の記録にも残らずに生活していくのはもう無理でしょう、と彼は言う。

私たちは人生の記録を残すことの意味を変えようとしているんです、と彼女は言う。それはあなたにも分かるはず。あなたも同じことをしているのだから。そのために、あなたはこうして私の記録を残している。

彼は首を横に振る。

だとしても、あなたのしていることは不可能だ、と彼は言う。夢物語。あっという間に潰されてしまうだろう。子供に聞かせる物語。おとぎ話みたいだ。

そう、と彼女は言う。あなたの言う通り。私たちは実際におとぎ話。民話みたいなもの。でもそれは、頭がおかしいということじゃ全然ない。おとぎ話はすべて変身という問題を語っていて、深い部分で真剣です。いろいろなものによって人が変わるというお話。あるいは変えられるという話。あるいは変わることを学ばないといけない。私たちは今それに取り組んでいる。変化に。そして私たちも真剣。

彼女はコーヒートラックの棚にあったボトルからウィスキーをもう一杯彼に注ぐ。二人が座っているトラックの床は春の夕暮れ時の光に包まれている。

私たちが車でここに来たあの日も、トラックにはこのボトルが積まれていたんですか？と彼は言う。

この店にある唯一の飲み物、と彼女は言う。

あの日に頼めばよかった、と彼は言う。

あれはすごい一日だった、と彼女は言う。あなたみたいな形で私たちと接触することになる人は珍しい。あの女の子の母親も。システムに呑み込まれた人は普通もう外に出ない。あなたがあの日経験したのは、普段の生活からの逸脱。でも時々、起こりそうもないことが起きる。可能性の低いことが起きて、扉がほんの少しだけ開く。私たちはあの子が助けた女性たちに力を貸した。あの子が何をどうやったかは分からない。でも、その可能性はどれだけあったと思います？ 結局は可能性。所詮は確率の問題。人は可能性を逃さないように努力をする。可能性を一つ逃がしただけで、一生後悔することもある。

でも、あの子がどうやって母親を——あるいは他の女性たちを——施設から連れ出したのか私には分からない。私には理解できない。とりわけ私が——いや、みんなだと思いますが——どうしても理解できないのは、どうしてあの子がSA4Aの人間をあんなふうにここまで連れて来ようと思ったのかってことです。自らこれ見よがしに生け贄になるみたいに。

私はあの二人が友人か、家族なのだと思っていました、と彼は言う。あなたは単に親切で、あの二人を車に乗せているのだと思った。私を乗せてくれたのと同じように。それともう一つ伺いたいのは——

どうぞ、と彼女は言う。

あなたはどうなったか知ってますか？と彼は言う。あの子と母親が？　私があの子と会ったときは、状況がまったく分かっていなかった。自分のことで頭がいっぱいだったから。でもあの子。しっかりしてましたね。自分自身が抱えている物語の重みもあるんでしょうが、そうだとしても。自分の物語に押し潰されそうになっていた私にわざわざ手を貸してくれた。

アルダは首を横に振る。

私たちは物語の結末を知らない、と彼女は言う。

彼はホリデーインのペンを内ポケットに入れている。

そして残りの生涯、上着かコートを羽織るたびに内ポケットに必ずそれを入れ続けるだろう。

それから五年後、若い女性に成長したフローレンスの居場所をようやく突き止めたとき、彼が最初にするのは上着の内ポケットからペンを出し、彼女に見せることだ。

しかしまずは、もっと差し迫った未来を見なければならない。

たとえばこの未来。

リチャードのアパートに封筒が届く。弁護士事務所からだ。中には薄葉紙にくるまれた古い本が入っている。

リチャードに宛てた手紙には、故パトリシア・ヒールの遺言で贈与の指示があったものを同封したと書かれている。

『キャサリン・マンスフィールド短編集』。コンスタブル社。一九四八年。青いハードカバー版。金字は剝がれ、背が傷んでいる。戦後、配給制時代の紙は黄ばみ、薄く、手触りがざらざらしている。扉に女の子らしい字体で書き込みがある。パトリシア・ハーディマン。

二週間ほどは、それをただテーブルの上に置き、毎日部屋の中を歩くたびにそれが目に入ってくるというだけで充分だ。

ある日の午後、彼は本の初めの方の適当なページを開く。そしてディナーパーティーを開いている中流階級の人々に関する滑稽で辛辣な物語を読む。人々は馬鹿げていて弱々しく、自分のことばかり考え、うぬぼれている。彼らが語るのは自分の人生について自分に対してでっち上げた物語だ。他方で屋敷の庭には梨の木があって、花が満開になっている。驚くほど美しい花をたくさんつけているその木は、人々——眺めている人、感心している人、木について考えている人、木に目もくれていない人——に対してまったく関心がない。人々の現実や幻想、成功や失敗、その木を所有できると思っている屋敷の人々の知識や無知と無関係に存在している。

何て偉大な物語なんだろう。

彼が本を閉じようとして手の中でひっくり返したとき、後ろの方の数ページにびっしりと書き込みがされていることに初めて気づく。

パディーの筆跡だ。

彼はパディーの声の中に自分の名前を見る。

こんにちは、ダブルディック。

その筆跡は晩年のものだ。書き込みは裏の見返しから始まって、裏表紙と本文の間に挟まれた白紙の部分を丸々六ページ使っている。本に収められた最後の短編の最後の言葉〝終わり〟までずっと。

彼は立ち上がる。そして酒を一杯用意する。

そしてまた座り、本を裏側から開く。


こんにちは、ダブルディック。

アイルランドはどこも雪。ロンドンも。

あなたは今日帰り際に、怖じ気(コールド・フィート)って言った。

(「あなたは人の話を聞かない」とは言わないでちょうだいね。)

一九四八年にロンドン・フィルム(イギリスの映画制作会社)で――会社は残念ながら『いとしのチャールズ王子』で大失敗をやらかした年――一週間雑用係をやって初めて給料をもらったとき、私はその足でチャリング・クロス通りのフォイルズ書店に行った。

自分で稼いだお金で自分のために最初に買ったのがこの本。

あなたに譲ります。

あなたが『四月』で使えそうな情報をここに書いておきます。

キャサリン・マンスフィールドはまず、ある日、友達であり忠実なパートナーだったアイダ・ベイカーに約束をした。私が死んだら、死後の世界なんて存在しないことをあなたに教えてあげる、と彼女は言った。どうやって？とアイダが言うとキャサリンはこう答えた。死んだ後、棺桶に入ってきたミミズをマッチ箱に入れて送り届けてあげる、と。

アイダは気が弱いからそう言えば悲鳴を上げると思ってキャサリンはそんなことを言う。実際、アイダは悲鳴を上げる。そして、ミミズなんて送ってくれなくていいと叫ぶ。そこでキャサリン・Mはこう言う。オーケー、じゃあミミズはやめて、代わりにハサミムシをマッチ箱で届ける、と。

で。数か月してキャサリン・マンスフィールドは、いずれ私たちがそうなるのと同じように亡くなった。友人であるアイダは悲しみに打ちひしがれた。彼女はどこかのコテージに行く。キャサリン・Mが亡くなってから数週間後で、彼女はへとへとに疲れ、悲しみ、体も冷えている。そこでコンロで湯を沸かして紅茶を淹れようと思って、マッチ箱を手に取る。中にマッチ棒はない。でも何かが入っている。

彼女は箱を開ける。

ハサミムシ。

リルケの方は死後の生が二つ。マッチ箱からハサミムシがあふれそうなほどのエピソードがある。

ノラという名前の伯爵夫人が、亡きリルケの『ドゥイノ悲歌』をドイツ語から英語に翻訳していた。夫人はリルケと生前（死後ではなくという意味ね、ハハハ）数年間心霊主義について手紙をやりとりしていた。そこで彼女はとても有名な霊媒師のところに行って、死んだリルケと直接会ってみようと考える。

霊媒師が誰かいますかって訊くと、霊応盤（ウィジャ・ボード）の文字がリル（RIL）と綴る。そう、死せるリルケ本人がはるばる冥界からやって来て、翻訳の手伝いをしてくれると言うわけ。

それで死んだリルケと伯爵夫人は何度か降霊会で会って、英訳版で変更してほしい単語や熟語を夫人に教える。

そして英訳版は原詩に忠実だと彼女を褒め、一緒に仕事ができたことを光栄に思うと言う。

んんん。

私はこの種（しゅ）の不気味な話が嫌いじゃない。今日、キャサリン・Mとリルケが互いのすぐ近くに暮らしていたけれど会うことはなかった、あるいは会っていたとしてもそれに気づいていなかったという話をあなたとしたでしょ。でもあなたが帰ってからネットで調べてみたら、リルケが書いた手紙が見つかった。リルケはまだスイスのシエールにいて、手紙の日付は一九二三年一月十日。キャサリン・Mがフランスのフォンテンブローで亡くなった翌日になる。

友達に宛てた手紙には、D・H・ロレンスをドイツ語で少し読んでとても感銘を受けたと書かれている。『虹』という小説。リルケはそれがとても気に入って、それを読んだことで人生に新たな一章が開けたと言っている。

さて、キャサリン・Mはロレンスとその妻のフリーダと仲のよい友人だったことを私は知っている。ある日、キャサリン・Mは自分が若かった頃のエロチックな経験を夫妻に打ち明けた。そして彼女の実体験にとてもよく似た話——彼女が読んだときにいら立ちを覚えるくらいに似通った話——が『虹』の登場人物の一人に明らかに反映されている。

だから考えてみて。リルケは結局誰に出会ったのか？　少なくとも小説という形で。

さて、死後の生の話はあと一つ。あなたはきっとこの最後の〝死後の生〟の話にいらだつはずよ、ダブルディック。私は時々わざとチャップリンの話をする——チャップリンの話をされても平気だというふりをするあなたの顔を見るだけのために。

でも、チャーリー・チャップリンとリルケの間には死後の生に関して奇妙なつながりがある。キャサリン・Mとも一種のつながりがある。彼女は自分の猫をチャーリー・チャップリンと呼んでいた。猫は二度子供を生んで、彼女はそれにかなり驚いた。少なくとも一度目は（ついでに言うと、猫のチャーリー・チャップリンが最初に生んだ子猫の一匹は〝エイプリル〟と名付けられた可能性がある）。

一九三〇年、チャーリー・チャップリンはスイスのサンモリッツを訪れる。そしてお金持ちの友達を何人か新たに作る。エジプト人のビジネスマンと、美人で頭の切れるニメットという名前のその妻。ある日の夕食で、チャーリーはテーブルからナプキンを取って、美しいニメットの顔をそれでくるむ。歯が痛い人みたいな格好で。それから患者の歯を抜く歯医者になりきって、歯を掲げてみせる。実際にはシュガーボウルから取った砂糖の塊なんだけど。

さて、このニメットという人はリルケが薔薇を摘んであげた美人のエジプト人女性ということでほぼ間違いないと思う。薔薇の棘が指に刺さった日のこと。そしてそれが、おとぎ話みたいな本当の話の結末につながる。

愛しのチャップリン。彼は、ほら、一九五〇年代に、あまりにもボルシェビキ寄りで、『モダン・タイムズ』で機械について労働者に真実を教えたということでアメリカから追い出されたとき、永久にスイスに移住した。その三十年前にリルケとマンスフィールドが暮らしていた場所から今ならわずか一時間しか離れていないところに大きな家を土地付きで買った。そして家から出て来ては、その新しい屋敷を囲む山や谷で射撃訓練をしているスイスの軍に向かって拳を振り回した。

彼の幽霊が今も一体か二体、この世をさまよっている——一人はハリウッドのバーによく出没して、店にお金を稼がせている。店主の話では、昔チャップリン専用になっていたブースに今でもよく現れるとか。

でもチャップリンの死後の生にまつわる話で私自身が好きなのは、彼の死後、遺体がたどった波乱のこと。

彼の棺が墓場から掘り起こされ、盗まれたことを覚えてる？　四十年前、私たちがまだ若かった頃の話。チャップリンは十二月に亡くなって、棺が盗まれたのは三月。警察は取材陣に向かって、まるで聖書の中での出来事みたいに、墓は空っぽだ！　棺がなくなった！と言った。棺はそのまま三月から五月まで行方不明。チャップリンの遺族のところには、お金を払えば遺体を返すというインチキな電話がたくさんかかってきた。結局、警察は二人の機械工——極貧の政治難民

――を逮捕した。二人は墓を掘り、泥だらけの棺の写真を撮って、それを古い車の後部に積んで、チャップリンが最後に暮らした場所から一キロ半くらいのところまで運び、人の畑に埋めた。

サイレント映画のスターの、物言わぬ（サイレント）遺骸。

墓のように静まり返った遺骸（「墓のように静まり返っている」というのは静寂を表す英語の定型句）。そこは墓ではないけれど。一九七八年四月半ば、チャップリンの八十九回目の誕生日。冷たい春空の下、空気の下、鳥の声の下、緑の草の下、地面の下に。

意外な死後の生があるのかもね、ダブルディック。生は続く。

とりあえず今日のところは、あなたのソックスと靴が早く乾くのを祈ります。明日は、あなたの足が冷えることがありませんように。

あなたの

いつまでもあなたの

あなたのハサミムシ

P。

そこで彼女の手書きの文字が終わる。そこにはちょうど、本文の言葉が印刷されている。

終わり

そのすぐ上には、本に収められた最後の短編の締めくくりの台詞がある。

「まったく！　あなたは何という女性なんだ」と男は言った。「あなたを見ていると、私は恐ろしいほどに誇らしい気持ちになる——愛しいあなた。それだけは……あなたに言っておきたい！」

パディーはこの締めくくりの台詞に矢印でつなぐ形で注釈を書き込んでいる。

ダブルディック、私はあなたが誇らしい。新境地を切り開いて。新作はあの人の映画ではなく、自分の映画にして。

パディーのいない初めての春、ある天気雨の日のインタビューの間の休憩時間に彼は、戦場専用駐車場から一キロ半ほど先にあるクラヴァと呼ばれる場所まで歩く。

クラヴァには石塚でできた四千年前の古い墓が集まっている。かつては高さが三メートルあり、屋根がかけられ、暗かったであろう墓だ。石塚墓は今、環状に並べられた石だけが残り、屋根もない。大小の石が輪を描くように積み上げられ、周囲にはそれを護衛するように細長い石の一団が立っている。

春だが、外は寒い。彼はいちばん日が当たっている墓を選び、石に挟まれた通路を進む。そして墓の中に立ち、雲を見上げる。

かつてこの場所に埋められた人の名残は何もない。あるのはただ積まれた石、踏み固められた道、ヒナギクとクローバーの混じる草むらだけ。葉のない春の木々は露と苔で鮮やかな緑色に映え、頭の上からは時折鳥の声が聞こえる。

リチャードは墓から出る。

（〝墓から出る〟なんて普段の生活ではまず口にすることのない言葉だ。）

今日、クラヴァを訪れている人は他に誰もいない。よかった。運がいい。人が多いかもしれないと前もって言われていたから。

彼はこんな話も聞かされていた。数年前、ベルギーから来た一人の旅行客が勝手に石を一つ取って、国に持ち帰った。数か月後、インヴァネス観光局は郵便で一つの石と、それが元々あった場所を示す地図を受け取った。この石を元の場所に戻してください、と同封してあった手紙に書かれていた。娘は足の骨を折り、妻はひどく体調を壊し、私自身も仕事を失い、腕を折りました。申し訳ないのですが、私が石を盗んだ土地の霊に謝っておいてください。

敬意。

リチャードは傾いた古い石の隣で、草と粘土の上に立った。

そういえば、パディー、と彼は言う。あなたはチャップリンが大好きだったね。地元の人から聞いた話だと、彼は晩年、すぐこの先にある家を所有していたらしい。チャップリンと家族は休暇でよくこの土地に来ていたそうだ。おそらくここにも来て、石塚を眺めたんじゃないかな。

それともう一つ。私は今、身体化の最中だ。このプロジェクトのおかげで私は、何て言うか、調子がいい。とても調子がいい。ずっと見知らぬ土地で過ごしているのに、まるでここが故郷みたいな感じがする。自らを危険にさらしている人たちと毎日会っているのだけれど、彼らを見ていると私も自信が湧いてくる。私はよそ者だ。彼らはそれを知っているし、私もそれは分かっている。でも、私はよそ者だとは感じない。歓迎されているみたいに感じる。

予想以上に楽しく過ごしています。でも隣にあなたがいてほしい。

彼はポケットに詩を入れている。それを取り出し、まばゆい陽光の中で紙を広げる。パーシー・ビッシュ・シェリーの「雲」。これが最後の部分だ。

私は大地と水の娘
そして天空の子
私は海と陸にある小さな隙間を通る
姿は変わるが、死ぬことはない
雨がやみ、雲が消え
天空が裸になれば
強い日差しと風が
青い空気のドームを作る
私は静かに、空(から)になった自分の墓(セノタフ)を笑い(ラフ)
子どもが子宮から、幽霊が墓から出るように
雨の洞穴を出て
立ち上がり、ふたたび自分の墓を崩す。

自分の墓を崩す。死なないこと。何も知らない雲。空で形を変える雲。

意外な死後の生。

もう一度一から始められるよう人生を終わらせたあの秋の日以降、リチャードはしばしば例の雲と山の絵について考える。ロンドンの王立芸術院付属美術館で二〇一八年初夏に見た、石板(スレート)とチョークで作られた絵。

クリスマスに近い日のこと、ある新聞でこの一年に開かれた優れた美術展を振り返る記事を彼は読んだ。記事は「タシタへの絵はがき」と題されていた。

その中にはこんな出来事が記されていた。ある日美術館の中で、二歳か三歳の幼い子供が展示された絵に突進してチョークの線が消えた、と。

私は自分が描く絵とそれを見る人との間にあるあの低い防護用のワイヤーが好きではない、と芸術家はインタビュアーに言う。第一、あれがあるせいで人は逆につまずきやすくなる。それに、人と絵の間には何もない方が望ましいと私は思う。でも時々、人と絵が文字通り衝突することがありますよね。絵が傷んだときは、と芸術家は言う。そこに当たったもの、こすれたものが濡れていない限りは修復ができる。とはいえ、ニューヨークであったみたいに誰かが濡れた傘を振ったりしたときには、そうね。水滴は今、それが飛び散った絵の一部になっている。絵が存在する限り、そのままになるでしょう。

リチャードは絵に突進する子供の姿を思い浮かべ、声を上げて笑う。子供がぶつかったのがあの山の絵ならいいのに、と思う。

それからあの日、山の絵を見ているとき三十秒間隣に立っていた若い女性のことを思い出す。

何だこれ。

〝何だこれ〟ですね。

娘は今頃、あの女性と同じくらいの年になっているだろう。

娘は一九八七年二月に最後に見たときのまま今も少女だ。あの日は娘を膝に座らせて、本を読んでやった。ベアトリクス・ポッター。いいウサギの人参を悪いウサギが奪う。でもハンターが悪いウサギを追い詰め、最後に悪いウサギは尻尾だけがベンチの上に残される。

娘はベンチの上にあるふわふわした尾の絵を見て笑い転げる。

彼は日曜版の新聞をリサイクルごみの束に加える。それからノートパソコンを開く。

彼は検索エンジンに娘の名を入れる。名前を入力するのに一文字ずつ時間をかける。

こんなことをするのは今回が初めてだ。

今まではそんな勇気がなかった。

娘は自分を求めていない、と彼は自分に言い聞かせてきた。

娘の名前は少し変わっている。彼の母と同じようにザでなくサを使ってエリサベス。もしも名前を変えておらず結婚もしていなければ、苗字も珍しいものだから——

それは簡単に見つかる。写真の女性がそうだろう。

きっと彼女だ。

間違いなく彼女だ。

写真は何枚かある。一枚に写った顔は母親に似ていて、もう一枚の写真は彼の母に似ている。

勤め先はロンドンにある大学。電子メールのアドレスも記されている。

書いてみる？

そんな勇気はない。

娘は私を必要としていない。必要とするはずがない。

彼は部屋を出る。

アパートの中をうろつく。

そして部屋に戻る。

娘は長年死んだものだと思ってきた。私にとっては死んだ。私の世界にとっては死んだ存在、と彼はその夜頭の中で言う。真夜中に、ベッドの中ですっかり目を覚ましたまま、天井の古い薔薇――この部屋にはずっと住んでいるのに、今まで気づいたことがなかった――を見つめている。

幻の娘が笑う。

あなたはどんな姿をしているの？と娘は頭の中で言う。

君はどんな姿をしてるんだ？と彼は頭の中で現実の娘に言う。

沈黙。

そう、でも映画作家のことはもう充分。ラッセルなら話の最中にダーダーダーダーダーで済ませる部分は割愛。六か月前、十月のブリットに話を戻そう。一緒にバンに乗っているのはフローレンスと二人の見知らぬ人。どこかも分からない田舎道を北に向かっている——少なくともブリットはそれが北だと思う。彼女はテレビに出てくる探偵か、ドラマの中で誘拐された人物のように、地名の書かれた道路標識に目を配る。それが今後重要になるかもしれないから。

この女は世界でいちばん運転が下手だ。

前部座席にシートベルトは二つしかないが、今そこに四人が乗っている。運転しているのは、前部座席に四人を詰め込むのがどれほど危ないか考えてなさそうな人物。ふざけた車の内装は見かけだけ外国製で、それで軽さを補っているかのようだ。

ブリットは自分のシートベルトをフローレンスに譲る。そうすれば、扉の際に押し込まれている体勢でも最小限ベルトで体が固定されるから。万一事故があれば、フロントガラスを突き抜けるのはブリットと男だ。

男の名前はリチャード。

スコットランド女性の名前はアルダ。ディスカウントストアのアルディみたいな発音だ。彼女とブリットは駅で口論になった。

——SA4Aを車に乗せる？　冗談じゃない。

——この子が行くところにはどこでも付いていく。

——（フローレンスに向かって）何のためにSA4Aのチンピラをここに連れてきたの？　何のつもり？　お遊びじゃないのよ。

——この子を脅すってどういうこと。人をチンピラ呼ばわりするって何なの。

——この人はSA4Aじゃない。ブリタニーっていうの。私の友達。（フローレンス）

——ここにSA4Aって書いてある。ほら。上着のここに。

——いいじゃない。私はこの人を信じてる。（フローレンス）

フローレンスは私を信じている。でも、二〇一八年世界ワーストドライバーコンテスト優勝者は運転席で始終あっちを向いたりこっちを向いたりして、風景の中に現れたあれは何でこれは何だと説明するという恐ろしい運転をエスカレートさせている。そしてこの地域——一帯について彼女は相当詳しいらしい——に関して歴史探訪ツアーのようなおしゃべりを映画作家に聞かせる。

ブリットもまったくそこに加わる気がないわけではない。

彼女は愚かではない。歴史も少しは知っているし、映画についてもたくさんの知識がある。死人についても知っている。わが身のこととして知っている。たとえば自分の父親。

彼女は昨日調べたカッサンドラの話をする。未来を語る伝説的な占い師。でも、神々の呪いのせいで、彼女が本当のことを語っても誰もその予言に耳を傾けようとしなかった。

ブリットは馬鹿ではない。

人の話に割り込む？

誰もそうはさせてくれない。

映画監督って言いました？　少ししてようやく彼らの話に区切りが付いたとき、ブリットは男にそう言う。

男は若い頃テレビの仕事をしたのだと説明する。観る人を選ぶタイプの作品を作っていたようだ。男は今、何百年も前に生きていた詩人に関する映画に取り組んでいると言う。舞台はスイス、歴史物だ。私が昔制作した映画は古すぎてあなたたちは知らないだろう、観ていたとしてもきっとすっかり忘れている、と彼は言う。でももしも観たことがあればそれはあなた方の中に残っている、と彼は言う。人が目にしたものはすべて記憶の中に入っていって、私たちがその存在を知らなくてもずっとそこに残るから、と。

本当にそうね、とブリットは言う。私が今までに観た映画でいちばん忘れられないのは、テレビで放送されていた作品。今も時々夜中にベッドの中で思い出して、眠れなくなる。一晩中寝付けなくなる。それほど恐ろしいわけでも、生々しいわけでもないのに。実際にはテレビや映画ではるかにもっと生々しいものを見たことがある。現実の世界でも。普段の仕事の中でも、一生記憶に残りそうなものを目にしてる。現実世界じゃなく映画で観ていれば忘れられないような光景を。

でも、あれは特別。私は忘れられない。あなたなら知っているかも。法廷に立つ男の話。つまり、本当にあったこと。実際にそれが起きるの。単なるドラマじゃなくて。

男に向かって判事が大きな声を出して、からかうようなことを言う。ナチの大物判事が法廷で、前に立たされている男に向かって叫んでる。そこには裁判を傍聴している人たちもいる。判事はすごく大げさに男を叱りつける。大事なのは、その男——兵士——は軍服を脱がされて、大きすぎるサイズのズボンを与えられていること。ベルトがないから男は常にズボンを押さえてないとずり落ちちゃう。てことは、敬礼とか本を持ったりとかで手を使わないといけないときに困るわけ。なのに裁判で男は次々にそういうことをやらされる。

それは滑稽な場面。観客はそこで笑うことになってる。判事は男を裏切り者と呼んで裏切り行為を責め、からかい、男の方はしどろもどろでそれに答え、説明が何かの役に立つと思っているみたいに弁解をする。私は馬鹿なんです、とか。私には何も分かりません、とか。私はただ言われたことを続けてました、と彼は言う。でも、おかしいと思うんです。本人に穴を掘らせて、その人たちを銃で殺してそこに埋めるとか、あれは戦いじゃない。正しくない。おかしい。そんな話。

それから判事がまた少し男をからかった後、死刑を宣告する。そしておそらくそのまま彼は外に連れ出され、中庭で銃殺される。

でも私が引っかかったのは、ていうか今でも思い出すたびに考えてしまうのは、そもそもこんな映画が制作されたという事実。だって、結局はこれってカメラに向けられたものだから。内容のすべてが。正義の話でもなければ、正義がないという話でもない。まあ、一面ではそうかな。それは誰が正義を握っているかという話。正義を誰が決めるかという話ではある。でも、本当のところは。本当のところ、それは傍で見ている人——法廷にいた傍聴人もそうだし、あらゆる場所で映画を観ている観客も——のために作られたもの。視聴者が心から楽しんで、同時に恐ろしいと感じることが意図されている。〝うわ、不公平だ〟とか、〝男に対する仕打ちがひどい〟とか、今なら言えるけど、元々そんなことを考えるための映画じゃない。まあ、そういう面もある。あの人たちには起こりえた出来事だから。けどいちばん大事な部分では、男を笑うことが意図されている。人はそこから、自分がどう振る舞うべきか——何をしてはいけないか——を学び、してはいけないことをしたときに何が起こるかを知る。

私がその映画を観たのはこの子くらいの年齢の頃。何日も続けて眠ることができなかった。その映画のこと知ってます？　観たことある？

しかし隣にいる映画作家はただ笑っている。

映画作家はそれから、精いっぱいの努力をするとか、できるだけその場を楽しむべきだという話をする。

その場を楽しむ余地なんてあまりなかったと思う、どう考えても、ナチが今から頭めがけて銃を撃とうとしているんだから、とブリットは言う。

映画作家はナチを題材にしたものをあまりテレビで放送すべきではないと言って、続けて、ラジオで古い歌を流すのがおかしいという話をする。そしてさらに馬の話を始める。

ありがとう。とても凡庸な意見を、とブリットは言う。

どういたしまして、と男は言う。

ブリットが彼に向けるのは、常時監視対象者に対するまなざしと同じものだ。

彼はフローレンスに、バンの側面に押し付けられて窮屈じゃないかと尋ねる。

大丈夫、私はこの状況下でできる精いっぱいの努力をしてる。同時にできるだけこの場を楽しんでる、と彼女は言う。

全員が笑う。

おかしな子、とブリットが言う。

面白いでしょ、とフローレンスが言う。

頭がおかしい、とブリットは言う。

彼女はフローレンスを肘で小突く。そして映画作家に向かってうなずく。

〝頭がおかしい〟と言った数秒後、ブリットはそれを口にしたことを後悔し始める。

彼女は自分が今していること——それが正しいのかどうか——がことごとく疑問に感じられて、少し自分の頭がおかしくなり始めているのではないかと思う。

その後、車を運転している女がよその言語で歌を歌って全員の頭をおかしくしようとする。女は最初に今から歌う歌について説明する。湖の隣にある空き家の歌。かつてそこに暮らしていたけれど、家を追い出された幽霊の歌。大家が家に火を点けて燃やし、焼け出された人たちは雪の上に腰を下ろす。そこはかつて暖炉があった場所、かつてベッドがあった場所だ。そしてかつて天井があった場所を見上げると、そこには空が広がっている。星も月も出ていない。ところが実は彼らは幽霊ではない。雪の中にいるのは現実の人間だ。彼らは今、海の向こうのカナダにいて、かつて自分たちが暮らしていた家の跡地に積もる雪の上に座ったことを思い出さずにいられないという歌。

そこから女は外国語で物語を歌い始める。

それはジョシュなら〝シュール〟と呼びそうな歌い方だ。ラッセルならマス掻きと呼ぶだろう。

女が気色悪く歌を歌う――まるで人を愛撫しながら責め立てているみたい――のを聴きながら、ブリットはフローレンスに目をやる。彼女はフローレンスに向かって、その歌が〝キモい〟と言っている表情を作る。

それから、そんな表情をしたことを後悔する。

映画作家は眠りに落ち、かなりの体重をブリットの方にかけている。女は別の悲しげな歌を歌い始める。そして次の歌は、山歩きに出かけた男の後を自分の足音が追いかけてくる歌だと皆に向かって――一人は眠っていてどのみち聞いていないのだが、今車に乗せている三人だけでなく、どこかにいる聴衆に対してしゃべっているかのように――説明する。足音は男のブーツが雪の上で立てているのよりも徐々に大きくなってくる。男が振り向くと後ろから灰色の巨大な男が付いてきている。その名も〝灰色の男〟。雪の中なのにシャツ一枚の姿で、山の上で雲が動いた途端に姿を消してしまう。

幽霊みたい、とフローレンスは言う。

自分の影ね、とブリットが言う。

女は歌を途中でやめて説明をする。あそこに見える山に登った人は、誰かが後ろから付いてくる足音をよく聞くんだって――

へえ、

うん

――だからこんな歌ができたの。それはウィリアム・ザ・スミスという男の幽霊だと地元では噂されている、と彼女は言う。ウィリアムは地元の詩人兼哲学者兼密猟者。でも歌詞によると、それは世界のいたるところで虐げられている人々が立てる足音らしい。最後の部分の歌詞は、今これから歌ってあげるけど、私たちはみんなどこへ行ってもそういう足音に追いかけられているという内容。けど、都会の喧噪や自分の立てる騒音から遠く離れて山とか野原の中に出かけない限り、私たちの背後にあるものの真の大きさを聴き取ることはできない。

それならよかった、とブリットは思う。秘密の言語で歌われているおかげで、横柄でくだらない話を英語で聞かされなくて済むし、一瞬たりとも真面目に受け止めなくていい。

女は再び続きを歌い始める。車の中はまるで、大昔のどこかの、たちの悪いパブみたいだ。

ウィリアム・ザ・スミス、とフローレンスは言う。私は今からフローレンス・ザ・スミスを名乗ることにする。詩人兼哲学者兼みつりょうしゃ。〝みつりょうしゃ〟って何?

蜂蜜を料理する人のこと、とブリットが言う。

自分のものではない鹿や魚をまなざしによって魔法にかけて捕まえる人のこと、と女は言う。

ブリットは笑う。

フローレンス・ザ・スミス。なるほど。ぴったり。この子はまさにフローレンス・ザ・スミスだわ、とブリットは言う。

彼女はこれ以上、とても強い加齢臭を放つ映画作家の肘掛けに使われるのは御免だと思う。そしてバンがカーブを曲がったときみたいに、腕と肩で老人を強く押す。

彼はそれで目を覚ます。

そして座り直す。
その結果。
しかしその後、映画作家と運転手の女はまた二人の話を始める。まるで互いに一目惚れでもしたかのようだ。二人ともそんな年齢はとっくに過ぎているだろうに。男は〝灰色の男〟とは言わないが、古(いにしえ)の人だ。女の方もおおよそ五十歳くらい。恥ずかしい。いい年をして趣味が悪い。ブリットとフローレンスなんて車に乗っていないみたいに——
女：お友達に別れを告げるならいいところを知ってる云々すごく古い場所で石が立てられていて昔の埋葬場所でとてもきれいで
男：それはちょうどよさそうだ
女：ただし『アウトランダー』の制作が始まってからは人が多いようだけど
男：『アウトランダー』って何です
女：タイムトラベルとかを扱ったテレビシリーズよ『アウトランダー』を知らないってちょっと驚き『アウトランダー』は誰でも知ってるのに今までどこに行ってたの云々クラヴァからひらめきを得たらしいわ最近は車が多くて時には家まで帰るのも大変で家の前に勝手に車を停められたりもするそこで降霊会を開いて『アウトランダー』の中で死んだキャラクターを呼び出そうとする人もいるみたい
男：死んでしまった架空のキャラと接触しようとする降霊会か
女：ねぇあきれちゃう

（笑い）

男：うまくいくんだろうか架空のキャラはキャラの天国からメッセージを送ってくれるのかな

女：さあね

男：きっと彼女は今の話を気に入ってくれるだろう聞いたらきっと喜んだと思う今の話きっと笑って人間というものについて何かすごく哲学的なことを言うはずそれから自分で質問をしたい登場人物を全部リストにして現地に行って実際に云々すごい本当に死んでしまった架空の登場人物と話をする降霊会なんて

女：そんなことが可能なのは高地地方（ハイランド）だけそう私たちは誰でも歓迎するからよ十万の歓迎それが私たちのモットー相手が幽霊でも温かく迎え入れるそう空想の世界の幽霊でも

男：とても融通の利く国民だ

女：その通り

（笑い）

男：耳に残る美しい歌だあの言語は生まれたときからしゃべってるんですよね

女：いいえ成人対象の夜間クラスに通ったの二世紀前に自分の一族がしゃべっていた言語を学びたかったたから彼らはその言語をしゃべるのをやめさせられたでも死滅した言語ってわけじゃない今もしゃべる人はいっぱいいる云々学校に通っていた頃に選択しなかっただけ一つにはあまりにも難しそうだったたから自分には無理だと思ったの云々五年勉強してやっとその言葉で歌が歌えるようになったけどそれはまだスタートにすぎない

――でもとりあえず歌が止まってよかった。それはブリットが今までに耳にした中で最も気味が悪いものだったから（いろいろな言語が飛び交うスプリングハウス収容所でも。自分の支配下にも管理下にもない人間が自分の知らない言語をしゃべっているのは恐ろしい。その人が意味のあることを言っているのかどうかも分からず、黙らせることも無視することもできない）。

少なくとも、どこに行っても自分の足音が後ろから付いてきて、徐々にそれが自分の足音より大きくなるという歌は終わった。

この国であんなものを聞かされて育つ子供はきっといつも気味の悪い思いを味わされているのだろう。

そうでなければ、信じられないようなことが起こったときに、信じがたい適応力を持つようになるだろう。

少なくとも今、ブリットの気分は元に戻った。

何も考えずに行動している自分が他人から見ていかに不愉快な人間であるかに気づいて、彼女はかなり驚いている。そして、他人を不愉快にさせていることで自分も嫌な気持ちになっていることに驚く。

しかしこの車の中で、フローレンスを本当に守ってやれるのは自分だけだ。ブリットがここにいてよかった。ブリット以外の二人は何も気づいていない。歌が続く間、フローレンスの体は〝縮んだバネ〟――緊張が高まった人に対するトーキル独特の形容の仕方だ――みたいになっている。他の二人は今、昔の自動演奏機械の話をしていて、フローレンスの緊張がさらに高まっていることに気づいていない。

でも、とフローレンスは言う。そして男が機械の発明者の話をしているとき、フローレンスがブリットを褒める。彼女が言うのは、

ブリタニーも発明が得意なの。いろいろなものを作るいいアイデアを持ってる。

二人にはフローレンスの話が聞こえていないし、聞こうともしない。しかしブリットには少女の声が聞こえる。

ブリットは昨日の夜ホリデーインで自分の部屋に入る前に、廊下の自動販売機で買ったチョコレートを一つフローレンスに与え、部屋に何も問題がないことを確認する。

何か要るものは？　寝る前にお話聞く？と彼女は言う。

半分は本気だ。子供を寝かしつけるときにはそうするものと決まっている。

大きめの子供向け番組を観るから大丈夫、ブリタニー、とフローレンスは言う。

一つ損したわね、とブリットは言う。

損って？　何が？とフローレンスは言う。

私の寝物語を聞き損なったってこと。これでもう二度と、私がしようとしていたお話をあなたが聞くことはできない、とブリットは言う。

実は私も一つあなたに聞いてもらいたい話がある、とフローレンスは言う。ていうか、そんな大した話じゃない。どちらかというと質問だけど。

何々、とブリットは言う。

難民シックって何？とフローレンスは言う。

知らないなあ、とブリットは言う。それって何かの引っ掛け問題？

違う、とフローレンスは言う。真剣にそれが何かを知りたいの。

バンドの名前？とブリットが言う。

バスの床で見かけた言葉、とフローレンスは言う。週末に新聞に付いてくる雑誌の表紙に書いてあった。服を着た人の写真があって、そこに難民シックって言葉が添えられてた。それを見て私は考えたの。ちょうど、明日の朝起きたら下着の替えがないなあって心配してるタイミングだったから、次に自分の身に何が起きるか分からない人の気持ちってどんなものなんだろうって思うの。体を清潔にするすべもないし、清潔な場所で休むこともできないとか。次の日になってもまたその状態が続いたりとか。

あなたひょっとして、そんな左翼っぽい言葉で私をやり込めようとしてる？とブリットは言う。

フローレンスは〝さあね〟という表情を見せる。

それとも私に服を洗濯させるための、手の込んだ策略？とブリットは言う。だって十二歳でしょ。ベッドの横でお話を聞かせるには大きすぎるし、自分で服が洗えない年でもない。下着は自分で洗ってそこの放熱暖房機（ラジエーター）の上に置いて、タオルを掛けておきなさい。朝までには乾くから。

私は訊いてるだけ。知らない？とフローレンスはまた言う。難民シックって何？

ブリットは少女に背を向け、テレビ机にもたれ、まるで見たくないものがそこにあるかのように両手で顔を覆う。

私はこんなところで一体何をしてるのかしら、と彼女は言う。

あなたは私一人のための警備員さん、とフローレンスが言う。あなたのおかげで私はSA4A（あんぜん）。あなたといるとSA4A（あんぜん）、私といるとSA4A（あんぜん）、一緒がSA4A（あんぜん）。

今のはSA4Aのキャッチコピーだ（SA4Aという社名は「より安全（セイファー）」という語を連想させる）。施設中に貼られているポスターにも書かれている。SA4Aは性別、人種、宗教にかかわらずすべての人に平等に接します、と。

私を責めてるのね、とブリットは両手で目を覆ったまま言う。やめて。私をからかうのはやめて。

そんなことはしてない、とフローレンスは言う。するわけない。私はただ共通の言語をしゃべってるだけ。

そもそもどうしてあなたに専属の警備員が必要なの？とブリットは言う。一人で大丈夫でしょ。しっかりしてるし。あなたが何かすれば、まるで花が咲くみたいに事態は転がる。あなたに私は必要ない。

必要よ、とフローレンスは言う。分からない？ 誰が見ても明らかだと思うけど。

全然、とブリットは言った。まったく分からない。どういうこと？

ブリタニー、私たちは機械（マシーン）を人間にする作業に取り組んでる、とフローレンスは言う。機械の人間化計画。

そんなことを？とブリットは言う。

うん、とフローレンスは言う。あなたがいないととてもできない。誰も。

ブリットはまだ両手で目を隠している。

説明して、と彼女は手の中で言う。

オーケー、じゃあ、とフローレンスは言う。機械が動くのは、人間がそれを動かすときか、機械が動くのを人間がほったらかしにしているときのどちらかなの。でしょ？　合ってる？

うん、とブリットは言う。

だから私は自分で直接機械を雇ってみようと思った。気分を変えて私のために働いてほしいって頼むわけ、とフローレンスは言う。そうしたら機械はイエスって答えた。つまりあなたが。

ああ、とブリットはまだ自分の手の内側だけを見ている状態で言う。じゃあ、私にとって未来に向けた展望が全然なさそうなこの仕事をさせて、その支払いはどうやってするつもり？

私からの敬意、とフローレンスは言う。あなたが当然受け取るべきもの。社会に対する私たちの義務。

あなたって本当に口が達者ね、とブリットが言う。

うん、とフローレンスは言う。私は将来本を書く。あなたはいつか、私があなたについて書いた本を読む。

それって約束？　それとも脅迫？とブリットは言う。

フローレンスは笑う。

それはこっちが聞きたいわ、マシーンさん、と彼女は言う。

ブリットはようやく振り向き、顔から両手を離し、フローレンスをまっすぐに見る。

私にはどうしても分からないんだけど、と彼女は言う。どうして私を選んだの？　どうして私で、列車から降りてきた他の人じゃなかったの？　あの列車にはＳＡ４Ａの職員がたくさん乗ってた。シフトの交替時間だからかなりの数の人が今朝もあなたの前を通り過ぎたはず。なのにどうして私？　私のどこがどうなの？　私をパッと見ただけで、ああ、あの人とかあの人じゃなくて、こっちの人にしようって思ったのは何が原因？

ブリタニー、とフローレンスは言う。

何？とブリットは言う。

じぶかって（ゲルフ）、とフローレンスは言う。

〝じぶかって（ゲルフ）〟ってどういう意味？と彼女は言う。

自分に打ち克って（ゲット・オーバー・ユアセルフ）、とフローレンスは言う。

ブリットはため息をつく。

じゃあ、明日はちょうどそこに行くから好都合ね、と彼女は言う。

どこに？とフローレンスは言う。

あなたが私に見せた絵はがきに写ってた場所。ゲルフ場、とブリットは言う。

今さっき、どうしてあなたを選んだのかって訊いたでしょ、とフローレンスは言う。

そして両手を広げる。テレビで子供番組の司会をするコメディアンのように。

ブリットはその後自分の部屋に戻り、ベッドに横になって二つのテレビチャンネルを行ったり来たりする。片方はピットブルテリア（闘犬用の犬種）に関する番組。ピットブルが処分されるという話か、あるいは法律に従って処分される運命だったのを免れた話。もう一つのチャンネルは『アプレンティス』（同種のものが各国で制作されているリアリティーショー。課題を与えられた〝見習い〟（参加者）が、個人やグループ単位でそれに取り組み、本採用を目指す）。ゲームに参加する間抜けたちが、誰もお金を払って食べそうもない味のドーナツを作っている――番組の最後、お決まりのパターンで馬鹿にされるだけのために。

朝、目を覚ましたらフローレンスの部屋が空っぽで、フローレンスがいなくなっているなんてことはないだろうか、と彼女は考える。

そんなことは起こらないと彼女は知っている。

フローレンスは朝になっても部屋にいると分かっている。

ホテルの隣にある動物園の動物が低く長い声でうなっている。現実生活ではもはや誰も使わない、歌や歴史に出てくるだけの言葉で言うなら、〝ロー〟。今まで使う機会が一度もなかった単語だ。でも、あの音を表すにはぴったり。うなり声は〝ロー〟と聞こえる。

彼女はここから石を投げたら届く場所にいるさまざまな動物たちのことを考える。

ああ、何てことだ。今に私はバイソンの気持ちとか、ペンギンの気持ちとかを考え始めるだろう。

自分を寝付かせるために話を聞かせることにしよう、と彼女は思う。

昔あるところに、一人の被収容者監護官がいて、何かを企んでいました。でも何を？　それは謎だった。と同時に本当に分かりやすかった。そんなことをすれば職を失う。あるいはもっといい職が見つかるのかも。仕事に対する見方を変える行動。いや、仕事より大きなものかも。それは彼女の人生を変えるかもしれない。

いずれにせよ、彼女がそれをしないことはできない。せざるをえなかった。

選択の余地はなかった。

彼女は今、売春宿に関する噂が本当であっても全然おかしくないと思う。廊下の先の部屋にいるあの少女ならきっと、売春宿に入り、彼らの目の前まで行って、今までにしたことのない行動を取らせることができる。彼らは今やっていることをやめて、扉と窓の鍵を外し、逃げ出す女の子たちに目をつぶるだろう。

ぽかんとした彼らの顔をブリットは思い浮かべることができる。フローレンスが人に与えるいかにも彼女らしい衝撃が収まって彼らがわれに返り、たくさんの現金が扉から出て行ったことに気づいたときの憤りも感じることができる。

しかし軍隊や個人的ボディーガードに守られているわけでもないあの子供がどうして、レイプされることも殺されることもなくこれだけのことをやり遂げられたのか、ブリットには想像できない。

店を経営していた人たちがそれをきっかけに——彼女が原因で——変わった可能性もある。一時間、視野がぼやけた後にいつもの状態に戻るのではなく、人生のレベルで変化を遂げたかも。

ブリットは彼らが掃除を始める場面を思い浮かべる。彼らは汚い部屋をきれいにし、汚れたシーツ類を捨て、残された少女や女性たちに優しく接し、そこから出してやる。女たちはきれいに身仕舞いをして、謝罪を受け、稼いだお金を受け取り、元々イギリスに来たときに手に入れられれると思っていた自由とともに外の世界に出て行く。

彼女はテレビのスイッチを切る。

そしてホテルのベッドに入る。

暗闇の中、ローする動物の声の中で彼女は考える。それは不快な声ではないし、不安にさせる声でもない、ただ彼女にとっては聞いたことのない声、耳慣れない声だ。声を発している動物は、自分は動物園に閉じ込められていると人や動物に知らせている。そして自分の言葉を理解してくれる何ものかが近所にいないだろうかと考えている。それはきっと、動物園に閉じ込められた気分を誰かに伝えたいと思っているだろう。ここでこうしているよりももっとましな生き方はないのか、ときっと言いたいはずだ。

あの少女は伝説か物語の中から飛び出してきた存在のようだ。現実の人生を扱ったものではない一方で、現実の人生を本当に理解するにはその方法しかない――そんな物語。

彼女は人に正しい振る舞いをさせる。あるいは、今とは違うもっといい世界に生きているみたいに振る舞わせる。

自分に打ち克って。

ブリットは暗闇の中で笑う。

難民シックって何？（「難民シック」は二〇一七年のあるファッションショーで使われたテーマ）

あの子は、まさに、何て言ったらいいんだろう？

これもまた、現実生活ではもはや誰も使わない、歌や歴史に出てくるだけの言葉。

あの子は善良だ。

しかし物語がここまで進んだところで、結局、少女がブリットに一杯食わせる。

だからあれは〝善良〟とはいえない。いえなかった。

あるいはそうだとしても、それはブリットに対する善良さではないし、最初からそうではなかった。

というわけで、畜生。

車はテスコに立ち寄る。駐車場に車を停めると、女はエンジンを切り、全員が車を降りて、映画作家に別れを告げる。残りの三人で店に向かう間、女はずっと〝母さんのスープ〟の話をして、必要な食材をリストアップしている。ネギ、セロリ、人参、大きなジャガイモ、ニンニク、そしてタイムの若枝。

彼女は〝私の母さんのスープ〟というフレーズを何度か繰り返す。それはフローレンスの母親に関連する暗号なのかもしれないが、女の母親が作るスープに関する面白くもない情報なのかもしれない。

ここのテスコはイングランドのテスコに似ている。郵便局まで併設している大きなテスコの一つだ。入り口脇のラックには、今いる場所を写した絵はがきが並べられている。ブリットは立ち止まって、ラックから一枚を手に取る。リアルな湖に浮かぶ漫画みたいなネッシーの姿。彼女は少しの間、絵はがきを送ろうかと考える。でも誰に送る？　母さん？　ステル？　トーキル？　ジョシュ？

まるで休暇みたいな気分だ。

そう思った途端、まるで生ける死者に襲われたかのようにいつもの生活が戻ってくる。そして野菜売り場にいるフローレンスの横で肩を落とし、サラダの袋を意味なくひっくり返してみる。科学者が死体のパーツで人間を作る古い映画で観た死者の肩みたいに、自分の肩が大きく、死んだもののように感じられる。

ブリットはこの時点ではまだ知らないが、女とフローレンスは今、二人で逃げるチャンスをうかがっている。

二人は一緒に女性用トイレに行く。そこでは背後に突然長い列ができて、ブリットは中に入れず、外で待たされる。

二人は中に入り、出てこないだろう。ブリットが様子を見に行くと、二人はどの個室にもいない。

彼女はスーパーの通路をあちこち駆け回る。そして駐車場まで走って行く。

女はいない。少女もいない。学校鞄を残したまま。

緊急事態だと彼女は思うだろう。少女に鞄を渡してやらないといけない、と。

それから彼女は自分は馬鹿だったと思う。私ははめられたのだ。だって私は関係なかったのだから。私は物語の本質的な部分ではなかった。

私は単なる端役（エキストラ）。

少女に手を貸すために雇われただけ。

彼女は映画作家と一緒に、駐車場でバンが停まっていた場所に立ち、途方（ロス）に暮れるだろう。実際ブリットは、まるで今まで喪失（ロス）というものを味わったことがないかのように喪失を実感する。少女と同じ年の頃に父を亡くした経験を除いて。世界が傾くだろう。彼女は途方（ロス）に暮れるだろう。それは船の縁にある手すりのそばに立ちつくしているかのようだ。失われたものは海の底深くに沈んでしまい、海面に浮かぶ船からはまったく手が届かない。

タクシーを呼べばいい、と映画作家は言うだろう。

今呼ぶ、と彼女は言う。

タクシーなんて呼ぶもんか、と彼女は考える。

彼女はＳＡ４Ａ全国二十四時間ホットラインの番号に電話をかける。

さっき言ってた戦場の名前は何だっけ？と彼女は電話がつながるのを待つ間に言うだろう。

それが秋のブリット。

今は春。ここに窓（ちゃんと開くタイプの窓だ）がある。その向こうにはスプリングハウスIRCのDCOブリタニー・ホールの春がある。三月後半の一日を選ぶことにしよう。普段と変わらない火曜の午後だ。

彼女はラッセルと同じシフトで働いている。

ラッセルはハンガーストライキをしているクルド人の部屋の扉の外に誰かが置いた空（から）の食器を見て排水を流すように馬鹿笑いしている。誰かが何かを食べて空にした食器をそこに置くことでクルド人収人をからかおうとしている、そしてその犯人はブリットだという演技をしているのだ。

ブリットにとってそれはまったく面白くない。

おまえじゃなかったら誰が食べたっていうんだ?とラッセルはブリットに言っている。食べたのはおまえだろ、困ったやつだなあ。

ブリットはラッセルに逆らいたくないので何も言わない。ラッセルは嫌なやつだ。でも、この職場では仲間じゃないか？　ここでは仲間が必要だ。

昇進はなかった。

何もなかった。上からは何も言われなかった。ステルが事務所経由で伝え聞いた話では、ブリットが電話で通報した時点ではＳＡ４Ａ上層部はずいぶん感謝していたらしい。それは一つには、カメラの角度、年齢、人種などが原因で顔認証システムが少女の顔にはうまく働かなかったからだ。顔認証が黒人にはうまく働かないことについて、ステルは以前からずっといら立ちを覚えている。というのも、そのせいで間違った人物が逮捕されるという事態が起きるからだ。時には性別まで間違う。そして、理由が何であれ、システムがまったく働かないことさえある。

それに加え、ＳＡ４Ａと内務省が首謀者を特定できたのはブリットのおかげだ、とステルは言う。所長もそれがブリットの手柄だと認識している、と。当局は今、イギリスの北と南で鉄道を利用している地下鉄道かぶれ集団を取り押さえようとしている（「地下鉄道」はかつてアメリカ南部から北部へ奴隷を逃がしていた集団の呼称）。それは不法移民に力を貸し、扇動し、不法な利益を得ている冷笑的な活動家のネットワークだ。ブリットの功績は記録に残され、会社が次に誰を昇進させるかを考える際に参考に使われるだろう。

あの女は？　国外退去処分になったという話だ。

しかしこんな話もある。彼女は捕まり、二か月間収容されていたが、マスコミの目が集まる（女をめぐっては一つの話が出来上がっていた）のを嫌がった当局は期限を設けずに釈放した。ほとぼりが冷めたらまた捕まえるつもりらしいけれども。

少女の方は？　法律的には捕まえたり、国外退去処分にしたりすることはできない。本人が十八歳に達するまでは。その時点で法律的な文書があれば合法的に市民になれるし、なければなれない。

そのあたりの詳しいことはブリットには分からない。


十月に戻る。職場の女性用トイレで合計三回、ブリットの周りに職員が小さな人だかりを作り、何があったのかを彼女に尋ねる。

自分はタクシーで戦場に駆けつけて、ちょうどSA4Aのバンが駐車場に続々とやって来るのを見届けることができた、と彼女は説明する。

制服の集団が一帯に散らばるのを見ながら自分は反対方向に向かい、休暇で来ている観光客、ツアーで回っている旅行者に混じって小道と野原を走り、最後に、〝環境保全地域〟と書かれた標識の脇で立ち止まり、しゃがみ込んで、ひどく吐いたことは話さなかった。

彼女が語ったのはこんな話だった。

あれは文字通り、催眠術だったんだと思う。私だけじゃなくて、列車の車掌も何人か、そしてホリデーインの女も催眠術にかかっていた。他の人が術にかけられているのを私も見ていたんだけど、自分がかかっているとは思わなかった。テレビでメンタル・マジシャンのダレン・ブラウンが人にいろんなことをさせているのと同じ。自分が何をやってるのか、なぜそんなことをしているのかが、本人にも分からない。私の場合もそう。あの子はきっと顔認証システムにも催眠術をかけたんだと思う。人間に術をかけられるなら、機械にも同じことができるはず。機械は大半が人間の言うことを聞くように設計されているんだから。けど、本当に機械が人間の言うことを聞くようになったらどうするのかしら？

これをきっかけに大喜利が始まる。リベラルなエリートのトースター。大げさに同情するドライヤー。政治的に正しい洗濯機。

仕事に戻って三日目には話が行き渡って、皆が興味を失った。四日目には収入でさえ、もう何も訊かなくなった。

ブリットはある冬の夜、ノーネームという人の「セルフ」という歌を聴いた。少女がお気に入りだと言っていた歌だ。

ブリットは歌詞の一部がかなり卑猥なことに驚いた。汚い言葉遣いもたくさん出てくる。十二歳の女の子はああいう歌を聴くべきではない。親の責任が問われる。

その後に聴いた、「そのうちいろいろ楽になる」という詞で始まるニーナ・シモンの歌は――そう、ブリットの頭には二つのイメージが浮かんだ。一つは『おしゃれキャット』という古いディズニー映画に出て来そうな猫のイメージ。もう一つは本物の猫のイメージだ。ブリットが十二歳のときに公園の反対側に住む男の子たちが接着剤で木に貼り付けた本物の猫のイメージ。

ノーネームの歌詞の一行もブリットの頭に残る――女の性器が植民地主義について論文を書く

とかいう一節。
ブリットは正確な意味を思い出すため、オンライン辞書で〝植民地主義〟という単語を調べる。

一つの国家が他の国家を服従させることによる支配の実践のこと。

女性器(カント)が大学で論文を書くというのは奇妙なイメージだ。ひょっとすると大学には嫌なやつ(カント)ばかりがいるのかもしれない。ハハハ。

それにしても、あの少女は頭がよかった。狂気に近いほどの聡明さ。学校の同学年の中ではきっといちばんだろう。ブリットの手元にはまだあの〝熱い空気(ホット・エアー)〟のノートがある。というか、洋服ダンスの中、ジャンパーの山の下にはいまだに、学校鞄がある。中にはいろいろな色のペンが入った筆入れも。ネットサーフィンをしていない夜、ブリットはノートの一節をこっそり拾い読みすることがある。現実主義(リアリズム)に関する滑稽なページ。人々が言ったりツイートしたりしている汚い言葉。少女のページの使い方から、いくつかのメモが一種の対話になっていることにブリットは気づいていた。右翼の発言に対して地球――あるいは時間、あるいは彼女の好きな季節――がもっと大きな声で応える。科学技術を使っていると思っている人々が逆に科学技術に使われているという問題に応答するのは、顔のない人の物語。ツイッターで人々が送りつけている汚い言葉に対しては、死ぬまで踊らされることを拒絶する少女の物語で応える。

ブリットはあの村人の物語を読み返すだけのために何度もノートを取り出す。

しかしいつも、〝熱い空気(ホット・エアー)〟のノートを目にするたびに嫌な気分になる。

その理由の一つは最初のページ、〝昇れ、わが娘、上へ〟という言葉の下に、別の大人がこんな文章を書き込んでいることだ。あなたの話はどれもこれも〝熱い空気（ホット・エアー）〟だと、あなたは死ぬまでずっと周りの人に言われるだろう。みんな人を抑え付けるのが好きだからそんなことを言う。でも私はあなたが考えたことや思い付いたことをこのノートの中に書いてもらいたい。そうすればこのノートとここにあなたが書き込んだことがあなたの足を地面から浮かせる力になる。うまくすればあなたは鳥のように飛べるかもしれない。熱い空気は上昇し、私たちをどこかへ運ぶことができるだけでなく、高いところまで連れて行ってくれるから。

この手書きの一段落がブリットを心底いらだたせる。

私の母はノートをくれたことも、こんなメッセージを書いてくれたこともない。

彼女は時々、少女が通う学校を探してみようかとも思う。学校宛てにノートを送れば、学校が少女の今の居所に転送してくれるだろう。

少女は弟がいると言っていた。

ブリットはその弟は今どこにいるのかと考える。ひょっとすると弟を探して、お姉さんに渡すように頼むことができるかもしれない。

ウィーウント・スペー。

あるいはノートは焼いて、学校鞄は捨ててしまうということもできる。

彼女はまだ、自分が最後にどうするのか分からない。

ブリットが列車で携帯からメッセージを送った一週間後、ジョシュが返事をくれる。

その意味は〝希望の中に生きる〟か〝彼らは希望を生きている〟。大体そんな感じ。言葉のつながりとしては珍しい。もう既にグーグルで調べてしまってるだろうけど。元気でね、ブリット。jx（jはジョシュの略、xはキスマーク）。メッセージの最後にあんなふうにブリットの名前を添えるのは、何だかこちらを下に見ているように感じられた。

彼女は三月までジョシュに会うことはない。

彼女はスコットランドから戻った後、初めてシフトが一緒になったとき、あなたの出身の国に行ってきたとトーキルに言った。

聞いたよ、と彼は言った。最新のニュースは一通り知ってる。正確にはどこに行ったんだい、ブリタニア？

彼女は携帯で地図を出す。

ここ。その後ここ。そしてここ。

彼は彼女が行った場所の一つに近い地点を地図上で指差して何かを言うが、彼女には理解できなかった。というのも、彼はどろどろに溶けたように聞こえるスコットランドの言葉を口にしたからだ。

ファーシ・リェナヴ・イシュ・ラヴリ・エ・ファハクラン・ア・ヒェンガ・ヘーニ、ファハクラン・ア・ゴーラマヒェス・ナ・ウーイル・ジェン・トゥーアル・ガ・ナハ・エル・ナム・ファハクラン・アウン。アハ・ガン・リェナヴ・シュ・ガハ・フェル・イシュ・チェー・ア・ガム・ヴェル・ア・ガーイヴ、ハー・ブリー・スナ・ファハクラン・シン・アガス・イシュ・ヨール・ガイヴ・アム・ブリー。エーシュト・リュム、ビ・アン・リェナヴ・シン・イシュ・グレイム・アハカ・ヴォン・イーアル＝ホシャハ。アリ・ガハ・シアン、ドルフ・イシュ・ソイリェル、トロウム・イシュ・エートロム、ア・ヒク・アン・ラアト。

彼女はその言葉を聴いているだけで、なぜか腹が立った。ほとんど泣きたい気分にまでなった。学校に通っていた頃、意地悪をされるのが嫌で、頭が悪いふりをしなければならなかったときのような気持ち。するとトーキルがありえない発音を響かせながらとても優しく微笑みかけたせいで、さらにひどい気分になった。

彼女の喉はまるで泣くのを必死に我慢したときのように痛くなった。痛みの原因はその言語だった。

意味は、と彼は説明した。いいところがかなり失われるのは仕方ないとして、大雑把に翻訳するとこういう感じ。

一人の子供がある言葉をしゃべって大きくなるのだけど、世間はその子に「そんなのは言葉じゃない」と言う。でもその子と、その子が大切にしている人たちはみんなその言葉を知っていて、意味も分かる。いいかい、子供には最初からすべてが具わっている。暗いもの、明るいもの、重いもの、軽いもの、子供が人生で出会うすべてのものに対する言葉が。

へえ、とブリットは言う。あなたが言うのならそういう内容なんでしょうね。

タイトルは「生きた言語」、とトーキルは言う。「スミル・ナ・カナイン」。詩さ。暗記してるんだ、ブリタニア、「カレー」とか「スコットランド女王メアリー」とかと同じように（イングランド女王エリザベスのライバルだったメアリー（一五四二－一五八七年）が処刑されたことをきっかけにスペインがイングランド征圧を決意、カレー沖で大規模な海戦が起きた）。

あなたの話はいつも大部分が私にはちんぷんかんぷんなのよね、と彼女は言った。

うんうん、と彼は言った。まあ、でも。僕にはそれが具わってる。

子供の頃にリアリー・チャンネルでやってる心霊番組を見すぎたせいで頭の中がおかしくなっちゃったんじゃないの、と彼女は廊下を歩きだした彼に向かって言った。喉の奥はまだ鼓動とともに痛んだ。

喉はまるで、意思に反して音を奏でる楽器の弦のように脈打っていた。

イングランド国内では、よその言語を許してはならない。

いや、イギリス（ブリテン）だ。スコットランド、ウェールズ、北アイルランドを含むイギリスの中では。

基本的にはこのときから、彼女はラッセルと話をしたり、同じシフトに入ることが増えた。

ブリットはハンガーストライキをしている収人を気の毒に思う。

しかし彼女にできることは何もない。

彼女は食器を手に取り、係の収人に渡して厨房に持っていかせる。

一日の終わり。

ＩＲＣの外にあった小さな灌木が今では一体化して、一面の生け垣になっている。一つの木と隣の木との境目はもう分からない。

ブリットがひざまずいてその枝を一本折っていると、その脇をステルが通り過ぎる。

大丈夫、ブリット？　何か落とした？

見つかったから大丈夫、とブリットは言う。ありがとう。

来週には日が長くなって、この時間は明るくていい感じになりそうね、とステルが言う。

ブリットはうなずく。

うん、いい感じ。

彼女は小枝を握ったままポケットに手を入れる。そして列車の中で葉を一枚潰し、鼻を近づけて緑の匂いを嗅ぐ。

ツゲの枝を集めてどうするつもり？と翌朝ブリットの母が言う。目覚ましが鳴ってから時間が経ってもブリットが起きてこないので、母親が部屋に入ってきて、テーブルの上にある枝の山――乾いたもの、古いもの、枯れたもの、緑のもの、新鮮なもの、ピカピカしたもの――を見つけたのだった。

ツゲ。

まさか母に木の種類が見分けられるとは思わなかった。

母は決して知識をひけらかしたりしないが、とてもよくものを知っている。

居間ではいつものように既にテレビが点いていて、二十四時間放送のＢＢＣニュースが大きな声で流れている。相変わらずの錯乱状態（メルトダウン）。一体この先どうなってしまうのか、とか何とか。相変わらずの騒音。果てしなく繰り返される、相変わらずの〝相変わらず〟。ひたすら続く、何の意味もない騒音。学校で習った言い回し。ウィリアム・シェイクスピア。クラスのみんなで戯曲を読んだ。男が汚い（ファウル）やり方――きれい（フェア）じゃないやり方――で王国を受け継ぐ（「何の意味もない」「きれいは汚い、汚いはきれい」も『マクベス』中の台詞）。しかし男は幽霊に取り憑かれ、木々から成る軍隊に襲われる。

ブリットは起き上がる。

そして服を着る。

母は生け垣の枝をまとめてキッチンのごみ箱に捨てている。ブリットはティーバッグを捨てるときにそれに気づく。

仕事を家に持ち帰るのはもうやめにしよう、と彼女は思う。

でも今はどうか？　今はまだ十月。

まだこの国はこれから冬を越さなければならない。

古戦場で秋の観光客たちが旗の間を巡りながら、それぞれの軍隊が陣地を構えていた場所を確認している。

彼らは〝死者の井戸〟の脇を歩き、記念石碑の写真を撮る。そして戦の日から今日までそこに残されているただ一つの小屋（コテージ）を訪れる。

彼らは背の低い石碑の前で腰をかがめてそこに彫られた文字を読む。そこにはあの冷たいみぞれと雹の降る中、スコットランド系フランス人のチャールズ王子率いるジャコバイト軍がいとこでイングランド系ドイツ人のウィリアム率いる政府軍と戦った春の日に一帯で倒れた部族の名が刻まれている。ウィリアムの軍はそれ以前に数回高地人（ハイランダー）との戦いにひどい敗北を喫していたことから、銃剣と剣によって横から突き刺す新たな方法、膝撃ちや立ち撃ちの技、砲弾装塡の新たな手順を編み出すことでこの日は勝利を収めた。カロデンからインヴァネスにかけての道で遺体を数える地元の大人や子供は戦の後、自分たちまでその血まみれの肉の仲間に加えられないよう、政府軍から身を隠さなければならなかった。

　そこから二百七十二年プラスマイナス半年、時を早送りしよう。歴史の目から見ればそれは一瞬。

　今日の戦場はこんな様子だ。

　死者の骨を覆う草の中を子供が走り、若い女の腕に飛び込む。

　あなたは心臓が飛び跳ねるのを想像できるだろうか？　子供の様子はまさにそんな感じだ。

　若い女は子供を両腕で抱える。

　二人はそのままそこに立っている。まるでその二人だけが、周りの世界から取り残されたかのように。

　次に制服を着た小さな集団が草むらの中を二人の方へ走ってくる。離れたところから見ていると、誰かが喜劇映画を撮っているかのようだ。無声映画に出てくる間抜け警官（キーストーン・コップ）みたい。女と子供に向かって猛烈な勢いでたくさんの人が駆け寄る。

　制服集団はあっという間に二人を囲む。女と子供は逃げない。二人はまるで一体化したみたいにしっかり抱き合って立っている。

　制服の人たちは女と子供を引き離す。

　女と子供は別々に大きな駐車場の方へ連れて行かれる。

　子供は一台のバンの後ろに乗せられ、女は手錠を掛けられて、もう一台のバンに乗せられる。

　二台のバンがエンジンをかけ、走り去る。

騒動を目にした数人の観光客は少し離れて女と子供と役人の後を追い、駐車場まで行く。駐車場近辺にいた別の数人は女と子供が車に乗せられるのを見る。昔の人の扮装（ふんそう）で観光案内所（ビジターセンター）から出てきた俳優もそれを見つめる。彼らは少し幽霊のようにも見える——どちらの側で戦った幽霊もいる。

俳優の一人が衣装の下から携帯を出し、動画の撮影を始める。他にも数人が同じことをしようと自分の携帯を出す。彼らが携帯を構えると、ＳＡ４Ａの制服を着た人々が手を振りながら近づいてきて、撮影をやめろと大声で言う。

それでも人々は撮影をやめない。そして走り去るバンも撮る。

バンが去ると、今度は、道路の真ん中に立ってバンに向かって叫んでいる白人女性を撮影する。女は叫んだら何か事態が変わるかのように必死に叫んでいる。彼らは女がパトカーに乗せられるのを撮影し、女を乗せたパトカーが去るのも撮る。

彼らはその様子をじっと見ている男を撮影する。男は皆のところに近づいてきて、携帯で撮影していた人々に連絡先を尋ねる。

今のは何ですか？と彼らは男に訊く。何があったんです？　何の騒ぎ？

その後、皆は戦没者の墓に続く小道や、外より暖かな観光案内所（ビジターセンター）に戻っていく。イギリス本土で戦われた最後の戦闘を三百六十度ＣＧＩで再現した映像は大評判で、当時の様子を見事に生き返らせている。三分間で死ぬ七百人の高地人（ハイランダー）。ＧＰＳガイドの付いた無料音声ガイド。あまりお金がかからず、内容は充実している、とトリップアドバイザーでは多くの人が星を五つ付けている。
これでおしまい。とりあえず今のところは。
話は終わり。
というか、ほぼ終わり。

四月。

それは私たちにあらゆることを教えてくれる。

一年で最も冷たく嫌な日が四月に訪れることもある。でも、それもどうということはない。今は四月。

四月を表す英単語は、ローマ暦のアプリーリス、ラテン語のアペリーレから来ている。〝開く〟、〝覆いを取る〟、〝近づけるようにする〟、〝近づくことを邪魔するものを取り除く〟の意だ。ひょっとすると、ギリシアの愛の女神、アフロディーテの名前からも影響を受けているかもしれない。四月の変わりやすい天気が、さまざまな神を相手にして移り気だった女神に重ねられているのかも。

生け贄の月、そしていたずらの月。立ち直りの月、豊穣と祝祭の月。大地とつぼみが既に開き、冬の間眠っていた生き物が目を覚まして子作りを始め、鳥が巣作りをする月。去年のこの時期にはいなかった鳥たちが、来年のこの時期に自分と入れ替わっている鳥を産み育てるのに忙しい。

春のカッコーの月。草の月。

ゲール語では、愚か者が五月と勘違いする月と呼ばれる。四月馬鹿(エイプリルフール)の日はおそらく昔、新年の祝いが終わる日でもあった。冬には救世主の顕現(エピファニー)がある。春の贈り物は別の部分にある。死んだ神々が生き返る月。

フランス革命暦では、三月の下旬と合わせて芽月(ジェルミナール)。根源、種子、物事の根本に戻る月。希望なき希望について小説を書いたゾラが、革命暦から取ったこの名前をタイトルに使ったのはおそらくそれを踏まえてのことだ。

無秩序(アナーキー)な四月。冬と夏をつなぐ偉大なる春の最後の月。

人が花の咲く灌木や木の脇を通るときには必ずその音が聞こえる。エンジンの音。その中で既に動きだしている新しい生命。時間の工場が動く音が。

謝辞

私が最も感謝しなければならないのは、イギリスの入国者退去センターに無期限に勾留されている気持ちを聞かせてくれた、あるいは手紙を書いてくれた難民、被収容者の皆さんだ。そして特に、ＩＲＣでの日常生活について教えてくれた匿名の友人。

ありがとう、サイモン。
ありがとう、アンナ。
ありがとう、ハーマイオニー、エリー、レスリー・B、レスリー・L、セーラ・C、そしてハミッシュ・ハミルトン社とペンギン社の皆さん。

ありがとう、アンドリュー。

ありがとう、トレーシー、そしてワイリー・エージェンシー社の皆さん。

タシタ・ディーンには多大なる感謝。

ありがとう、ジュリー・ファウリスとラグネイド・サンドランズ。

ありがとう、レイチェル・フォス、ジェリ・キンバー、アンドレア・ニューベリー、ハワード・ネルソン。

ケイト・トムソンとルーシー・ハリスには特別の感謝。

ありがとう、メアリー。

ありがとう、ザンドラ。

ありがとう、セーラ。

訳者あとがき

本書はスコットランドの作家アリ・スミスが『秋』、『冬』に続く季節四部作の第三巻として二〇一九年に発表した『春』の全訳である。より詳細に言うと、『秋』の原著は二〇一六年十月（秋）に刊行、『冬』の原著は二〇一七年の十一月（冬？）刊、本書『春』の原著は二〇一九年三月（春）刊、四部作を締めくくる『夏』の原著は二〇二〇年八月（夏）刊という具合に、各季節をタイトルとする巻がおおよそ一年三か月の間隔でその季節に刊行されている。作者についての詳しい紹介は『秋』のあとがきに記したのでここでは繰り返さないが、現代のイギリスで最も高く評価されている作家の一人であることは念を押しておきたい。

なお四部作とはいえ、それぞれが独立した作品として読めるようになっているため、『春』を読む前に既刊の『秋』『冬』を読んでいる必要はない。ただ知っておくと便利な情報が一つある。それはすなわち、四部作すべてに登場するキャラクターが一人だけいるということ。ダニエル・グルックという人物だ。二〇一六年に百一歳という設定なのでおそらく一九一五年頃の生まれで、ドイツ系のユダヤ人。第二次世界大戦時に父親と一緒にイギリスに来て、作詞家になった。ところでダニエルが『春』のどこに登場しているか、読者はお気づきになっただろうか。実はこれはやや難問だ。『冬』では一人の男が作中で一度だけ「ダニー」と呼ばれる場面があるのでそれが手掛かりになるのだが、『春』では「ダニエル」という名も「ダニー」という愛称も一度も出てこない。それどころか、ちょっとした勘違いから彼は別の名で呼ばれる(しかもそれは、実に彼にふさわしい意味を持つ名前だ)。だが、これも作者が仕掛けた〝ウォーリーを探せ〟的なお遊びだと思うので、これ以上の種明かしは控えることにしよう。

もう一つ、シリーズ通読者のための情報を補うなら、二七七頁あたりの記述は孤独なリチャード・リースに共感する読者の胸に迫るものがあるが、『秋』の既読者であればさらなる感慨が胸をよぎることもここに書き添えておきたい(私個人はここを読んだ後、『秋』一九四―一九八頁のセクションを読み返した)。

また、この作品は四部作の中で唯一、タイポグラフィーに工夫が凝らされているのが目を惹く。冒頭部分では、一部の単語・センテンスのフォントが大きくなっているし、小説の途中にテレビドラマの脚本からの抜粋がそれにふさわしいレイアウトで印刷されたり、別の(架空の)小説からの引用が少し小さめのフォントで印刷されていたりする。作品全体から見ればそうした部分はほんの一部という印象だが、アリ・スミスは元々こういう遊びも好きな作家である。

さて、『春』はどのような物語なのか。

小説内では主に二〇一八年秋から二〇一九年春にかけての出来事が扱われ、スコットランドが主な舞台になる（ちなみに作者の故郷はスコットランドにあるインヴァネスという小さな町で、作中にも何度か町の名前が出てくる）。第一章の主人公はテレビ映画監督でリチャード・リースという初老の男。かつてはパトリシア（パディー）・ヒールという有能な脚本家とコンビで担当した作品が高い評価を受けたが最近は鳴かず飛ばずで、気の進まないドラマの制作を押し付けられようとしている。そんなタイミングにパディーが病気で亡くなり、彼は仕事を放棄し、携帯も捨てて、失意のどん底で北に向かう。第二章は別の人物に焦点が当たる。同じ頃、移民収容施設に勤務するブリタニー（ブリット）・ホールは、警備のしっかりした施設に簡単に出入りして収容者を救い出したり、収容者に対する処遇を改善させたりしている伝説的な謎の少女フローレンスと偶然に出会い、一緒にスコットランドまで旅をすることになる。立場的に対立する二人の旅はどんなことになるのか。そして第一章の終わりと第二章の終わりにおいて、旅先でリチャードとフローレンスたちが出会う。まったく違う人生を歩んできた、性格も年齢も大きく違う三人はどう出会い、旅の仲間はそこから何を見、何を話し、何をするのか。

読者の皆様にはまず、七面倒くさい説明や解説は抜きにして、アリ・スミスの七変化する語りを楽しんでいただきたい。フローレンスが考案したゲームや「幻の娘」を介した文通ごっこ、随所に盛り込まれた印象的なエピソード、まるでコントのようなやりとりなど、いずれも解説なしに充分楽しめるだろう。一部は一種の短編かエッセイ、あるいはネタのメモとして読むことさえできるかもしれない。結末は決して予定調和的ではないが、それがまた作品に一種のリアリティーと奥行きを与えているように思われる。

さて、季節四部作ではその執筆時期にあたる刊行直前一年あまりの間に世間で起きた出来事が作品に色濃く反映されている。二〇一六年に行われたEU離脱国民投票の前後から、イギリスではEU加盟諸国からの移民が大きな問題になっていた。さらにそれに関連して、『春』に大きな影響を与えた同時代の出来事は、本書でも言及のある「ウィンドラッシュ事件」だ。これは日本の読者にはあまりなじみがなさそうなので少し詳しく説明しておこう。

二〇一八年春、第二次世界大戦後から一九七三年にかけてカリブ海周辺の旧イギリス領から移住してきた「ウィンドラッシュ世代」(船の名前にちなんだ命名)と呼ばれるたくさんの人々が強制退去に直面していた。中には実際、不法滞在者として勾留され、強制送還された人もいた。元々彼らは戦後の労働力不足を補うための移民で、多くは公的な書類なしに入国し、自動的に市民権を与えられていたのだが、対象者の正式な記録は残されず、証明書類も発行されなかった。二〇一二年に移民法が改正された際、移民がさまざまな行政サービスを受けるために書類が必要となったことで問題が表面化、二〇一〇年から二〇一六年にかけて移民政策を担当し、二〇一八年には首相となっていたテリーザ・メイ氏はこの件で公式に謝罪することになった。

イギリスの入国者退去センターがどうなっているかを日本にいる私たちが見聞きする機会は普段ほとんどないが、この『春』を読むと、かなりひどい状態であることがわかる。日本でも二〇二一年三月に名古屋入管に収容されていたスリランカ国籍のウィシュマ・サンダマリさんが亡くなった事件など、近年、入国管理局のありようが大きく問われる事態が何度も起きている。アリ・スミスは二〇一五年から「難民物語（Refugee Tales）」と題するボランティアプロジェクトの後援者となって彼らの話を聞き、それを多くの人に届けようとしている。本書の謝辞にも記されているように、それはこの作品にも生かされている。

『春』にはもう一つ、日本人にはなじみが薄い問題が大きく取り上げられているので、それについてもここで少し情報を補っておこう。私たちが普段〝イギリス〟と呼んでいる国は、正式には〝グレートブリテンおよび北アイルランド連合王国〟といい、グレートブリテン（島）の方にはイングランド、スコットランド、ウェールズという三つの国が含まれている。スコットランド出身の作家では、『ジキル博士とハイド氏』のR・L・スティーヴンソンやシャーロック・ホームズを生んだコナン・ドイルが有名だ。もっと新しいところで実験的な作風のアラスター・グレイや『トレインスポッティング』のアーヴィン・ウェルシュをご存じの読者もいるだろう。スコットランドは一説にはゴルフ発祥の地とも言われるので、小説中でフローレンスが持っている絵はがきにゴルフ場が写っていることにも意味がある。

スコットランドは古くはシェイクスピア『マクベス』の舞台ともなった場所だが、もう少し詳しくその歴史を見ると、一六〇三年にスコットランド王がイングランドの王位も兼ねる「同君連合」を結び、その後、一七〇七年に「合同条約」を締結して両国議会をロンドンにまとめ、一つの王国を作った（以下の情報については主に木村正俊編著『スコットランドを知るための65章』〈明石書店、二〇一五〉を参照した）。しかしスコットランド人の心の中には、自分たちはイングランド人とは違うという意識がいまだに強い。実際、二〇一四年九月十八日にはスコットランドで英国からの独立をめぐる国民投票が行われている（結果として残留派が勝利した）。
　スコットランドとイングランドとが決定的に対立した歴史的事件とも言えるのが、『春』第三章でも触れられる「ジャコバイトの蜂起」である。一六八八―八九年のいわゆる名誉革命ではジェイムズ七世が追放され、オレンジ公ウィリアム三世が国王に迎えられたが、ジェイムズの血統を擁護する一派（これが「ジャコバイト」と呼ばれる）がスコットランドを支持基盤として数度にわたり反乱を起こす。

　最大規模の蜂起は一七四五―四六年にかけてのものだ。ジェイムズ七世の孫にあたるチャールズ・エドワード・ステュアートが決起し、最初はかなり優勢に戦いを進めたものの、最後はカロデンの戦場で壊滅した。英国政府はこの後、反乱の温床となったスコットランドを抑え付けるためにキルトの着用、タータン柄の使用、バグパイプの演奏などの民族的風習を禁じ、高地地方（ハイランド）の氏族制度を解体するために土地の居住者を追い出す強制退去（クリアランシズ）を実施した。こうした歴史的背景を持つスコットランド高地地方（ハイランド）は、さまざまな理由で故国を追われた人々、文化的無理解に直面する人々、移民問題などに焦点が当てられる『春』の舞台にぴったりだと言えるだろう。

　アリ・スミスの季節四部作では毎回、女性アーティストが一人取り上げられるのだが、『春』ではタシタ・ディーン（Tacita Dean, 1965–）というビジュアルアーティストとその作品のことが語られている。多岐にわたるその活動や作品群をここで簡潔に紹介することは不可能だが、本書（作中で説明されている巨大な山のチョーク画や雲を採取する実験的プロジェクトはいずれも興味深い）をきっかけに日本でもさらに広く知られるようになればうれしい。

さて、これまでの作品で訳者あとがきに何度か書いてきたことだが、アリ・スミスの小説はしばしばコラージュ風の構成になっているので、ところにより少しつながりがわかりにくいことがある。微妙に残されるその曖昧さも魅力だが、時には理詰めで解釈して楽しむことも可能だ。ごく些細な場面でその一例を見よう。

本書一七七頁でブリットに父母のことを尋ねられたフローレンスは「それはプライバシー」だと言って返事をしない。しかしその直後唐突に、列車で見かけた男の子が絵文字をこんなふうに読み上げていたという話を始める。「ハートマーク、ハートマーク、ハートマーク。／ハートマーク、ハートマーク。／ハートマーク」と。もちろんここはフローレンスが無関係な話題で話を逸らそうとしているのかもしれないが、ブリットの質問に遠回しに答えているとも考えられる。すなわち、最初の三つの「ハートマーク」は母親に対する気持ち、次の二つは父親に対する気持ち、次に一つずつあるのは養父母それぞれに対する気持ちだという可能性だ。このフローレンスと同じようなことを作者アリ・スミスはいたるところで仕掛けている。読者としてはそうした部分にこだわりすぎると気軽に作品を楽しめなくなってしまうのが困りものだが、折に触れてそうした深読みや再解釈を試みると、季節四部作の新たな側面が見えてくるかもしれない。

その練習に最適なのが、三〇八頁でブリットが読んでいるフローレンスのノート〝熱い空気〟だ。

ネットサーフィンをしていない夜、ブリットはノートの一節をこっそり拾い読みすることがある〔中略〕。少女のページの使い方から、いくつかのメモが一種の対話になっていることにブリットは気づいていた。右翼の発言に対して地球——あるいは時間、あるいは彼女の好きな季節——がもっと大きな声で応える。科学技術を使っていると思っている人々が逆に科学技術に使われているという問題に応答するのは、顔のない人の物語。ツイッターで人々が送りつけている汚い言葉に対しては、死ぬまで踊らされることを拒絶する少女の物語で応える。

ここで読者は、『春』にちりばめられている文章の一部がノートからの引用であることを知る。本書の九頁から始まるセクションが「右翼の発言」に対応し、一三頁から始まるセクションが「地球の声」だ。では、「人々が科学技術に使われているという問題」「顔のない人の物語」「少女の物語」はどこに綴られていただろうか。

さて、季節四部作の邦訳が『秋』『冬』『春』と順調に刊行された今、残すは『夏』のみとなった。『冬』の訳者あとがきでも触れたが、『夏』のあらすじをここで簡単に紹介しておこう。『夏』は完結編にふさわしく、四部作に残された謎を解き明かす。物語の中心にいるのは、昔地方を回る小劇団で女優をしていたグレース・グリーンローと十六歳の娘サシャと十三歳の息子ロバート。サシャはグレタ・トゥンベリのように環境保護に入れ込んでいて、ロバートは学校でのある出来事をきっかけに、家の中でも厄介な存在となっている。この一家がひょんなことから(『冬』の)

アートとシャーロット（ラックスではなく本物）に出会い、皆でダニエル老人に会いに行くことになる。こうして四部作に登場する重要人物たちがついに顔を合わせたとき……というお話。『秋』に登場したエリサベス（年の離れたダニエルの親友）、『冬』に登場したアイリス（元反核活動家で、現在は熱心に難民を手助けしている高齢の女性）、『春』で施設に収容されている〝英雄（ヒーロー）〟という名のベトナムからの難民も再登場する。『秋』ではダニエルの妹ハンナの消息は謎のまま残されたが、それがいよいよここで明らかになると同時に、読者はさらに驚くべき事実を知る。『夏』も一応独立して読めるけれども、各人物について知っていた方が格段に楽しめるので、できれば『秋』『冬』『春』を読了後にお読みいただけると幸いだ。

本書の企画と編集にあたっては田畑茂樹さんに、事実確認などについては新潮社校閲部の方々にお世話になりました。どうもありがとうございました。そしていつものように、訳者の日常を支えてくれるFさん、Iさん、S君にも感謝します。ありがとう。

木原善彦

二〇二二年二月

Ali Smith

Spring
Ali Smith

春（はる）

著 者
アリ・スミス
訳 者
木原善彦
発 行
2022年3月25日

発行者　佐藤隆信
発行所　株式会社新潮社
〒162-8711 東京都新宿区矢来町71
電話 編集部 03-3266-5411
読者係 03-3266-5111
https://www.shinchosha.co.jp

印刷所
株式会社精興社
製本所
大口製本印刷株式会社

乱丁・落丁本は、ご面倒ですが小社読者係宛お送り下さい。
送料小社負担にてお取替えいたします。
価格はカバーに表示してあります。

ISBN978-4-10-590180-6 C0397

秋

Autumn
Ali Smith

アリ・スミス
木原善彦訳

EU離脱に揺れるイギリスの療養施設で眠る謎の老人と、
彼を見舞う若い美術史家の女。
かつて隣人同士だった二人の人生が、
分断が進む現代に生きることの意味を問いかける。

冬

Winter
Ali Smith

アリ・スミス
木原善彦訳

実業家を引退し今は孤独に暮らす女性。
その凍った心が、息子が連れてきた
即席の「恋人」との出会いで次第に溶けていく。
英のEU離脱が背景の「四季四部作」冬篇。

CREST BOOKS

両方になる

How to Be Both
Ali Smith

アリ・スミス
木原善彦訳

十五世紀イタリアに生きたルネサンスの画家と、
母を失ったばかりの二十一世紀のイギリスの少女。
二人の物語は時空を超えて響き合い、再読すると――。
かつてない楽しさと驚きに満ちた長篇小説。

CREST BOOKS